선비를 따라 산을 오르다

조선 선비들이 찾은 우리나라 산 이야기

선비를따라 산을 오르다

나종면 지음

이담
Books

머리글

吾家好隱淪　내 집은 진정 숨어살기 좋아라

居處絶囂塵　안과 밖 모두 세상 티끌 멀리했네

踐草成三徑　풀밭을 거닐면 길이 저절로 생기고

瞻雲作四隣　구름을 바라보다 이웃으로 삼았네

助歌聲有鳥　노랫소리 돕기에는 새가 있으나

問法語無人　법의 뜻을 물으려니 사람이 없네

今日娑婆樹　아아, 오늘의 이 사바 나무여

幾年爲一春　너는 몇 해를 한 봄으로 삼으려나

나는 고등학교 시절에 중국 당나라의 승려 한산寒山의 시를 읽고 자신의 삶과 죽음, 그
리고 한 인생을 어떻게 살아갈지에 대한 생각으로 한참을 방황한 적이 있었다. 이때의
방황은 고교 시절에 겪는 통과의례로, 실제 현실에 어긋난 어리석은 일이어서 곧 빛바
랜 추억으로 남을 것이 분명했지만, 어떤 인연인지 오래도록 지울 수 없는 상흔처럼 남
게 되었다.

그때 그 시절은 대부분 먹고 살기 힘든 시절이었는데, 자신뿐만 아니라 자신의 가족을 바닥에서 위로 올려놓으려면 '발분망식發憤忘食'하여 좋은 대학에 가서 좋은 직장을 갖는 것이 최선의 선택이었다. 하지만 좋은 대학이나 좋은 직장은 한정되어 있으며, 운이 좋아 개인이 비상한 재주와 타고난 복이 있다 하더라도 모든 일이 아귀가 딱딱 맞아 돌아가는 것이 아님이 또한 현실이었다.

한편 나는 중고교 시절에 대만 무협소설 작가인 와룡생臥龍生 류의 무협지에 빠져 현실과 비현실의 혼몽昏懜 속에서 놀랍게도 하나의 길을 발견하게 된 일도 경험하였다. 무협지에는 당시로는 이해할 수 없었던 놀라운 발언들, 예를 들면 '소 잡는 칼로 닭을 잡으랴', '최선은 물과 같다', '장자가 나비인가, 나비가 장자인가', '의식이 풍족해야 예를 안다', '나무하고 물을 길어오는 것이 부처다' 등의 말이 일상용어처럼 사용되었다. 이런 말을 알면 알수록 무협지가 매우 수준 높은 교양서라는 생각이 들었고, 자신이 점점 높은 단계의 문화적 지위를 획득한 기분이 들었다. 더욱이 무협지의 무술인들이 수련하는 내·외공의 다양함과 온갖 차이에서 드러나는 단계들, 이를 최단기간에 얻으려고 노력하는 주인공과 주변 인물들의 기이한 인연들이 시공간을 초월하여 있어 아주 달콤한 위안을 제공하고 있다는 점이다.

어느 날 나는 무협지 속의 기인이사奇人異士가 물고기 기르는 것을 혹애惑愛한 나머지 집 안팎에 있는, 물을 담을 수 있는 온갖 그릇과 도구에 물고기를 배치하고 기르는 열정과 노력을 보고, 자신도 무협지의 모든 것을 알기 위해 중국의 고전적을 읽고 연구해야만 한다는 결정을 비장하게 내렸다. 그리하여 고문한문을 혼자 익히면서 번역된 서적도 읽어 나갔다. 당시 내 주위에는 중국의 고전적에 대한 일언반구의 말도 들려줄 사람이 없었던 관계로 혼신의 노력에 비해 얻은 결과물은 매우 적었다. 그래도 제자백가·유교 경전·불교 경전·중국시문선 등의 번역된 것을 얼마간 체득하여 점차 무협지를 '픽션'으로 이해하고 동양 철학·사상·문학을 객관적으로 볼 수 있는 최소한의 눈을 갖추게 되었다. 아울러 깊은 산속에서 자신의 세계를 만들어가는 사람에 대한 막연한 동경을 품고 앞으로 이들처럼 살고 싶다는 열망을 애써 감추면서 살게 되었다.

1985년, 나는 30세의 나이로 성균관대학교 국문학과에 들어가 한국문학을 배웠다. 그때 임하林下. 최진원 선생님은 어떤 강의에서 사마천의 『사기史記』, 『봉선서封禪書』를 인용하면서 천자와 태산의 관계를 역설하였다. 나는 당시 이에 대한 식견이 부족하여 정확한 이해는 적었지만 그 내용을 얼마간 기억하고 있다.

> 황제가 태산에 올라 봉선封禪을 행한 까닭이 대개 기이한 물건에 치성을 올림으로써 신과 통하고자 함에 있었다고 하는 공손경과 방사의 말을 듣고 나서, 천자는 황제가 봉래산의 신과 선인仙人을 만난 것을 모방하려고 하였다. (중략) 그리하여 천자는 장안長安에 비렴관蜚廉觀·계관桂觀을 건립하고, 감천甘泉에는 익수관益壽觀·연수관延壽觀을 짓도록 명하고, 공손경을 보내어 기물을 갖추어 신인神人을 기다리게 하였다. 또한 통천대通天臺를 짓고 그 아래에 제사 도구를 두고 신선의 무리를 기다렸다.

이 글을 통해 '입산入山'이란 문제는 현실세계와 이상세계의 대척점에서 이해해야만 한다는 당시 사마천의 고심을 엿볼 수 있었을 뿐만 아니라, 당시에는 특정한 산은 특정한 인물[천자]만이 들어갈 수 있었던 정황을 미루어 짐작할 수 있었다. 이 일은 나로 하여금 옛사람의 명산 유람을 어떻게 이해하고 연구할까라는 문제의식을 분명하게 제시한 계기가 되었다. 특히 도가·도교 계열의 인물이 자신의 심신수행에 반드시 '산'을 필요로 하는 이유를 생각하게 되었고, 그들이 말하는 내단內丹·외단外丹·도인導引에 관한 것을 수행 장소로써의 산과 관련하여 생각하는 습관도 생겼다.

내가 이러한 주제를 놓고 본격적으로 글을 쓰기 시작한 것은 조선시대의 선비들이 우리 산천을 유람하고 '유기遊記'라는 작품을 아주 많이 남긴 사실을 알고부터였다. 2000년, 성균관대학교 BK21 박사후연구원으로 재직할 때 대만대학교에서 중국사상사를 15년 동안 연구하고 돌아온 이경룡 선생으로부터 왕기王畿, 1498~1583의 『왕용계어록王龍溪語錄』을 배웠는데, 기회 있을 때마다 유儒·불佛·도道의 정수를 알려주어, 나는 조선시대 선비의 입산 문제를 더 이상 미룰 수 없는 과제라고 여기게 되었다.

그런데 조선시대 선비의 입산 문제를 표면적으로 드러나는 명산 유람으로 이해하고 설명한다면, 현실세계와 이상세계 또는 긍정과 부정의 관계를 도외시하는 결과를 야기할 위험이 있었다. 실제로 입산이라는 행위는 심신수양이란 측면에서 설명되어야만 하고, 입산하는 사람은 일반 사람보다 더 높은 경지를 추구하는 특별한 사람, 현실의 한계를 극복하려는 의지가 있는 사람, 예를 들면 은자隱者·선인仙人 등을 지향하는 사람으로 보아야 그 실상이 온전히 드러날 것이다.

그래서 나는 도교 경전을 조사하면서 은자·선인을 중심으로 관련 자료들을 통독하기에 이르렀고, 도교 신선열전에서 그들이 심신수양으로 내단·외단·도인의 방법을 한다는 점과 산이라는 장소가 중요하다는 점을 깨닫게 되었다.

우선 옛사람들은 높은 산은 기운을 널리 펼쳐 만물을 생성하게 하는 특수한 능력이 있다는 믿음을 갖고 있었다는 점이다. 그리고 높은 산을 숭배하는 것에는 곧 신비한 의의가 뒤따르게 마련이었다. 허신許愼은 『설문해자說文解字』에서 신선 '선仙' 자를 "사람이 산 위에 있는 모양人在山上貌"이라고 해석하였다. 선은 곧 산 속에 있는 사람으로, 산으로 들어가 늙어서도 '죽지 않은' 사람을 말한다.

은자는 깊은 산 속에서 힘든 수행을 하지만 속세의 사람들처럼 번민이 있는 것도 아니고 그들에 비해 쉽게 노쇠하지도 않기 때문에, 세상 사람들이 그런 사람을 우연히 만나게 되면 크게 찬미하였던 것이다. 이들 은자들도 언젠가는 반드시 죽게 마련이지만, 옛사람들의 마음속에는 이러한 은자들이 불사不死의 경지에 이를 수 있는 존재로 비쳤다. 그래서 일부 은자들은 운 좋게도 선인으로 승격될 수 있었던 것이다.

이 책은 한국학술정보(주) 기획팀의 이주은 선생의 권유와 채종준 사장님의 거듭된 후의로 출간하게 되었다. 지기인 백범영 선생(용인대)은 〈숲과문화연구회〉에서 발간하는 격월간지 『숲과문화』에 2004년 통권73호부터 2008년 통권97호까지 연재하도록 권유

했고, 이 글의 교정과 의견을 제시하여 이 책의 완성을 물심양면으로 도와주었다. 숲과 문화연구회 김기원 회장님과 운영위원 여러분, 김은주 사무국장도 많은 도움을 주었다. 또한 이경룡 선생(세종대)은 산에 대한 견해와 『숭산이념여중국문화崇山理念與中國文化』(何平立, 齊魯書社, 2001)와 『도장제요道藏提要』(任繼愈主編, 中國社會科學出版社, 1991)를 선물하여 산과 수양에 관한 새로운 방향을 모색하는 데에 큰 도움을 주었다. 또한 그림사진을 흔쾌히 제공해준 백범영, 박능생 선생의 후의도 잊을 수 없다. 언제 어느 때나 나를 지지하고 격려하여 이 책의 발간을 이루도록 도와준 아내 김경린과 아들 진수도 큰 힘이 되었다. 이 자리를 통해 삼가 감사의 뜻을 전한다.

2010년 9월, 북한산 지산인 아미산 자락에서
나종면은 쓴다.

목차

일러두기

1. 여기에 수록된 글은 〈숲과문화연구회〉에서 발간하는 격월간지 『숲과문화』에 2004년 통권73호부터 2008년 통권97호까지 연재한 글 등을 수정·보완한 것이다.
2. 이 글을 작성하는 데에는 『한국문집총간(韓國文集叢刊)』과 『와유록(臥遊錄)』(정신문화연구원, 2000) 등이 많은 도움을 주었다.
3. 번역에는 김창협 외의 『명산답사기』(민족문화추진회, 1997)와 심경호의 『산문기행』(이가서, 2007), 『한시기행』(이가서, 2005) 등을 주로 따르며 필요한 부분은 수정과 보완을 하였다.

산에 가는 옛사람들

예나 지금이나 사람은 산에 오른다. 아니 산에 들어간다는 말이 정확할 듯싶다. 왜 산에 들어가는지에 대한 이유를 찾기란 그리 쉽지 않을 것이다. 그리고 산에 간다고 해서 산을 다 아는 것도 아니므로 더욱 그렇다.

이제 우리는 옛사람들이 왜 산에 들어가는지를 진지하게 생각해볼 필요가 있다. 그들이 왜 그처럼 산에 들어가려고 하고, 산에 들어가서 무엇을 보고 알게 되며, 그 무엇을 어떻게 말하고 설명하는지를 알고 싶다.

그렇다면 조선시대 선비들이 산에 갈 때 어떤 마음 자세를 가지고 또 무엇을 가지고 가는지를 살펴보자. 문무자文無子 이옥李鈺, 1760~1813은 「중흥유기重興遊記」에서 이런 정황을 친절하게 설명하고 있다.

이자李子, 이옥는 말한다. "내가 일찍이 멀리 교외로 나가는 자를 보니, 계획을 거듭하고 돌아올 날짜를 방설이면서 며칠 동안 심신을 허비하여 행장을 꾸렸는데도 매양 미흡하게 여기는 사람이 많다." 나귀나 말 한 필, 동자로서 행구를 가지고 갈 종자 한 명, 짚는 척촉장躑躅杖 하나, 호리병 하나, 표주박 하나, 반죽班竹 시통詩筒 하나, 통 속에는 우리나라 사람의 시권詩卷 하나, 채전축彩牋軸 하나, 일인용一人用 찬합 하나, 유의油衣 한 벌, 이불 한 채, 담요 한 장, 담뱃대 하나, 길이가 다섯 자 남짓한 담배통 하나를 준비하였다. 구부정한 모습으로 앞서거니 뒤서거니 문을 나섰다. 스스로 잘 정돈되었다고 여겨 흐뭇해했는데 오 리쯤 가서 다시 생각해 보니 잊은 것이 붓과 먹과 벼루였다.[1]

당시 문무자는 조선의 선비로서 일상생활에 꼭 필요한 물건들을 가능한 빼놓지 않고 챙겨갔음을 알 수가 있다. 수송수단인 나귀나 말, 옆에서 심부름할 종, 식사도구, 취침도구, 참고서용 책[시집], 기호식품인 담배 등등. 이뿐만 아니라 여러 사람이 산에 며칠씩 머물러야 하기에 공동체 구성원이 지켜야 할 계율도 정하였다.[2]

우리는 그가 입산入山에 가능한 가져갈 것은 다 가져가고, 지켜야 할 것은 다 지키려고 노력하였음을 알 수가 있다. 이것을 보면 옛사람은 현재의 우리가 입산할 때와 별반 다르지 않다. 사실 그들은 산에서 평소의 생활공간에 비해 조금은 부족하지만 품위 있게 지낼 만한 필수용품을 사용하고, 일행과도 이성적이든 감성적이든 불편하지 않게 지내다가 정신과 육체의 건강을 '담뿍' 담고 돌아온 것처럼 보인다.

정말로 조선시대 선비들은 산에 감으로써 오늘의 우리처럼 일상생활의 '스트레스'나 풀고 돌아오는 것인가. 아니면 매일 앉아 지내다가 갑자기 '불타는 사명감'에 빠져 직접 발로 우리 산천을 두루 돌아다니며 '국토의식'을 고취하거나 '자연의 미'를 체험하고 돌아오는 것인가. 그런 측면도 있을 것이고 아닐 수도 있다.

하지만 옛사람이 산에 가는 이유와 오늘날의 우리가 산에 가는 이유는 명백하게 다르다. 비록 옛사람들이 입산을 정확하게 설명하거나 입장을 표명하고 있지 않아 명쾌하게 설명하기는 어렵지만, 그들의 산행山行을 다음과 같이 이해할 수 있을 것이다.

옛사람들은 땅에 기운이 있다고 믿었는데, 땅의 기운[地氣]이 모여 있는 산에는 영靈이 많다고 한다. 그래서 심신이 허약한 사람은 도깨비나 귀신에 홀리므로 입산해서는 안 된다고도 한다. 그렇다면 누가 들어갈 수 있는가. '특별히' 선택된 사람, 곧 무당이든 도사든 승려든 간에 현실세계를 버린 사람만이 들어갈 수 있었다. 그들에게 입산이라는 행위는 영의 응결처에 존재한다는 것이다. 하지만 산이 깊고 높으며, 아름답고 신비하다고 해서 반드시 영의 응결성이 높은 것은 아니다. 또한 산에 들어간다는 것은 정신적 자유의 실현이다. 산은 현실세계[속세]의 연장이 아니다. 과장해서 말한다면 입산은 현실세계의 부정이라고 할 수 있다. 예컨대 '상입상출相入相出'이란 말에서 알 수 있듯이 산으로 들어가거나[入] 나오는[出] 일은 어떤 행위에 초점을 두고 있지 않다. 이 세계를 부정하고 저 세계로 들어가며[入], 저 세계를 부정하고 이 세계로 나오는[出] 일일 뿐이다. 이 현실[속세]은 헛된 상이므로 가능한 한 부정하여야 할 대상이고, 저 세계[산]는 진짜의 상이므로 긍정해야 할 대상이다. 그래서 입산한 사람은 속세의 허상을 버려 자신의 내면에서 나오는 희로애락喜怒哀樂 등의 정情을 응시할 수가 있게 되고, 이에 자신의 참다운 내면을 살펴서[觀] 정신적 자유를 얻게 된다.

그렇다면 오늘의 우리는 왜 산에 들어가는가. 우리의 입산은 일상의 스트레스를 풀거나 허약해진 몸을 단련하려는 데에 그 목적이 있다. 즉 입산이 도시[농촌] 생활의 확장일 뿐이다. 산과 사람은 서로 간섭하지 않는다. 이런 불간섭은 이제 산이 인간세계의 부정으로 형성된 청정한 지역이나 극락정토가 아니라는 사실을 뚜렷하게 나타낸다. 산은 이제 자신의 고유성[신성성]을 잃어버린 하나의 세속세계의 연장일 뿐이다. 힘차게 '야호'라도 해야 마음속이 시원해지는 곳이 바로 오늘의 산이다.

옛사람들의 입산은 산의 입구에서부터 이루어진다. 평지와 산이 만나는 접점, 즉

산의 입구를 초도超道라 부르는 것도 의미심장하다. 저 현실세계[속세]의 넝쿨처럼 질기게 얽힌 인연[반연拏緣]을 뛰어넘어야만 올바른 수양이 시작된다고 본다. 보이는 것, 들리는 것, 냄새나는 것, 느껴지는 것을 억지로 차단하지 않아도 초도를 건너는 것 자체가 외부를 차단하며 끊는 것이다. 그래서 그들은 외부가 차단된 곳으로, 산으로 들어가는 것이다.

옛사람에게 산에 들어간다는 행위[입산]는 자신들이 밟고 있는 대지에서 '신선의 세계[仙源]'를 가질 수 있다는 감정, 생각의 표상이다. 그들은 산에 들어가 선천세계先天世界의 기운을 받아들여 몸에 축적하니, 이른바 '호연지기浩然之氣'가 저절로 이루어질 수밖에 없다. 호연지기는 생명의 근원을 축적하고 기르는 일과 비슷하다. 도교 경전인 『태식경胎息經』에 의하면, 양성養性, 양생에는 여러 가지 방법이 있다고 한다. 그 중에서도 기와 관련한 방법이 정신精神과 관련한 방법과 함께 가장 중요하다. 몸에 생명이 깃드는 것은 몸 안으로 기가 유입됨으로써 이루어지며, 죽음을 맞이하게 되는 것은 몸 바깥으로 정신이 빠져나감으로써 이루어지는 일이다.[3]

그렇다면 누가 장엄한 초도를 넘어 산속에 들어가 하늘로부터 품부 받은 천성天性을 회복할 수 있는가. 천성을 회복하는 일은 바로 깨달음[覺]이다. 이러한 점을 지산芝山 조호익曺好益, 1545~1609은 「유향풍산록遊香楓山錄」에서 절구絶句로 보여주고 있다.

浮翠屏環小洞開 푸른 산 두른 속에 작은 동천 열렸는데

遠從蒼峽水聲來 저 멀리 골짝에서 물 흐르는 소리 오네

穿林步步雲隨閉 숲 사이로 걸어가자 구름 가리나니

山外風塵隔幾回 산 밖의 풍진 세상 몇 겹이나 막히었나

이 시에서 지산은 산속을 동천洞天[4]으로 파악함으로써 깨달음이 갑작스럽게 이루어진다. 동천은 속세와 다른 세계다. 왜 그런가. 산으로 들어간다는 것은 앞의 언급처럼 초도를 넘었다는 의미이다. 초도는 현실세계와 이상세계의 경계이며 분기점이다. 다시 말해 그가 산의 입구인 초도를 통과하고, 초도를 통과하자마자 저절로 동천에 이른 것이다. 그가 동천에 발을 딛고 세속을 돌아보니 자신을 넝쿨처럼 질기게 얽은 인연이 몇 겹인지 보이기 시작한 것이다.

一邛穿破幾重煙　지팡이를 짚고서 몇 겹 안개 뚫고 왔나
袖拂彤雲鶴背天　옷깃으로 구름 치고 학 등 타고 나니
回首層宵如有吹　하늘에서 젓대 불며 내려오는 신선 있어
玉簫聲拂夕陽邊　퉁소 소리 석양 가에 울리어 퍼지누나

그리고 지산은 산속에서 서산의 해가 지려고 할 때, 저 풍경을 울리는 바람이 한 번 지나가자 푸른 하늘이 텅 비면서 훤해졌음을 안다. 그는 자신의 주위도 덩달아 훤해졌음을 느낀다. 그 속에 표연히 홀로 서있자 젓대를 불면서 내려오는 자가 있는 것만 같았다. 그는 적연부동寂然不動[5] 상태로 몰입하여 주위가 온통 환하게 빛나고 있음을 알게 되었다.

그가 이러한 적연부동에서 얻는 것은 무엇인가. 이 적연부동은 부정되지 않는가. 사실 그가 이 시를 지어 적연부동의 동천을 부정하고, 다시 초도를 넘어 현실세계로 돌아오는데 무엇을 더 바라랴. 그러나 이러한 양성의 길을 그 누가 정확하게 말할 것인가. 옛사람이 초도를 비장하게 건너 산에 들어가서 '속세의 부정'을 겪고 난 후,

다시 '속세의 부정'을 부정하고 속세로 돌아옴을 어찌 말로 다 하겠는가. 사실 생각해보면 입산하여 심신을 수양한다는 것이 말처럼 쉽지 않다. 어떤 사람이 수양이 깊어져 깊은 선천세계를 체험하고 내려와 속세사람에게 말한들 어떻게 알아들을 것이며 또한 어찌 좋아하겠는가.

옛사람과 오늘날의 우리가 입산하는 이유가 다르다고 거듭 말하더라도 무슨 상관이겠는가. 요즘 사람들은 과학지식이 풍부하여, 산에 가는 일이 '미국식 웰빙'을 누릴 수 있다고 믿거나 만족하더라도 무슨 상관이겠는가. 그들에게 속세를 버리기 위해 초도를 건너 산에 들어가서 '부정'을 겪은 후, 다시 '부정의 부정'을 알고 속세로 돌아온다는 사실이 무슨 상관이겠는가. 여전히 옛사람은 옛사람이고, 우리는 오늘날의 우리인데⋯⋯.

이제 이 책을 읽을 독자 여러분에게 몇 가지 부연 설명을 하고자 한다. 앞의 글에서, 그리고 「부록」 등에서 입산入山 문제를 주로 심신 수양으로 파악함에도 불구하고, 실제 조선시대 선비의 명산 유람이 이런 주장을 귀납적으로 보여주고 있지 않음에 대해 당혹감을 느낄 수도 있을 것이다. 하지만 어떤 사실을 유형화하고 분류할 때, 수많은 자료를 제시하고 분류한 다음에 귀납적으로만 이루어진다고 주장할 수 없다. 연역적으로 유형화하고 분류한 다음 그것에 입각하여 새로운 연구를 시도하는 것도 충분히 가능하다고 본다면, 입산 행위의 연역적 이해는 옛사람의 명산 유람을 하나의 기행紀行으로만 다루는 기존의 입장에서 벗어난 좀 더 포괄적이며 근원적인 이해를 바탕으로 하는 시도라고 할 수 있다.

우선 우리는 『산해경山海經』「오장산경五藏山經」에 산은 인간이 살지 않는 곳으로 인식되고 있는 듯하며, 따라서 인간은 산 밑의 지역에 사는 것으로 암시되었다는 연구 결과에 의존하지 않더라도, 옛사람에게 자신의 생생한 삶의 터전인 세속과 신성성과 영험성에 의해 유지 계승되는 산이란 장소는 서로 간의 대척점이며, 긍정[有]·부정[無]의 관계로 작용하여 왔음을 알아야 한다. 이런 이해는 한 걸음 더 나아가 입산 자체가 후천세계[현실, 현상]에 대한 선천세계[이상, 본질]의 구현 과정이라는 지점에 도달할 때에 비로소 완전하게 된다는 다소 복잡한 과정이 필요하다.

그런데 이런 입장을 수용하여 조선시대 선비의 입산을 살펴본 결과, 수행장소로서의 산과 유람 장소로서의 산의 차이가 모호하여 이런 구분의 정당성이 확연하게 드러나지 않는 이유는 무엇 때문인가? 입산 행위의 이념적 개입은 오히려 이 산행의 진정성을 흐려놓을 수가 있다는 우려는 한낱 무비판적인 기우란 말인가? 아니다. 우리는 세속과 산이란 이항구조가 조선시대 선비의 입산에 적용될 때에 수양방법의 변화라는 새로운 변수를 고려해야만 한다.

산수 유람은 고금을 통해 이루어지는 일이다. 그런데 조선시대 선비들의 산수 유람은 오늘날과 달리 기록으로 남기는 경우가 많다. 그들은 산과 강을 노닐면서 얻은 경험을 보존하고자 기록하였다. 따라서 주희朱熹·장식張栻·임용중林用中 등이 편집한 시집인 『남악창수집南岳唱酬集』을 산행의 자료로 삼은 일, 명나라 양이증楊爾增이 1609년에 편집한 『해내기관海內奇觀』이 유입되어 읽힌 일, 더 나아가 선인의 기록을 모아 '와유록臥遊錄'을 엮어 산수 유람에 대한 지침서로 삼았던 일은 별로 놀라운 것도 아니다.

이 시기의 대유행이던 산수 유람, 유산수遊山水는 전 시대의 산수 유람과는 그 경향이 다르다는 점이다. 즉 산수 유람이 당대의 사상·철학의 변화와 일정한 연관에서 발생하였다는 점이다. 바로 유산수는 당대 사람들의 수양방법론修養方法論의 변화에 일정 정도 경사되어 있다. 전대의 수양방법론은 설선薛瑄, 1389~1464이 『독서록讀書錄』에서 제기한 것들이었다. 16세기 선비들은 설선의 수양공부론에 충실하였다. 퇴계나 율곡도 예외가 아니었고, 그 제자나 재전再傳 제자들도 오직 설선의 『독서록』에 충실하려는 경향이 있었다. 배우는 자는 묵좌默坐나 정좌靜坐하면서 마음의 욕망을 누르고 없애는 길 밖에 없다. 그들은 이를 질욕窒慾이니 세심洗心, 또는 징심澄心이라 하였다. 이렇게 철저하게 자신을 내면화하고 수렴收斂함으로써 인간의 욕망을 철저하게 부정하려고 하였다.

한편 중국 명나라에서는 여러 분야에서 빠르게 변화하고 있었다. 초반의 송렴宋濂, 조단曹端, 막단莫旦 등이 명맥을 유지해온 학문의 풍토가 바뀌면서 후반에 이르러 귀유광歸有光, 1507~1571, 전겸익錢謙益, 1582~1664, 귀장歸莊, 1613~1673, 황종희黃宗羲, 1610~1695 등이 새로운 사상과 철학을 선택하자 수양방법론이 크게 달라졌다.

새로운 수양공부론은 한마디로 '점성點醒'이라 할 수 있다. 점성은 불교식으로 말한다면 땔나무하고 물을 긷고, 밥을 하고 옷을 해 입는 것이 바로 수양공부라는 가르침이었다.[6] 이제는 문을 닫고 방에 앉아 화두話頭에 몰입하여 진리를 찾는 참선은 그 효용성에 의심을 받았다. 그래서 선생들은 학생들에게 가능한 한 참선을 시키기보다는 점성을 하려고 하였다. 점성은 생활에서 시시때때로 일어나는 일로 학생에게 깨우쳐주는 방식이다.

예를 들면 시문을 짓는 경우에도 방 안에 앉아 고심참담하게 상을 떠올리는 것이 아니라 직접 산천을 유람하면서 곧바로 눈에 보이는 사물의 상을 표현하였던 것이다. 이때 선생은 학생의 어려운 부분을 지적하여 깨우쳐주었다. 시인뿐만 아니라 화가, 음악가 등도 주위산천을 그리거나 읊조리고, 또는 도시나 저자[場]로 나아가

자신의 감흥을 그림에 담거나 읊조리는 것도 같은 맥락에서 파악한다면 더 유연해질 수 있다.[7]

이처럼 입산, 또는 유람이라는 자료를 하나하나 모아 적용하기보다는 먼저 유형화하고 분류한 입산, 산행의 의미화를 가지고 조선시대 선비의 실제 산행을 문학, 문화적으로 읽어가면서 그 입산, 또는 산행의 새로운 방향을 드러내고자 하였던 것이다. 앞의 언급처럼 이 산행은 한편으로는 산수 유람의 예술성을 표출하고, 다른 한편으로는 그 지향하는 바의 심신수양을 담고 있다는 점이다. 다만 그 심신수양의 실제 면모는 거의 언명言明되고 있지 않다는 점이 어렵다. 이 때문에 입산은 그 현상보다 본질의 이해가 우선 전제되어야 하고, 또는 은유가 요구되는 일인 것이다.[8]

1) 이옥, 『역주 이옥전집』, 실시학사 고전문학연구회 역, 소명, 2001.
2) 앞의 책.
3) 앙리 마스페로, 『불사의 추구』, 표정훈 옮김, 동방미디어, 2000.
4) 신선이 사는 장소. 『운급칠첨(雲笈七籤)』 「천지궁부도(天地宮府圖)」에 동천에는 10개의 대동천(大洞天)과 36개의 소동천(小洞天)이 있다고 한다.
5) 아주 고요하여 움직이지 않음을 말한다. 『주역(周易)』 「계사상(繫辭上)」에 "역(易)은 생각도 없고 하는 것도 없어, 고요히 움직이지 않다가 느끼어, 드디어 천하의 일을 통한다(易无思也, 无爲也, 寂然不動, 感而遂通天下之故)."라고 하였다. 이 적연부동은 비유메타포리로 선천세계의 상태를 말한다.
6) 혜능(惠能, 638-713)의 선(禪)은 '이 마음 그대로가 바로 부처(卽心卽佛)'라는 설법이 핵심이다. 여기서는 행주좌와(行走坐臥), 어묵동정(語黙動靜)이 모두 선(禪)이 되며, 부처는 현실적인 인격 또는 인성으로 구체화되고, 선의 실천무대는 세속을 떠난 정적 속의 산사나 피안의 세계가 아니라 중생이 살고 있는 지금, 여기의 현실생활로 옮겨진다. 이은윤, 『육조 혜능평전』, 동아시아, 2004.
7) 물론 이와 같은 경향으로 당대의 문학과 예술은 전반적으로 속화(俗化)되었다. 달리 말해 기존의 '성선설(性善說)'이 '성(性, 이념·원리)'의 능동성을 강조하여 이 세상을 설명하였던 것을, '정선설(情善說)'이 '정(情, 감정·실제 현실)'의 능동성을 강조하여 이 세상을 설명할 수가 있게 되었다는 것이다.
8) 여기서 은유란 그것은 말할 수 없는 것을 말하고자 하는 노력의 도구이며, 체험적 의미에 갇혀 있는 인간이 추상적인 사고를 표현하는 방식이다.

옛사람의 명산 유람

북한산 北漢山

옛사람들은 산이 신비한 능력을 가지고 있다고 생각했다. 산을 평지와 비교해보면 산이 더 높다는 걸 알 수 있는데, 허신許愼은 『설문해자說文解字』에서 "산에는 돌이 있어 높다"라고 하였다. 또한 허신은 어떤 대상이 '높다', 어떤 대상을 '높인다'는 의미의 한자 '숭崇'은 '산山'에서 파생하였다고 말한다.

근대 이전까지의 산이 실질적인 숭배와 외경의 대상이 되었음은 두말할 나위조차 없다. 그리고 조선시대의 선비일지라도 산에 들어가는 일, 즉 입산入山은 아주 특별한 일이었을 것으로 여겨진다. 특히 입산은 현실세계와의 대척점에 있는 공간이란 점에서 더욱 그렇다.

문무자文無子 이옥李鈺, 1760~1813은 1793년(정조 17) 가을에 북한산 중흥사重興寺 일대를 유람하고 나서 「중흥유기重興遊記」를 지었다. 이 산행은 4박 5일의 일정으로, 동행자는 김려金鑢와 그의 아우 김선金鍹, 그리고 민사응閔師膺이었다. 알다시피 중흥사는 매월당梅月堂 김시습金時習이 머물면서 공부하다가 세조의 정변 소식을 듣고 서책

을 불태우며 머리를 깎고 기행의 방랑길에 나선 절이다.

중흥사는 원래 30여 칸의 절이었는데, 1711년(숙종 37)에 북한산성을 쌓으면서 136칸의 대사찰로 중창되었다. 이후 중흥사에 도총섭都摠攝을 두어 승군僧軍의 지휘를 맡게 하였는데, 갑오경장 이후 승군이 해산되고 고종 말년에 모두 불타 주춧돌만 남아 있다가 근래에 복원 사업을 마쳤다.

일반적으로 '유기遊記'라는 문학장르는 유람 일정을 골간으로 삼아 여행길의 견문을 기록하고, 산천경물을 묘사하는 산문작품을 말한다.[9] 그런데 이옥의 「중흥유기」는 유람 일정과는 상관없이 소재별로 14개의 독립된 항목으로 분류하여 다루고, 마지막에 총론總論을 추가하여 끝을 맺고 있다.

각 항목을 제시하면 다음과 같다.

산행 날짜[時日 二則]

함께 간 사람[伴旅 二則]

행장[行李 二則]

약속[約束 五則]

성곽[譙堞 二則]

누정[亭榭 四則]

관아 건물[官廨 一則]

사찰[寮刹 五則]

불상[佛像 五則]

승려[緇髡 十二則]

천석[泉石 一則]

꽃과 나무[草木 二則]

숙식[眠食 一二]

술[盃觴 二則]

총론[總論 一則] 총 15항 47칙이다.[10]

이제 문무자의 글을 따라 북한산을 두루 유람하는 것이 순리겠지만 여기서는 「중흥유기」의 '약속'과 '총론' 항목만을 살펴보자. 이옥은 '약속'에서 산행에서 지켜야 할 계율을 제시하고 있다.

도성 문을 나서며 삼장三章의 법을 세웠다. 첫째, 시에 대한 규율이다. 시 속의 사람을 지을 것이지 사람 속의 시를 지어서는 안 되며, 시 속의 경치가 되게 할 것이지 경치 속의 시가 되어서는 안 될 것이다. 둘째, 술에 대한 규율이다. 산골짜기나 개울가에 다행히 주막이 있거든 술이 붉은지 누런지 묻지 말 것이며, 맑은지 걸쭉한지 묻지 말 것이며, 술 파는 여자가 어떠한지 묻지 말 일이다. 우리가 숫자가 밟다고 받아주지 않으면 마시지 않고 그냥 지나간다. 술이란 한 잔을 마시면 화기가 돌고, 두 잔을 마시면 취기가 오르게 되고, 석 잔을 마시면 노래하게 되어, 말이 많아지지 않으면 비틀거리게 되는 것이니 술을 마시기는 하되 석 잔에 이르는 것을 일절 허용하지 않는다. 석가여래가 이 금과옥조를 증명해 줄 것이다. 셋째, 몸가짐에 대한 규율이다. 이미 지팡이를 짚고 신 신어 준비를 마쳤고 이미 옷을 걷어 올렸으니, 비스듬한 길을 올라도 괜찮고, 험한 비탈을 올라도 되며, 무너진 다리를 뛰어 건너도 되고, 험한 구렁을 누벼도 된다. 그러나 백운대에 오르려는 것은 안 된다. 올라갈 수 없는 것이 아니지만 올라가면 안 된다. 이 말을 어기는 자가 있으면 산신이 그를 용서하지 않을 것이다.[11]

문무자가 산행을 시작하면서 세운 세 가지 계율에서 첫째 부분이 시에 대한 규율이다. 옛사람들의 산수 유람은 단순히 산을 오르내리는 운동에만 있지 않았다.[12] 조선시대의 선비들은 산수 속에서 심성을 도야하였으며, 관리 생활을 하면서는 은일의 세계를 동경하여 산수를 유람하였다.

그는 산수 유람에서 시 짓기를 제일 중요하게 여겼다. 그리고 "시 속의 사람을 지을 것이지 사람 속의 시를 지어서는 안 되며, 시 속의 경치가 되게 할 것이지 경치 속의 시가 되어서는 안 될 것이다"라고 다짐했는데, 이는 산수 유람에서 그 흥취에 잠겨 시적 정취를 지닌 사람과 경물을 그려야지 세속의 인위적인 작태를 따르는 사람이나 경물을 그릴 수는 없다는 입장이다.

술에 대한 규율은 매우 단순하면서도 명쾌하다. 술 한 잔은 사람의 화기를 북돋아주고, 술 두 잔은 취기를 불러오고, 술 석 잔은 정신 일부분을 마비시켜 노래나 똑같은 말로 나타나 이어 몸마저 둔화시켜 비틀거리게 하므로 산행에서 술 석 잔은 허용할 수 없다는 것이다. 산행에 있어서 음주는 취기 오르는 정도까지가 적당한 것이지 지나치면 안 된다는 점은 예나 지금이나 마찬가지이다. 물론 예나 지금이나 지키는 사람이 드물다는 것도 마찬가지이다.

몸가짐에 대한 규율도 분명하다. 산행이므로 비스듬한 길, 험한 비탈, 무너진 다리, 험한 구렁을 다 누벼도 좋지만 백운대는 남겨 두라고 했다. 산신山神이 거처하는 곳이라는 의미이다.

이옥은 「중흥유기」의 끝부분에 총론總論을 두었다.

바람은 잔잔하고 이슬은 정결하니 팔월은 아름다운 계절이고, 물은 흘러 움직이고 산은 고요하니 북한산은 아름다운 경지境地이며, 개제순미豈弟洵美한 몇몇 친구는 모두 아름다운 선비다. 이런 아름다운 선비들로서 이런 아름다운 경계에 노니는 것이 어찌 아름다운 일이 아니겠는가? 자동紫峒을 지나니 경치가 아름답고, 세검정에 오르니 아름답고, 승가사의 문루門樓에 오르니 아름답고, 문수사文殊寺의 문에 오르니 아름답고, 대성문에 임하니 아름답고, 중흥사 동구峒口에 들어가니 아름답고, 용암봉龍岩峯에 오르니 아름답고, 백운대白雲臺 아래 기슭에 임하니 아름답고, 상운사祥雲寺 동구가 아름답고, 폭포가 빼어나게 아름답고, 대서문大西門 또한 아름답고, 서수구西水口가 아름답고, 칠유암七游岩이 매우 아름답고, 백운동문白雲峒門과 청하동문青霞峒門이 아름답고, 산영루山暎樓가 대단히 아름답고, 손가장孫家庄이 아름답다.

정릉동구貞陵洞口가 아름답고, 동성東城 바깥 모래펄에서 여러 마리 내달리는 말을 보니 아름답고, 사흘 만에 다시 도성에 들어와 푸른 깃발 내걸린 동네 주막과 붉은 먼지 날리는 수레와 말을 보게 되니 더욱 아름답다. 아침도 아름답고 저녁도 아름답고, 날씨가 맑은 것도 아름답고 날씨가 흐린 것도 아름다웠다. 산도 아름답고 물도 아름답고, 단풍도 아름답고 돌도 아름다웠다. 멀리서 조망해도 아름답고 가까이 가서 보아도 아름답고, 불상도 아름답고 승려도 아름다웠다. 좋은 안주가 없어도 막걸리가 또한 아름답고, 아름다운 사람이 없어도 나무꾼의 노래가 또한 아름다웠다. 요컨대 그윽하여 아름다운 곳이 있고 밝아서 아름다운 곳도 있었다. 탁 트여서 아름다운 곳이 있고 높아서 아름다운 곳이 있고, 담담하여 아름다운 곳이 있고 번다하여 아름다운 곳이 있었다. 고요하여 아름다운 곳이 있고, 적막하여 아름다운 곳이 있었다. 어디를 가든 아름답지 않은 곳이 없고, 누구와 함께 하든 아름답지 않은 곳이 없었다.

나는 말한다. 아름답기 때문에 왔다. 아름답지 않다면 오지 않았을 것이다.[13]

이옥은 총론에서 '아름답다'는 의미의 '가(佳)' 자를 쉰한 번 반복하고 있다. 이 반복은 산행의 유쾌한 흥취를 극대화해서 표현하는 효과를 준다. 이는 '가' 자의 계속된 반복이 글쓰기의 규범성을 벗어나면서도 자신의 감정을 거침없이 발산하는 데에 유리하기 때문인지도 모른다. 다만 이옥 자신이 직접 말했듯이 북한산에 온 이유는 간단하다. "아름답기 때문에 왔다. 아름답지 않다면 오지 않았을 것이다."

이제 나도 「중흥유기」를 읽은 이유를 감히 말하겠다. 아름답기 때문에 읽었다. 아름답지 않으면 읽지 않았을 것이다.

---

9) 진필상(陳必祥), 『한문문체개론(漢文文體槪論)』, 古漢語知識叢書, 河南人民出版社, 1986. 심경호, 『한문산문의 미학』, 고대출판부, 1998.

10) 자세한 내용은 이옥, 『역주 이옥전집』, 실시학사 고전문학연구회 역, 소명, 2001을 참조.

11) 이옥, 『역주 이옥전집』, 실시학사 고전문학연구회 역, 소명, 2001, "出國門, 立三章法. 一曰戒詩. 作詩中人, 不可作人中詩. 爲詩中景, 不可爲景中詩. 二曰戒酒. 山坳水涯, 幸而酒家, 勿問紅鵝, 勿問波渣, 勿問當壚者之如何. 不許我衆, 不飮而過. 一杯而和, 二杯而酢, 三杯而歌. 不皷則侑, 一切勿許飮至三蝶. 如來釋迦, 證此金科. 三曰戒身. 旣杖旣屨而綦, 旣扱衣, 仄蹬可, 峻阪可, 踤崩橋可, 陡堅可, 白雲臺不可. 匪不能不可也. 有渝此言, 山神其原齊."

12) 예를 들면 옥소(玉所) 권섭(權燮, 1671~1759)이 산수 유람에 경도된 것은 산수를 세상과 분리된 공간으로 인식하고 이곳에서 현실에서 이루지 못한 바를 실현하며, 탐미 대상으로 자신의 내면 정감을 투사하였기 때문이라고 한다. 홍성욱, 「유행록을 통해 본 권섭의 산수유람과 심미의식」, 『18세기 예술·사회사와 옥소 권섭』, 이창희 등 저, 다운샘, 2007.

13) 이옥, 『역주 이옥전집』, 실시학사 고전문학연구회 역, 소명, 2001, "風枯露潔, 八月佳節也, 水動山靜, 北漢佳境也, 豈弟洵美二三子, 皆佳土也. 以玆游於玆, 如之何游之不可也. 過紫峒佳, 等洗劍亭佳, 登僧伽門樓佳, 上文殊門佳, 臨大成門佳, 入重興峒口佳, 登龍巖峯佳, 臨白雲下麓佳, 祥雲峒口佳, 簾瀑絶佳, 大西門亦佳, 西水口佳, 七游岩極佳, 白雲靑霞二峒門佳, 山嶼樓絶佳, 孫家庄佳, 貞陵洞口佳, 東城外平沙, 見群馳馬者佳, 三日復入城. 見宿坊肆紅塵車馬更佳, 朝亦佳, 暮亦佳, 晴亦佳, 陰亦佳, 山亦佳, 水亦佳, 楓亦佳, 石亦佳, 遠眺亦佳, 近逼亦佳, 佛亦佳, 僧亦佳. 雖無佳殽濁酒亦佳, 雖無佳人樵歌亦佳. 要之有幽而佳者, 有爽而佳者, 有豁而佳者, 有危而佳者, 有淡而佳者, 有釀而佳者, 有窈而佳者, 有寂而佳者, 無往不佳, 無與不佳, 佳若是其多乎哉. 李子曰, 佳故來, 無是佳, 無是來."

도봉산 道峯山

월사月沙 이정구李廷龜, 1564~1635의 「유도봉서원기遊道峯書院記」는 그리 긴 글이 아니므로 전문을 제시하고자 한다.

서울 근교의 명산으로는 반드시 도봉산과 삼각산을 말하는데, 특히 계곡과 수석水石의 뛰어난 경치는 영국동寧國洞과 중흥동重興洞을 최고로 치니 모두 산의 하류에 있다. 1582년(선조 15) 가을, 나는 정엽鄭曄과 함께 영국서원寧國書院에서 독서하였다. 당시에 도봉산과 수락산을 유람하였는데, 그때 나와 시회時晦, 정엽는 아직 약관도 안 되어, 위험을 꺼리지 않고 끝까지 탐험하고서야 비로소 유람을 끝냈다. 삼십여 년간 꿈길에서도 이곳을 거닐던 일을 잊은 적이 없다.

1615년(광해군 7) 가을 백사白沙 이항복李恒福이 탄핵을 받아 노원蘆原 마을에 우거하고 있었으며 나 역시 물러나서 한가하게 지내고 있었다. 드디어 윤해尹澥, 큰 아들 명한明漢과 함께 술을 들고 백사를 방문하였다. 대화를 하는 중에 시간이 한참 흘렀다. 내가, 백사에게 말하였

다. "수락산의 가을 폭포가 바야흐로 성하고 도봉산 물가에 초당을 새로 지었다고 합니다. 오늘 같이 가서 감상하는 것이 어떻겠습니까?" 백사가 흔쾌히 승낙하였다. "수락산은 내가 평소에 매일 가던 곳이니, 도봉산을 꼭 가고 싶다네. 더구나 그대와 함께 간다면 정말로 즐거운 일일 것일세." 곧바로 아이를 불러 지팡이와 짚신·두건·옷 등을 챙겨 노새를 타고 나섰다.

개울을 따라 갈대숲 사이로 수십 리를 가서 다락원의 큰 길을 지나 골짜기 입구로 들어서니 이미 별세계였다. 시냇물 소리와 산 빛이 사람으로 하여금 응접할 겨를이 없게 하였으니, 진실로 산음山陰으로 가는 길을 걷는 것 같았다. 긴 폭포, 끊어진 벼랑, 야트막한 물가, 포개어진 모래톱, 밝은 못, 우뚝 솟은 석벽, 모래섬이 된 것, 돌섬이 된 것, 절벽이 된 것, 바위가 된 것, 모든 것이 다투어 기이한 형상을 드러내 장관을 바치는 것이 마치 나를 반기는 듯하였다. 여기는 모두 예전에 아침저녁으로 돌아다닌 곳으로, 이를 보니 옛 모습이 아닌 것이 없다. 다만 바위는 더욱 늙어 이끼가 끼고, 나무도 더욱 자라 기이하며, 봉우리는 그 높이를 더한 듯하고, 물은 그 밝기가 더한 듯하다.

서원에 절을 하고 나서, 바위나 언덕 중에 앉을 만한 곳, 산책할 만한 곳을 즐기지 않은 것이 없었다. 지겨워지자 돌아와 침류당枕流堂 동쪽 누각에 앉았다. 누각은 예전에 없던 것으로 새로 지었는데, 청절淸絕한 정취가 즐길 만하였다. 밤에 침류당에서 자는데 물결소리가 침상을 흔들고 봉우리 위 달빛이 창으로 들어왔다. 한밤에 잠을 깨니 꿈속에서 삼협三峽을 건너는 것 같았다. 백사가 나를 발로 건드리며 말하였다. "이 아름다운 경치의 멋을 다시 만날 수 있겠는가?" 드디어 술을 가득 부어 몇 잔 마시고는 명한에게 노래를 부르라고 시켰다. 이어 앞뜰을 산보하고 낭랑히 소식의 「적벽부」를 읊조리니 표연히 바람을 타고 신선이 되어 날아갈 듯한 느낌이 들었다. 내가 옛날에 여기서 세 달을 보냈지만, 일찍이 오늘밤과 같은 맑은 흥취를 만난 적이 없다. 이제야 알겠노라, 예전에 처음 여기서 논 것이 아니라 지금에서

야 처음 즐기고 있음을. 드디어 글을 쓴다.[14]

월사는 17세기 전반기에 주로 활동한 문장가로서 상촌 신흠, 계곡 장유, 택당 이식과 더불어 한문 사대가로 불렸다. 그는 평소 산수를 사랑하여 관직 생활 중에도 명산을 유람하였는데, 그때의 체험을 기록한 산수유기山水遊記가 십여 편이나 된다. 그중에서도 여기서 소개하는 「유도봉서원기」는 산수 경물 묘사와 자신의 정취를 표현함에 있어 매우 뛰어난 작품이다.

글의 첫째 단락은 약관의 나이에 도봉산을 유람했던 기억을 말하고 있다. 둘째 단락은 30년이 지난 후 또 다시 도봉산에 놀러가게 된 경위를, 셋째 단락은 예나 지금이나 변함없는 도봉산의 빼어난 경물을 그렸다. 넷째 단락은 이번 두 번째의 유람으로 말미암아 비로소 도봉산의 청절淸絶한 정취를 즐기게 되었다는 감회를 펼쳤다. 이러한 단락의 배치는 누구나 택하는 매우 단순한 시간상의 서술에 지나지 않는 것처럼 보이지만, 실상은 작자가 자신의 정서를 효과적으로 전달하기 위한 의도로 여겨진다. 첫째 단락에서 30년 전의 유람 기억을 제시하는 것은 이번[두 번째] 유람의 특별함을 강조하기 위한 복선으로, 도봉산의 빼어난 경치를 묘사한 후 달밤의 정취를 서술함으로써 정취가 더욱 빛나기 때문이다. 즉, 작자는 체험을 시간 순서로 나열하는 단락 배치에, 객관 대상물인 도봉산과 작자의 정감을 상호 융합된 물아일치物我一致의 모습으로 드러내고 있다. 월사가 물아일치를 추구한 측면은 이 글이 서원에 대한 이야기임에도 불구하고 "서원에 절을 하고 나서"라고 딱 한마디만 하고 끝까지 산수 경물 묘사와 자신의 정취를 표현하는 데에서도 쉽게 알 수가 있다.[15]

우리가 흔히 말하는 물아物我가 하나로 융합된 모습은 어떤 것일까? 다음은 당나라 시인 이하^{李賀}의 「남원·13^{南園·十三}」이란 작품인데, 이를 통해 물아일치를 이해할 수가 있다.

小樹開朝徑 관목의 아침 오솔길
長茸濕夜烟 이슬에 젖은 여린 풀
柳花驚雪浦 버들개지 떨어진 눈 같은 포구
麥雨漲溪田 물 불어난 보리밭과 논도랑
古刹疎鐘度 고찰의 드문드문한 종소리
遙嵐破月懸 밤안개와 떠오르는 달
沙頭敲石火 석화를 피우는 강가
燒竹照漁船 어선을 밝히는 대나무 횃불

산수·초목의 소리와 빛이 시인의 정감과 혼연한 일치를 이루고 있다. 밤안개가 점차 사라져도 길가의 여린 풀은 아직도 이슬에 젖어 있었으며, 구불구불한 오솔길을 따라 안개가 걷히고 날이 밝아오면서 관목의 숲이 점차 드러났다. 버드나무 숲에 봄바람이 스치자 버들개지가 눈처럼 휘날려 강가의 모래톱을 가득 메우고, 잠깐 내린 봄비로 논밭에는 물이 찰랑찰랑 차올랐다. 여기서 주의할 점은 이런 객관적인 대상물을 바라보는 시인의 감정 흐름이 '경^驚' 자에 있다는 점이다. 사실 「유도봉서원기」에서 말하는 '시득^{始得}'도 같은 역할을 하는데, 이미 한번 보았음에도 경험할 수 없었던 '진정한 정취'를 이번 유람을 통해서 발견할 수 있었다는 점이다.

다시 시로 돌아가서 살펴보자. 오랜 사찰의 종소리가 드문드문 들려오고, 문득 돌아본 먼 산에 안개가 피어올랐다. 그믐달이 떠오르자 강가의 어부들은 불을 지피고 대나무 횃불을 준비해서 고기 잡을 채비를 했다. 이것은 시인이 강가를 거닐면서 본 밤 풍경인 것이다. 이처럼 본래 독립적인 장면들이었던 것들이 사실은 그 속에 사람 감정의 흐름에 의해 하나로 연결되는 물아일치를 이루니, 그야말로 한 편의 청신하고 심오한 풍경이다.

「유도봉서원기」에서 월사와 백사는 달빛 때문에 잠을 못 이루고 밖으로 나와 정취를 즐기는데, 이를 통해 월사는 예전에는 밤의 청치(淸致)를 만나지 못했지만 오늘 밤에는 특별한 정취를 만났다고 힘주어 말하였다. 그는 두 번째 도봉산 유람으로 글로 표현하기 어려운 최고의 경지[意境]를 획득하여 후대의 우리에게 보여준 것이다. 이처럼 월사가 도봉산과 하나 됨도 다행이지만, 우리가 월사와 하나 됨은 더욱 다행이 아니겠는가.

---

14) 이정구(李廷龜), 『월사집(月沙集)』, "負郭名山, 必稱道峯·三角, 其溪壑水石之勝, 寧國洞·重興洞爲最, 皆兩山之下流也. 壬午秋, 余與鄭時晦讀書寧國書院, 仍遊道峯·水落山. 伊時余與時晦俱未弱冠, 不憚危險, 窮探乃已. 三十餘年, 夢魂未嘗不往來此間. 乙卯秋, 白沙相公負譴, 僑寓蘆原村, 余亦散廢閒居, 遂與尹侯仲淸, 長兒明漢, 携酒往訪. 話移晷, 余謂白沙曰, "水落秋瀑方盛, 道峯新·溪堂云, 今日可同賞否?" 沙翁·然曰, "水落吾常日往, 道峯吾願也. 與君行甚樂事也." 卽呼兒整枕屨幅巾布衣, 跨騾而出. 沿溪行蘆葦間數十里, 歷樓院大路入洞口, 已是別境. 溪聲山色, 使人應接不暇, 眞似山陰道上行也. 其長瀑·其絶壑·其淺渚·其重洲·其澄潭·其陡[원문은 陟]壁, 爲坻爲嶼爲嶔爲巖者, 爭呈奇獻狀, 若迎我者然. 皆昔年朝夕遍屐處, 見之無非舊面, 但覺石益老而蒼, 樹益老而奇, 峯若增其高, 水若增其淸. 拜祠訖, 凡石若丘之可坐可步者, 靡所不盡意. 倦歸坐枕流堂東樓. 樓卽舊無而今增, 淸絶可愛. 夜宿枕流堂, 波聲撼床, 嶺月入戶, 三更睡起, 若夢中度三峽也. 沙翁蹴余曰, "能會此勝否?" 遂引滿數杯, 令明漢歌, 仍散步前除, 朗吟子瞻「赤壁賦」, 飄然有御風登仙之想. 念我昔寓此盡三秋, 未嘗遇此夜淸致, 於是知昔之未始遊, 遊於是乎始, 遂志之." 이하 원문은 韓國文集叢刊本을 저본으로 하였다.
15) 노경희, 「옛사람과 함께 노닌 도봉산 유람」, 『문헌과해석』 20, 문헌과해석사, 2002.

인왕산 仁王山

서울 경복궁 옆에는 인왕산이 있다. 인왕산을 생각하면 무엇이 떠오르는가. 산을 중심으로 첩첩이 솟아 있는 고층아파트인가, 아니면 겸재謙齋 정선鄭歚, 1676~1759의 「인왕제색도仁王霽色圖」인가.

봄날의 인왕산. 마음의 어떤 큰 울림을 바라는 것은 아니었다. 유독 필운대弼雲臺 꽃구경이 18세기 후반에서 19세기 초까지 많은 시인의 입에 오르내렸다는 사실만을 믿고 번암樊巖 채제공蔡濟恭, 1720~1799의 발자취를 찾아 나섰다.

번암 채제공은 1783년(정조 7)에 목만중睦萬中, 1727~?, 이정운李鼎運, 1743~?, 심규沈逵 등과 인왕산 산기슭에 위치한 필운대에서 꽃구경을 하고 「조원기曹園記」를 남겼다. 여기서 '조원기'는 조씨曹氏 성을 가진 사람의 정원에 대한 기록을 말한다.

필운대는 서울시 종로구 필운동 서쪽 끝인 인왕산 산기슭 배화여고 뒤쪽에 위치하고 있다. 원래 이 근처에는 임란 때의 명장 권율權慄, 1537~1599의 집이 있었는데, 그의 사위 백사白沙 이항복李恒福, 1556~1618이 처가에 살게 되면서 백사의 자취가 남은 장

소가 되었다.

필운이라는 명칭은 1537년(중종 32)에 반황태자탄생조사頒皇太子誕生詔使로 조선에 온 명나라 사절단 부사 오희맹吳希孟이 중종의 청에 따라 인왕산을 필운산弼雲山으로 고치면서 생겼다고 한다. 필운은 운룡雲龍, 경복궁을 오른쪽에서 보필輔弼한다는 의미를 갖고 있다.

현재 필운대 바위에는 '弼雲臺'라는 세 글자가 새겨져 있는데, 이 각자刻字는 백사의 친필이라고 전해진다. 그 오른편 암벽에는 백사의 9대 손인 귤산橘山 이유원李裕元, 1814~1888이 1837년(헌종 3)에 백사를 그리며 쓴 한시가 예서로 새겨져 있다.

이제 번암의 「조원기曹園記」 전체를 살펴보자.

1783년 3월 10일에 여와餘窩 목만중과 필운대에서 꽃구경을 하기로 약속하였다. 저녁밥을 먹고 나서 가마[肩輿]를 타고 약속한 곳으로 갔더니 여와는 아직 이르지 않았다. 필운대 앞 바위에 발없이 걸터앉아 있었다. 조금 뒤에 이정운·심규와 함께 여와가 종자에게 술병을 들게 하고는 사직단 뒷길로 해서 솔숲을 뚫고 이르렀다. 나는 일어나서 맞이하고 그를 바라보며 빙그레 웃었다. 그때 휘황한 저녁노을이 하늘을 물들이고 꽃기운은 사람을 확 휘감으니 이 풍경 저 풍경 다 돌아볼 겨를이 없을 정도였다. 귀한 집 자제들이 동무들과 짝을 지어 계속 몰려와서 마치 저자거리인 양 사람들로 메워졌다.

나는 본래 호젓한 데 길들여진 사람인지라 그런 소란이 너무 싫었다. 정동쪽을 내려다보니 수백 걸음 떨어진 곳에, 소나무가 정원 안에 듬성듬성 서 있고, 꽃가지가 담장 밖으로 살짝 드리워진 집이 눈에 들어왔는데 너무도 사랑스러웠다. 여와에게 머리를 돌려 말하였다. "저기에는 분명 특별한 구경거리가 있을 테니 우리 그리로 가봅시다." 모두 좋다고 하여 드디어 온 길로 걸음을 돌려 작은 골목길로 들어서니 널문이 입을 딱 벌린 채 열려 있었다. 우리가 꽃을 찾아서 이른 줄 알아차린 주인은 우리를 인도하여 집 뒤의 후원으로 데리고 갔다. 후원은 돌을 쌓아 여덟아홉 층에 이르는 꽃계단[花階]을 만들었는데 갖가지 기이한 꽃으로 덮여 있었다. 붉은 꽃, 자주 꽃, 노란 꽃 등이 이루 형언할 수 없을 정도로 흐드러지게 다투어 피어 눈이 어지러질하여 똑바로 쳐다볼 수조차 없었다.

동서로는 늙고 푸른 소나무 두 그루가 마주하고 있는데, 서쪽에 선 것은 기운 벽에 뿌리를 내려 늙은 등걸이 구불구불 가로 뻗은 모습이 마치 쓰러져 누운 사람 같았다. 사람들이 나무막대로 누운 몸통을 받쳐 놓아 땅바닥에 붙지 않고 지탱은 하고 있으나 쓰러져 가는 형세를 막을 수는 없었다. 북쪽으로부터 뻗어서 남쪽으로 향하고 있는데 남쪽으로 얼추 너덧 길 되는 곳에서 또 굽어 동쪽으로 뻗었다. 그늘이 울창하게 드리운 곳에서 가지가 끝났다. 그 아래의 뜰은 넓이가 십 무畝이다. 우리는 그 그늘에 자리를 깔고 여러 사람들과 더불어 즐거워하였다. 승선承宣 유항주俞恒柱가 뒤따라 이르고, 학사 윤상동尹尚東도 마침 봄나들이 하려 나왔다가 내가 화원의 소나무 그늘에 있다는 말을 듣고 뒤따라 이르렀다. 술을 몇 잔 돌리면서 꽃의 품격을 평하고, 시문의 체재를 논하기도 하다 보니 어느새 해는 떨어지고 달이 동편에 떠올라 있었다.

주인은 성이 조씨이다. 한가로이 집에 거처하며 꽃을 심는 것을 일과로 하고, 거문고를 즐겨 탈 뿐이요, 세상사로 마음을 어지럽히지 않는 사람이었다. 오늘날 사대부가 변신하기도 하고 벗을 팔기도 하며 밤낮으로 영화를 꾀하고 이익을 탐내는 짓으로 일신의 계획을 삼는 것에 비하면 어진 사람이라고 해야 하지 않겠는가! 이에 감동한 바가 있어 조원기를 짓는다.[16]

요즘은 양력을 따르기에 봄은 대략 3~5월이지만, 음력을 따르던 시대에는 1~3

월이 봄이었다. 따라서 번암은 늦은 봄에 인왕산의 꽃구경을 나선 것이었다. 번암은 1783년 3월에 목만중·이정운·심규 등과 함께 필운대 꽃구경을 하였다. 때는 저녁인지라 휘황한 노을이 하늘을 물들이고 꽃기운은 사람을 휘감아 주위 풍경이 황홀하면서도 안온하였다. 사실 '필운대의 꽃구경은 서울에서 으뜸'으로, "눈에 가득 화사한 꽃이 집집마다 똑같다"고 한다. 이런 실정이고 보면 귀한 집 젊은이들은 빠질 수 없었고, 사방팔방에서 짝을 지어 와글와글 몰려와 살구나무 아래에서 연발 탄성을 질렀을 것이다. 필운대 주위는 자연스레 저자거리처럼 붐벼 꽃놀이의 생동감 넘치는 풍경이 되었다.

박지원朴趾源, 1737~1805도 필운대 저녁의 꽃구경을 "저녁 해가 갑자기 넋을 거두자, 위는 환한데 아래는 그윽하구나. 꽃 아래에는 천 명 만 명 모를 사람들, 옷매무새 수염모양 제날대롤세"라고 포착하였다.[17]

조선 후기에는 서울에서 봄꽃 구경하기가 가장 좋은 곳이 필운대였다고 한다. 일찍이 유득공柳得恭도 늦은 봄이면 박제가朴齊家 등과 필운대를 오르며 시를 주고받았다.

杏花開後一番忙　살구꽃 활짝 피어 다시금 바빠진 날에
六角峰頭又把觴　육각봉 입구에서 또 한 차례 잔을 잡네
晴日游絲搖嶽麓　날씨 밝아 아지랑이 산등성이에 아른대고
曉風飛絮暗宮墙　훈풍 불어 버들꽃은 궁궐 담에 자욱하다
新年翰墨先韋曲　새해 들어 시 짓는 일 필운대에서 시작하니
此地繁華冠洛陽　이곳의 화려함 서울에서 으뜸일세

杳杳春城人海裏 아스라한 봄의 서울 인산인해 속에서는

二毛蕭颯間潘郎 흰머리가, 희끗해도 반악潘岳을 흉내 내네

필운대 주위에 살구꽃이 흐드러지게 피어 또 한번 바빠진 봄날, 육각봉 아래서는 술자리가 예전처럼 벌어졌다. 화사한 봄 풍경을 즐기면서 시를 짓는 멋스러운 분위기다. 새해 들어 시 짓는 일을 필운대에서 시작하니 이 얼마나 상쾌하랴! 인산인해의 서울에서 반악潘岳, 247~300처럼 멋을 부리니 이 얼마나 여유로운가!

여기서 반악의 시를 논할 수는 없지만, 이충李充이 「한림론翰林論」에서 반악의 시를 "날아다니는 새의 깃털과 같고 옷·이불의 비단과 같다"라고 한 평가를 참조하면 그 대강의 운치를 엿볼 수가 있다.

이처럼 필운대는 서울의 유명한 유람 장소였다. 이에 대해 『한경지략漢京識略』에는 "필운대 주변의 인가에서는 꽃나무를 많이 심어 서울 사람들이 봄날 꽃을 구경할 때에는 이곳을 제일로 꼽았다. 그때에는 여항[중인] 사람들이 술을 들고 시를 지으며 날마다 모여들었다. 세상은 이곳에서 지은 시를 '필운대풍월弼雲臺風月'이라고 하였다"고 기록되어 있다. 특히 필운대 주변에는 살구꽃이 유명하여 『경도잡지京都雜志』에서도 "필운대의 살구꽃, 석북동의 복숭아꽃, 동대문 밖의 버드나무, 천연정天然亭의 연꽃, 삼청도과 탕춘대蕩春臺의 수석을 찾아 시인 묵객들이 많이 모여들었다"라고 소개하였다.

본래 번암은 이런 번잡함을 싫어하여 조용한 곳을 물색하던 중 정동쪽에 있는, 소나무가 정원 안에 듬성듬성 서있고, 꽃가지가 담장 밖으로 살짝 드리워진 집을 발견하였다. 집 주인의 안내로 번암 일행은 집 뒤의 후원에서 여덟아홉 층에 이르

는 꽃계단[花階]의 기이한 꽃을 비몽사몽으로 감상하였다. 또한 늙은 소나무가 연출하는 기기묘묘함에 감탄하면서 그 아래 10무(畝)나 되는 뜰 그늘에 술자리를 마련하니 이 아니 좋겠는가. 멀리 유항주, 윤상동 등도 소문 듣고 찾아와 꽃의 품격을 평하고 시문의 체재를 논했는데, 그리하여 해는 지고 달이 동편에 치솟은 줄도 몰랐다.

그렇다면 번암은 인왕산에 올라 꽃만 보았는가. 필운대의 봄날이 가는 것만 보았는가. 아니다. 사람도 만났다. 사대부란 조정에서 벼슬하지 아니하면 산림에 은퇴한다. 그래서 산림 생활은 전지(田地)를 다듬고 원포(園圃)를 만들어 꽃과 나무를 심는 것이 일과가 되었다. 그리고 틈이 나면 거문고를 즐겨 탈 뿐이다. 이외에 사대부가 할 일이란 없다. 누군가는 밤낮으로 영화를 꾀하고 이익을 탐내는 짓으로 일신의 계획을 삼지만, 이를 따르지 않으니 더 이상 할 일도 할 말도 없다. 이렇게 인왕산 필운대의 봄날은 간다.

번암은 다음 해인 1784년(정조 8) '조원(曺園)'을 다시 방문하여 필운대의 봄놀이를 즐기고 「중유조원기(重遊曺園記)」를 남긴다.

---

16) 채제공(蔡濟恭), 『번암집(樊巖集)』, "歲癸卯暮春之旬, 約餘窩睦幼選賞花弼雲臺. 晚飯已肩輿以赴, 幼選未至, 籍臺前石, 黙然而坐. 少選, 幼選偕李君鼎運沈君逵, 使從者佩壺, 迤社壇後穿松陰至. 起以迎相視而笑. 時麗暉中天, 花氣馥馥蒸人, 殆欲應接不可. 貴遊子命儒儒, 相續塡咽如莊嶽. 余智靜者, 頗心厭之. 俯視正東, 可數畝場, 有松離立園中, 花梢隱約出墻外, 甚可愛也. 顧謂幼選曰, "是必有異, 盍往觀諸!" 咸曰, 諾. 遂從來路, 迤小港入, 有板扉呀然以開, 主人知余訪花以至, 導余入屋後園, 園累石凡八九級, 被之以百種奇花, 紅者紫者黃者不勝其爛然爭開, 絢眼不可注視. 東西二株松老蒼相對, 而其西者托根岸壁, 老幹迤而橫若偃倒者然. 人以木拄其偃, 得支吾不傅於地, 然偃勢不可以逃. 自北走若專注於南, 南可四五丈, 又屈而東. 其陰鬱蟠然後乃止. 其下庭廣十畝. 余席其陰, 與諸君者相樂也. 俞承宣恒柱追至, 尹學士尙東適賞春行, 聞余在園松下亦追至. 酒數行, 評花品高下, 論時文體裁, 不知日已墜而月在東矣. 主人姓曺. 閑居, 業種花喜鼓琴, 不以事擾心. 其視今世士大夫, 或幻身, 或賣友, 日夕以睹榮射利, 爲身計者, 不亦賢矣乎! 感之爲曺園記."

17) 박지원(朴趾源), 『연암집(燕巖集)』, "斜陽倏斂魂, 上明下幽靜, 花下千萬人, 衣鬚各自境."

관악산 冠岳山

관악산은 내 개인적으로도 인연이 있는 산이다. 우선 내가 몸담았던 서울대학교 규장각 한국학연구원은 관악산 아래에 자리하고 있다. 다음으로 몇 년 전, 가까운 벗들과 함께 과천시 산하에 추사연구회를 발족하여 준비 중에 있었는데, 일본인 후지즈카 아키나오 씨가 선친의 유업을 이어 자신이 보관하고 있던 추사의 유물을 포함한 소장품들을 과천시에 기증하였다. 이에 나를 비롯하여 여러 사람의 발걸음이 잦게 되어 관악산 주위가 부산스러워졌다.

관악산은 서울시 관악구 신림동과 경기도 안양시, 과천시의 경계에 있는 산으로 높이는 629미터이다. 북한산, 남한산 등과 함께 서울을 둘러싼 천연의 벽이라 할 수 있다. 한 나라의 수도로 이만한 자연조건을 구비한 도시는 흔치 않다고 한다. 산은 풍화작용으로 인한 험한 암벽과 기묘한 형상을 한 바위들이 많다. 가장 높은 봉우리는 연주대戀主臺이며, 산정의 영주대靈主臺는 세조가 기우제를 지냈던 곳이다. 그 밖에 삼성산三聖山·호압산虎壓山 등의 산봉이 있다. 원효元曉·의상義湘 등의 고승들

이 일막一幕·이막二幕·삼막三幕 등의 암자를 짓고 이 산에서 수도하였다고 하며, 이 세 암자 중 삼막만이 현재 삼막사三幕寺로 남아 있다. 관악산은 풍수지리에 의하면 화기火氣가 강한 산인데, 조선 태조가 한양[서울]에 도읍을 정하면서 이 화기를 막기 위해 경복궁 앞에 해태海駝를 만들어 세우고, 관악산의 중턱에는 물동이를 묻었다고 한다. 관악산 상봉에는 용마암龍馬庵·연주암戀主庵, 남서사면에는 불성사佛性寺, 북사면에는 자운암自運庵과 서울대학교가 있다. 산 서쪽의 삼성산에는 망월암望月庵, 남사면에는 염불암念佛庵, 남동사면에는 과천시, 동쪽에는 남태령南泰嶺이 있다.

번암은 1786년(정조 10) 4월 13일에 관악산에 올라 2박 3일의 산행을 가졌다. 오늘날의 관악산 산행과 비교하면 긴 산행이라 하겠지만 한편으론 그때의 관악산이 인적 드문 산이라는 사실을 알 수가 있다. 번암의 산행에 동행한 사람은 이웃의 이숙현李叔賢과 생질 이유상李儒尙, 내종 아우 서공叙恭, 아이 홍원弘遠, 종질 홍진弘進, 척손 이관기李寬基, 청지기 김상겸金相謙이었다. 번암이 관악산을 유람한 이유는 미수 허목이 여든세 살 때 관악산 연주대에 올라갔는데 걸음이 마치 나는 것과 같아 사람들이 신선처럼 우러러보았다던 옛일을 잊지 못해서였다고 한다.

번암은 관악산이 경기 지방의 신령한 산이라고 지적했다. 그리고 그 산은 일찍부터 선현들이 노닐던 곳으로, 한번 그곳에 올라가서 마음과 눈을 깨우고, 선현을 사모하여 우러르는 마음도 기르고자 했기 때문에 항상 관악산에 들어가고자 하였다. 그런데 번암은 이런 생각을 실행하지 못하다가 1786년 봄에 노량鷺梁의 강가에 기거하게 되자 '마음이 춤추듯 움직여' 산행을 하였던 것이다.

4월 13일에 번암은 일행과 함께 말을 타고 출발하였다. 「유관악산기遊冠岳山記」의 기록을 살펴보자.

십 리 남짓 가다가 자하동紫霞洞에 들어가서 한 칸 정자 위에서 쉬었다. 정자는 바로 신씨의 별장이었다. 시냇물이 산골짜기로부터 흘러오는데 숲과 나무들이 아득히 덮고 있어 그 근원을 알 수 없었다. 물은 정자 아래에 이르러 돌과 부딪쳐 튀는 것은 물방울이 되어 뿌리고, 고인 것은 푸른 못을 이루고는 다시 흘러서 동문洞門을 한 바퀴 돌고 가는데 마치 피륙을 바래는 것 같았다.

언덕 위에는 진달래가 한창 어우러지게 피어 바람이 불면 그윽한 향기가 물을 건너와 코를 간지럽혔다. 아직 산에 들어가기도 전에 가슴이 서늘하여 멀리서도 정취가 그만이었다.

정자를 거쳐서 십 리 남짓 가니 길이 험하고 높아서 말을 타고 갈 수가 없다. 여기서부터는 타고 왔던 말을 하인과 함께 집으로 돌려보내고, 지팡이를 짚고 천천히 걸어가기로 하였다. 칡덩굴을 뚫고 골짜기를 지나는데 앞에서 길을 인도하던 사람이 잘못하여 절 있는 곳을 잃어버렸다. 동서를 분별할 수가 없고 해도 얼마 남지 않았으나 길에는 나무꾼도 없어서 물어볼 수도 없었다. 수행하는 자들이 혹은 앉기도 하고 혹은 서기도 하면서 어찌할 바를 몰랐다.

홀연히 보니 이숙현이 나는 듯 빠른 걸음으로 높은 봉우리에 올라가서 좌우를 두리번거리는 것이 보였으나, 잠깐 사이에 어디 갔는지 알 수 없어서 그가 돌아오기를 기다리면서 이상하게 여기기도 하고 또 원망하기만 할 뿐이었다. 그때 갑자기 흰 장삼을 입은 승려 네댓 명이 어디서부터인지 빠른 걸음으로 산을 내려오고 있었다. 수행자들이 기뻐 어쩔 줄을 몰라 하며, "중이 온다"고 환성을 질렀다. 아마 이숙현이 멀리 절 있는 곳을 찾아내고는 먼저 가서 우리 일행이 여기에 있다는 것을 알린 모양이었다.

승려에게 인도되어 사오 리쯤 가니 절에 도착하였다. 절 이름은 불성사佛性寺였다. 절은 삼면이 산봉우리로 둘러싸여 있고 앞면만이 환하게 트여서 막힘이 없었다. 문을 열어놓으면 앉

으나 누우나 눈으로 천 리를 바라볼 수 있었다.[18]

번암은 과천 쪽에서 관악산을 올라가는 길을 택하였다. 10리 남짓 가서 산 입구
의 자하동을 만나 신씨의 정자에서 잠시 쉬었다. 일행이 다시 10리를 더 가자 말을
타고 갈 수 없을 정도로 길이 험해졌다. 설상가상으로 앞에서 인도하던 사람의 잘
못으로 길마저 잃어버렸다. 이에 일행들이 안절부절 못하고 있는데 이숙현이 빠른
걸음으로 산을 타고 가서 절의 승려를 데리고 오는 기지를 발휘했고 덕분에 불성사
에서 숙박할 수 있었다. 다음 날인 14일에도 번암 일행은 불성사에서 잠을 잤다.
4월 14일에 번암 일행은 불성사를 떠났다.

해가 뜨기 전에 아침밥을 재촉해 먹고 소위 연주대라는 곳을 찾기로 하였다. 건장한 승려
몇 명을 뽑아 좌우에서 길 안내를 하도록 하였다. (중략) 드디어 절 뒤 높은 산꼭대기를 넘
는데, 혹은 길이 끊어지고 혹은 벼랑이 되어 그 아래가 천 길이나 되는 곳을 만나면 몸을 돌
려 석벽에 착 붙이고 손으로 번갈아 나무뿌리를 잡으면서 조심스럽게 걸음을 옮겼다. 현기
증이 일어날 것만 같아서 감히 밑을 보지 못한다. 큰 바위가 앞을 가로막고 있어 앞으로 나
갈 수가 없다. 속이 패어 골이 진 곳 중에서 별로 날카롭게 깎이지 않은 곳을 골라 엉덩이를
바닥에 붙이고 두 손으로 그 곁을 버티면서 어물쩍어물쩍 미끄러져 내려갔다. 바지가 걸려
찢어져도 살필 겨를이 없었다. 이렇듯 천신만고 끝에 비로소 연주대 아래에 닿았다. (중략)
나도 또한 힘을 다하여 곱사처럼 등을 구부리고 기어서 마침내 그 정상을 정복하였다. 정상
에 돌이 있으니 평평하여서 수십 명이 앉을 만한데, 이름은 차일암遮日巖이라 한다. 옛날 양
녕대군이 왕위를 피하여 관악산에 와서 머무를 때 간혹 여기에 올라와 대궐을 바라보았는

데 해가 뜨거워 오래 머물기가 어려우므로 작은 장막을 치고 앉았다고 한다. 바위 구석에는 꽤 오목하게 패인 구멍이 네 개 있었는데 아마도 장막을 안정시키는 기둥을 세웠던 자리일 것이다. 연주대가 구름과 하늘 사이로 높이 솟아 있어서 스스로 내 몸을 돌아보니 천하 만물이 감히 높음을 겨루지 못할 것 같고 사방에 보이는 뭇 산봉우리들이 시시하여 비교할 것이 못되었다. 오직 서쪽 변두리에 쌓인 기운만은 한없이 넓고 아득하여 하늘과 바다가 서로 맞닿은 듯했다. 하늘인가 싶으면 바다이고 바다인가 싶으면 하늘이니, 뉘라서 하늘과 바다를 분별하겠는가.[19]

번암 일행은 14일, 해가 뜨기 전에 아침밥을 먹고 연주대로 가고자 하였다. 건장한 승려 몇 명을 뽑아 좌우에서 길 안내를 하도록 하였다. 이에 승려는 연주대는 길이 험해 나무꾼이나 중들도 힘든 곳이니 기력이 감당할 수 없을 것이라고 만류하였다. 번암은 "천하만사는 마음이라네. 마음은 장수이고 기운은 졸병과 같은 것일세. 장수가 가는데 졸병이 어찌 안 갈 수 있겠는가"고 강하게 주장하였다.

이처럼 승려와 번암 입장이 다른 것은 당연한 일이다. 승려에게는 연주대로 가는 일이 산행이 아니라 힘든 노역이고, 번암에게는 산행이 명분이라 험함은 문제가 아니었다. 연주대는 글자 그대로 '임금을 사모하는 대'가 아니었던가. 임금을 사모하는 것은 사람으로서 떳떳하게 지켜야 할 도리가 아닌가. 당시 노론이 정권을 독단하는 가운데 정조 임금을 노심초사 모시려던 남인 재상이 임금을 사모하지 않는다면 누굴 사모한단 말인가. 번암이 임금을 내세우고 받들지 않으면 미수 허목 이후에 위태롭게나마 유지하고 있던 남인의 정치생명을 유지할 수나 있단 말인가. 당연히 번암이 연주대로 가는 일은 다른 어떤 것보다 중요한 일이었다. 험한 길 때문에 현기증이 난 일이나 엉덩이를 바닥에 붙이면서 미끄러져 내려간 일, 바지가 걸려 찢어진 일은 아주 사소한 일이었다. 드디어 번암은 온갖 고생 끝에 연주대에 도착하였다.

이제 번암은 숨을 고르면서 연주대 주위를 둘러보았다. 관악산의 최고봉인 연주대에서 돌아보니 천하 만물이 모두 높지 않았다. 심지어 사방에 보이는 뭇 산봉우리들도 시시하여 비교할 수가 없었다. 번암이 최고의 권력자인 임금을 모시고 있어 두려울 것이 없는 것과 너무 흡사하지 않는가. 하지만 인간 만사 어찌 자신의 뜻대로 되던가. 번암이 당장 서쪽을 보니 이 무슨 변화의 심술인가. 서쪽 변두리에 쌓인 기운만은 한없이 넓고 아득하여 하늘과 바다가 서로 맞닿은 듯하다. 바로 하늘은 바다이고 바다는 하늘이다. 점차로 번암은 주위 사물의 경계를 구별하기 어려워지자 내심으로 당혹해하지만 곧 마음이 맑고 상쾌해짐을 깨닫는다.

---

18) 채제공(蔡濟恭), 『번암집(樊巖集)』, "行可十許里, 入紫霞洞, 憩一間亭上, 亭卽申氏莊也. 澗流自山谷來, 林樾覆之, 杳不知其源. 到亭下遇石, 飛者灑沐, 蓄者成綠, 終又演漾而出, 繞洞門遠去, 若練鋪焉. 岸上躑躅方開, 風過之, 暗香時能度水以至, 未入山, 已泠然有遊趣也. 由亭而行又可十許里, 路險峻不可以馬. 自此並布騎與僕夫遣還家, 杖策徐行. 穿葛度蔓, 前導者迷失寺所在, 辨不得東西, 時日輪去地無幾, 道無樵不可以問. 從者或坐或立, 不知所爲. 忽見叔賢飛步上絶巘左右望, 閃不知所住, 待其還, 且怪且詈. 俄見白衲四五人從某處疾下山來. 從者皆叫歡曰, 僧來. 蓋叔賢遙得寺, 先以身入告僧徒以吾行在此也. 於是導以僧, 約四五里抵寺, 寺名佛性也. 寺三面繚以峯, 獨前一面軒豁無障礙. 開戶坐臥, 亦可以遊目千里."

19) 채제공(蔡濟恭), 『번암집(樊巖集)』, "翌朝, 日未出促飯, 訪所謂戀主臺者. 擇健僧若干人左右之. (중략) 遂踰寺後絶巓行, 或値路斷崖懸, 其下千仞, 回身襯壁. 以手遞執老叢根, 細細移武, 恐眩作不敢傍睨, 或値巨石全據路脊, 不可以前. 擇箸斜之不甚銳削者, 據以尻, 兩手拄其傍, 遷延流下. 袴鉤以裂, 有不暇恤也. 如是者凡數遭, 然後始抵臺下. (중략) 余亦盡心力匍匐傴僂, 卒乃窮其頂. 頂有石平鋪, 可坐數十人. 其名遮日巖, 昔讓寧大君避位來住冠岳, 時或登玆望闕, 苦日炙難久留, 張小帟以坐. 巖之隅有鑿穴頗四者四, 蓋所以安帟柱也. 穴至今宛然, 臺曰戀主, 巖曰遮日, 以是也. 臺擢立雲霄間, 自顧吾身, 天下萬物, 無敢與之京也, 四方群峰, 碌碌無足計. 惟西邊積氣塊扎, 似是天海相連. 然以天觀則海也, 以海觀則天也, 天與海, 又孰能辨也."

두타산 頭陀山

다른 분야도 마찬가지지만 한문 고전을 공부하려면 어려움이 한두 가지가 아니다. 우선 눈앞에 쌓여 있는 전적典籍에 그만 입이 딱 벌어져 닫히지 않고, 한참 만에 겨우 용기를 내어 먼지 풀풀 날리는 전적을 조심스레 들춰 읽어보아도 도통 무슨 소리인 줄 모르는 경우가 허다하다. 어떤 이는 이른바 '한문의 문리'가 부족하다고 자책 아닌 자책을 일삼을 것이다. 하지만 한문이란 문자는 문어文語이기에 '죽은 문자'의 제 역할을 충분히 하여, 아무 대책 없이 미련하게 접근하는 자에게는 쓰디쓴 패배를 안겨준다. 하여간에 한문이 얼마나 큰 아픔을 주는가를 단적으로 말하더라도 누구도 그리 깜짝 놀라지는 않을 것이다. 하지만 한 가지는 과감하게 말할 수 있다. 한문 전적이란 그 읽고자 하는 전적의 내용을 미리 알고 있어야 읽어낼 수 있다는 것을. 과연 '죽은' 문자의 '심통'이 아닐 수 없다.

그래도 많은 사람들이 '죽은 문자'를 요모조모 잘 포장하고자 불철주야 고뇌하고 있다. 이런 고뇌 아닌 고뇌를 줄여주기 위해 한문고전에는 이름하여 공구세[工具

書, 사전을 말함]라는 것들이 여러 분야에 걸쳐 만들어졌고 또 만들어지고 있다. 나 역시 미수眉叟 허목許穆, 1595~1682의 「두타산기頭陀山記」를 제대로 이해하기 위해 공구서 의 힘을 빌려야만 했다.

미수는 1661년(현종 2) 6月에 두타산을 유람하고 나서 「두타산기」를 남겼다.

6월에 두타산에 갔다. 삼화사三花寺는 두타산의 오래된 사찰이었으나 지금은 폐사廢寺 되어 연대를 알 수 없고, 우거진 가시덩굴 속에 무너진 옛날 탑과 철불鐵佛만이 남아 있다. 산중으로 들어가니 계곡 위로는 모두 우거진 소나무와 큰 바위들인데, 바위가 긴 여울에 임하여 마주보면서 층대層臺를 이루었다. 이것을 범바위[虎巖]라고들 하고 층대를 따라 서쪽 바위벼랑에 올라가면 사자목[獅子項]이라는 곳이다. 계곡 위의 작은 고개를 오르면 바위벼랑 밑에 맑은 꿀과 흰 돌이 있는데, 그 반석盤石을 마당바위[石場]라고 하며, 바위로 된 계곡은 확 트였고, 돌 위로는 꿀이 흐르는데, 맑고 얕아서 마냥 건널 수가 있으며, 석양이 비끼면 소나무 그림자가 어른거린다. 마당바위를 어떤 이는 "산중 사람들이 바가지를 버렸던 바위다"라고도 한다.[20]

앞의 언급처럼 미수는 1661년(현종 2) 6月에 두타산을 유람하였다. 두타산은 강원도 동해시와 삼척시 사이에 있는 산으로, 태백산맥의 동단부에 위치하여 동과 서를 가르며 동쪽으로 동해를 굽어보고 있다. 두타산은 정상부가 뾰족한 봉우리[尖峯]를 이루고 주변은 급사면이어서 날렵한 산세를 이룬다.

삼척 지방 사람들은 두타산을 영적인 모산母山으로 숭상하였다. 동해안 지방에서 볼 때 서쪽에 우뚝 솟아 있는 이 산이 정기를 발하여 주민들의 삶의 근원이 된다고 믿었다. 산의 동북쪽 중턱에 있는 쉼움산은 돌우물이 50개가 있어 오십정산이라고도 부르는데 이곳에 산제당山祭堂을 두고 봄·가을에 제사를 지내며 기우祈雨도 하였다.

미수는 두타산에서 제일 먼저 삼화사를 거론하여 설명하고 있다. 삼화사는 지금 폐허가 되어 사찰이 언제 지어진 것인지 알 수 없고, 돌보는 사람도 없이 가시덩굴 속에 옛날 탑과 철불이 방치되어 있다. 사실 삼화사는 두타산에 있는 중요한 사찰로 옛날에는 삼공사三公寺 또는 흑련대黑蓮臺라고도 하였다. 옛 사적史蹟에 따르면 자장慈藏이 당나라에서 돌아와 오대산을 두루 돌면서 성적聖蹟을 유력遊歷하다가 두타산에 와서 흑련대를 창건했는데 이것이 지금의 삼화사가 되었다. 신라 선덕여왕 11년(642)의 일이다.

또 고적古蹟에, 약사삼불藥師三佛인 백伯·중仲·계季 세 형제가 처음 서역에서 동해로 돌배[石舟]를 타고 유력하다가 우리나라에 와서 맏형은 흑련黑蓮을 가지고 흑련대黑蓮臺에, 둘째는 청련靑蓮을 가지고 청련대靑蓮臺에, 막내는 금련金蓮을 가지고 금련대金蓮臺에 각각 머물렀다고 하며, 이곳이 지금의 삼화사·지성사·영은사라고 전한다. 이후 삼화사는 여러 차례 중수되었다. 그러다가 1979년 8월에 무릉계반武陵溪盤 위쪽으로 장소를 옮겨 중건하였다. 이 절의 중요 문화재로 대웅전에 안치된 철불은 창건설화와 관련된 약사삼불 가운데 맏형의 불상이라고 전해지며, 삼층석탑은 높이 4.95미터로 전체적으로 안정감이 있는 고려시대의 탑이다.

이어 미수는 두타산 계곡에서 볼 만한 것을 일일이 설명하고 있다. 그것은 범바위[虎巖]와 사자목[獅子項]이고, '산중 사람들이 바가지를 버렸던 바위'인 마당바위[石場]이다. 계속해서 반학대, 기묘한 미륵봉, 중대사가 있다.

북쪽 벼랑에 있는 석대石臺를 반학대伴鶴臺라 하고 이곳을 지나면 산이 모두 암석인데, 쭈뼛한 바위가 깎아 세운 듯하며, 앞에 있는 미륵봉彌勒峯은 더욱 기묘하다. 마당바위를 지나 서북으로 올라가면 중대사中臺寺가 있는데, 지난해 산불로 인하여 타버린 것을 스님이 삼화사로 옮겨다 지었다. 삼화사는 제일 아래에 있고 중대사는 산 중턱에 있는데, 그곳은 계곡과 암석이 엇갈리는 거리로서 가장 아름다운 절이다. 그 앞의 계곡을 무릉계武陵溪라 하는데, 산중 수석의 이름은 모두 옛 부사였던 김효원金孝元이 지은 것으로, 김 부사의 덕화가 지금까지 전하며, 부府 안에는 김 부사의 사당이 있다.

북쪽 폭포는 중대사 뒤에 있는데, 바위로 된 골짜기가 몹시 험하게 가파르고, 그 아래는 산과 바위가 평탄하여 차츰 내려갈수록 험한 바위는 없어져 올라가 놀 만하며, 계곡에는 물도 흐르고 있다. 바위 위로 백 보쯤 가서 중대사를 지나가면 바위 벼랑을 더위잡고 기어오르게 되는데, 두 발을 함께 디디고 갈 수가 없다. 학소대鶴巢臺에 와서 쉬었는데, 이곳에 이르니 산세가 더욱 가파르고 쭈뼛하여, 해가 높이 솟아올랐는데도 아침놀이 걷히지 않았다. 이끼 낀 바위에 걸터앉아 폭포를 구경하였다. 폭포가 흐르는 바위를 천주암瀦珠巖이라 하고, 그 앞산 봉우리에 옛날에는 학의 둥지가 있었다는데, 지금은 학이 오지 않은 지가 육십 년이라고 한다.[21]

다시 미수는 산 중턱에 있는 중대사를 보여주고 있다. 특히 중대사는 계곡과 암석이 엇갈리는 거리로서 가장 아름다운 절이다. 그 이유는 앞에 펼쳐져 있는 계곡이 그 유명한 무릉계이기 때문이리라. 두타산에는 3개의 하천이 흘러가는데, 하나는 북동사면의 하천으로 박달골 계류와 사원터士院基골 계류를 모아 무릉계를 형성하고 살내[箭川]가 되어 동해시에서 동해로 유입된다. 남동쪽 기슭에서 발원한 하천은 골지천骨只川과 합류해서 한강 상류가 된다. 또 동쪽 기슭에서 발원한 계류는 오십천五十川과 합류한다. 이런 3개의 하천은 두타산 곳곳에 깊고 그윽한 계곡과 폭포·반석盤石을 형성하였다. 산의 북동쪽에서 시작되는 용추폭포, 무릉계곡의 주변 환경과 어울려 일명 '소금강小金剛'이라 불리기도 한다. 용추폭포는 3단으로 되어 있고, 무릉계에는 무릉반武陵盤으로 불리는 거대한 반석이 있어 예로부터 많은 풍류객이 찾던 곳이다.

줄사다리를 딛고 몇 층을 올라가 지조산指祖山에서 구경하였다. 이 산의 암석이 끝나는 곳에 옆으로 동굴이 있으며 동굴 속에는 마의노인麻衣老人이 쓰던 토상土床이 있고, 남으로는 옛 성이 보인다. 그 북쪽 산봉우리가 가장 높은데, 길이 끊겨 올라갈 수 없고 그 동쪽 기슭의 바위 봉우리는 깊은 못이 있는 곳까지 와서 멈추었다. 그 동부 쪽의 다음 봉우리는 동으로 뻗었다가 다시 남으로 내려와 바위 기슭이 되었는데, 흑악黑嶽의 북쪽 벼랑과 마주 대하고 있고, 그 속에서 계곡 물이 나온다. 또 서쪽으로 세 개의 바위 봉우리가 못 위에 있는 봉우리와 함께 솟았는데, 가장 서쪽에 있는 것이 제일 높다. 그 위에는 우묵하게 들어간 바위가 있는데, 이끼는 오래 되었어도 물은 맑으며, 한 자 남짓한 노송老松이 있다. 그리고 모든 봉우리를 세 발자국만 옮기면 올라갈 수 있으나 아슬아슬하여 굽어볼 수도 없고 나란히 설 수도 없으며, 그 한가운데의 봉우리는 바위가 세 겹으로 포개져서 한 발만 디디면 흔들린다. 그래서 이름을 '흔들바위'라고 한다. 그 밑은 깊은 물인데, 항아리 같이 생긴 넓은 바위가 구렁 전체를 차지하였고, 그 가운데 고인 물은 깊고 검어 굽어볼 수가 없으며, 날이 가물 때는 여기에서 기우제를 지낸다고 한다. 그 물줄기를 타고 끝까지 올라가면 옛날 상원암上院庵의 황폐한 터가 있다. 어떤 이는 이를 "고려 때 이승휴李承休의 산장이었다"라고 한다. 구경을 마치고 내려와

서 옛 마당바위의 저녁 경치를 보태 기록하고 학소대의 아침 경치도 덧붙여 기록한다.[22]

드디어 미수는 어렵게 '줄사다리를 딛고 몇 층을 올라가' 지조산指祖山을 바라볼 위치에 이르렀다. 그리고 남으로 보이는 두타산성의 흔적을 말없이 응시할 뿐이었다. 두타산성은 102년(파사왕 23)에 축성하였고, 1414년(태종 14) 수축修築한 것인데 대궐 터로 부르는 마당바위가 유적으로 남아 있어, 과거 이곳이 신라의 변방임을 말해준다. 이 성은 자연지세를 그대로 이용하였고, 부분적으로 돌을 쌓았기 때문에, 성을 한 바퀴 도는 데 약 7일 정도 걸리는 매우 큰 성이다. 석재는 산돌을 그대로 이용하거나 약간 다듬어 사용했기 때문에 성벽이 그리 견고하지는 않으나 천연의 요새지이다. 임란 때에는 이곳에서, 함경도 안변에서 남쪽으로 후퇴하던 왜군의 주력부대와 치열한 전투가 벌어졌는데, 3일간의 혈전 끝에 함락되고 말았다. 떠도는 말로는 빨래하던 할머니가 적병에게 비밀을 누설했기 때문이라고 하며, 주변에는 '피수구비', '바굴다리', '대구리' 등 동네 이름과 다리 이름에 격전의 흔적이 남아 있다.

그곳 계곡의 물줄기를 타고 올라가면 옛날 상원암의 황폐한 터가 있다. 전해오는 말로는 고려 때 이승휴李承休, 1224~1300의 산장이었다고 한다. 『신증동국여지승람』에 의하면 이승휴가 1280년(충렬왕 6) 감찰사의 관원들과 함께 국왕의 실정 및 국왕 측근인물들의 전횡을 들어 10개조로 간언하다가 파직되어 이곳에 은거하면서 용안당容安堂을 짓고 스스로를 동안거사動安居士, 두타산거사頭陀山居士라 부르며 『제왕운기帝王韻紀』를 지었다고 한다. 이승휴가 두타산에 거처를 삼은 것은 이번이 처음은 아니다. 이미 1253년에 홀어머니가 있는 삼척현에 갔다가 마침 몽고의 침략으로 길이 막히자, 그곳 두타산 구동龜洞에서 몸소 농사를 지으면서 홀어머니를 봉양하였다. 이런저런 인연으로 이승휴는 말년에 불교에 몰입하여 용안당을 간장암看藏菴으로 고치고 토지를 희사하기도 하였다.

미수는 두타산을 다 둘러보고는 미련 없이 산을 내려왔다. 그리고 자신이 맛보고 느꼈던 그대로를 한 자 한 자 써내려가 「두타산기」를 마무리하였다. 물론 옛 마당바위의 저녁 경치와 학소대의 아침 경치도 빼놓지 않았다. 미수가 붓을 조용히 내려놓고 날을 헤아려보니 그날은 6월 3일이었다. 바로 1661년(현종 2)의 일이다.

---

20) 허목(許穆), 『기언(記言)』, "六月, 入頭陀山. 三花寺者, 頭陀古伽藍, 今廢不知年代, 叢棘中, 唯有古塔·鐵佛敗壞. 入山中, 川上皆深松巨石, 石臨修瀨, 相對爲層臺, 謂之虎巖云. 從臺上西行, 登石崖曰獅子項, 川上小嶺石崖下, 水清石白, 其盤石曰石場, 巖洞開豁, 水流石上, 淸淺可涉, 日夕松影髣髴. 石場, 或曰, 山人棄宅巖云."

21) 허목(許穆), 『기언(記言)』, "北崖石臺曰伴鶴臺. 過此則山皆石, 危石如削, 前有彌勒峯尤奇. 過石場, 西北上中臺, 前年山火燒盡, 山僧移作三花寺. 三花最下, 中臺在山中川石之衢, 最佳寺. 其前溪曰武陵溪. 山中川石之名, 皆昔使君金侯孝元名之, 金侯之化至今傳之, 府内有金使君祠. 北瀑作中臺後, 石洞嶄巖, 其下則山石平, 而漸下無亂石, 人可躋而遊山, 水流瀉. 石上, 過百步過中臺, 攀傳巖壁, 不得並足而行, 憩鶴巢臺, 至此, 山氣益嵯峨, 日高朝霞未斂. 坐石苔, 觀瀑布, 謂之濺珠巖, 前峯舊有鶴巢, 今不至六十年云."

22) 허목(許穆), 『기언(記言)』, "踏雲梯數層, 遊指祖. 此山石窮處, 傍有石窟, 中有麻衣老人土床, 南望古城. 其北嶺最高, 路絶不可登, 其東麓石峯, 臨淵水而止, 其東北次峯, 東而南下, 爲石麓, 與黑嶽北壁相對, 其中川出焉. 又西三石峯, 與淵上石峯並峙, 而其最西者最極. 上有石圩, 苔老水清, 有老松高尺許. 峯各三, 躍足而上, 危不可俯, 亦不可並立, 其中峯危石三重, 躍一足則搖, 故名曰動石云. 其下川水積焉. 石如陪瓮, 其廣專堅, 水積其中, 水深黑, 不可俯而窺, 旱則禱雨於此, 水窮源, 有古上院廢墟. 或曰, 此高麗李承休山居云. 旣下山, 追記, 故石場夕有鶴臺朝, 逆記之."

청학산 青鶴山

율곡栗谷 이이李珥는 1569년(선조 2)에 벼슬살이를 접고 강릉에 사는 할머니를 만나러 가서 그곳에 한가롭게 머물렀다. 우연히 그곳 사람들과 경치 좋은 천석泉石, 산을 말하다가 흥이 나서 명산 유람에 대한 자신의 생각을 얘기했다.

"대관령 동쪽으로는 유람하는 자들마다 으레 한송정寒松亭과 경포대鏡浦臺를 말한다. 이 모두는 뛰어난 경치를 가진 강이나 바다이다. 깊은 골짝과 계곡 중에 고상한 사람[고사高士]이 살 만한 곳이 있다는 말을 듣지 못하였다."

율곡은 잠시 호흡을 가다듬었다. 그는 눈빛을 잠시 거두고 자신의 생각을 한곳으로 모았다. 그리고는 바로 "혹시 있어도 내가 아직 보지 못한 것인지도 모르지"라고 조심스런 말을 덧붙이기를 잊지 않았다. 이때 박대유朴大宥가 율곡의 말을 듣고는 '비장의 카드'를 던졌다. 물론 자신의 말이 아닌 장여필張汝弼의 말이었지만 율곡의 주장을 누르기에 충분한 카드였다.

"연곡현連谷縣 서쪽에 오대산에서 백여 리를 뻗어 내려온 산이 있다. 그 가운데 골

짝이 있어 매우 맑으며, 그윽하고 깊은 곳에 청학靑鶴이 바위봉우리 위에 깃들고 있는데 참으로 신선이 사는 곳으로, 유람하는 사람이 이르지 않아 별로 알려지지 않았다." 이 말은 그 자리를 금방 어색하게 할 만도 했으나 예상과는 퍽 다른 반응을 불러일으켰다. 다른 사람뿐만 아니라 율곡 역시 심신이 시원해지는 것이었다. 그리고 은연중에 청학산을 유람하는 일만이 모든 문제를 설명하고 해결할 것이란 막연한 기대감이 생겼다.

마침 율곡의 외숙이 바닷가에 무진無盡이란 이름의 정자를 소유하고 있었는데, 그가 먼저 가서 율곡 일행을 기다리기로 하였다. 율곡은 아우 이위李瑋와 함께 뒤따라갔는데, 때는 1569년(선조 2) 4월 14일이었다. 율곡의 청학산 유람은 이렇게 시작되었다. 일행은 2박 3일의 여행을 하고 16일에 돌아왔고, 율곡의 「유청학산기遊靑鶴山記」에 청학산 유람의 기록이 담겼다.

일행이 외숙의 무진정無盡亭에 도착해 보니, 정자 아래에 냇물이 길게 흐르고 있었다. 외숙이 냇물을 가리키며 "냇물의 근원이 오대산 북대北臺에서 나왔는데 그 흐름을 거슬러 올라가면 학의 둥지를 볼 수 있다고 이곳 사람들이 말한다네"라고 했다.

일행은 하룻밤을 이곳에 머물 예정이었기에 황혼에 작은 배를 띄워 중류까지 올라가서 여흥을 즐겼다. 이 여흥이란 사람과 사람, 사람과 술, 사람과 달 등이 너나없이 사귀는 것이고, 사람과 사람, 술과 사람, 달과 사람 등이 서로를 알아가는 온갖 삼라만상의 정이 교차하는 일이었다. 이때 늦게 찾아온 장중린張仲鄰도 참여하였다. 15일이 되자 4명으로 불어난 일행이 해뜨기 전에 행장을 차려 출발하였다. 백운천白雲遷을 지나 토곡兎谷 입구에 도착하였는데, 길가의 암석 위로 흐르는 물을 나무 그늘이 덮고 있었고, 계곡 위에는 초가집을 지을 만한 언덕이 있었다. 일행이 이곳을 둘러보며 노닐고 있을 때, 박대유가 말을 몰고 나타났다.

율곡 일행은 청학산을 오를 계획이었음에도, 그들 중 산의 지리에 밝은 사람이 없었다. 다행히 산을 오른 지 얼마 되지 않아 산림을 관리하는 사람[虞人]을 만났다. 일행은 그를 만난 걸 기뻐하며 몇몇 중요한 산길을 물어보았지만 역시 어림짐작이 될 수밖에 없어서 크게 달라지지 않았다. 그래서 묻기보다는 아예 길잡이를 부탁했다. 곡연曲淵을 지나 두 고개를 넘어 30여 리를 지나니, 하늘의 조화가 교묘한 솜씨를 부린 듯한 고개에 도착하게 되었다. 율곡은 천천히 사방을 살폈는데, 건성이 아니라 샅샅이 훑어 살폈다.

고개 밑에 펼쳐진 편편한 들판은 사방 삼사 리쯤 되어 보였다. 여러 봉우리는 푸른빛으로 싸이고 흰 시냇물에도 푸른빛이 돌렸으며, 한랭한 바위가 뻗어나고 큰 나무들이 무성한 가운데, 한 채의 초가집[草屋]이 있었는데 울타리가 쓸쓸하여 마치 은자의 집과 같았고, 통나무를 깎아 홈통을 만들어 물을 받아서 물방아를 만들었다. 두루 배회하며 둘러보는 사이에 우리는 세속을 떠나고 싶은 생각을 하였다.[23]

율곡은 속세와 떨어진 곳에 있음을 실감하였다. 저 멀리 보이는 초옥도 은자의 집이며, 저 멀리 기이한 바위도 학이 둥지를 트는 보금자리가 아니던가. 그리하여 율곡은 불현듯 이곳에 살고 싶다고 생각하였다. 그러나 어쩌겠는가! 사람은 떠나야 하고 산은 남아야 하는 것을.

다시 5리 정도를 걸어가니 승사僧舍가 나와 잠시 쉬었다. 늙은 스님이 숲 사이의 작은 길로 수십 보를 가면 아름다운 곳이 있다고 하였다. 그 스님을 따라가 보니 과연 푸른 낭떠러지는 오이를 깎아 세운 듯하고 날아 떨어지는 폭포는 흰눈을 뿜어대는 것 같았다. 암석 위를 돌아다니며 외로운 소나무를 어루만지느라 해가 지고 어둠이 깔릴 때까지 그곳을 벗어나지 못하였다. 율곡은 승사로 돌아와서는 그곳의 못을 '창운漲雲'이라 이름하였다.

16일. 일행은 가벼운 옷차림으로 짚신에 지팡이를 짚고 나섰다. 이곳 지리에 익숙한 승려 지정智正과 어제처럼 산림을 관리하는 사람이 함께 길안내를 하였다. 산길은 어제와는 너무나 달랐다. 길이 잡초로 막힌 데다가 낙엽까지 덮여 분간할 수 없자 냇물을 따라 돌을 딛고 가야만 하였다. 살얼음을 밟듯이 바닥만을 살피느라 관음천觀音遷 제1암에 도착하도록 일행 모두는 주위가 얼마나 조용한지, 이곳이 얼마나 깊은 곳인지, 얼마나 멀리 왔는지를 알지 못했다.

그런데 관음천 제1암에서 연못까지 가려면 길이 끊긴 푸른 벼랑을 따라가야만 하였다. 율곡이 아우와 힘겹게 건너가는데, 대유는 먼저 건너가 뒤돌아보며 웃었다. 멧부리를 지나 석문에 들어서니 경치가 더욱 기이하여 딴 세상이었다.

두루 돌아보니, 사방 모두에 석산石山이 솟아 있고, 푸른 잣나무와 키 작은 소나무가 그 틈바구니를 누비고 있었다. 석산이 양쪽으로 병풍처럼 둘러쳐진 가운데 냇물의 근원은 매우 먼데, 수세水勢가 거센 곳에서는 폭포를 이루어 맑은 하늘에 천둥소리가 계곡을 뒤흔드는 듯하고, 고인 곳에는 못이 되어 차가운 거울에 얼이 없는 듯한가 하면, 깊고 맑고 아름답고 푸르러 낙엽이 붙지 못하고, 휘돌아 흐르는 구비마다 암석 모양이 천변만화하고, 산그늘과 나무 그림자에 이내가 섞여 어스레하여 햇빛이 보이지 않았다.

흰 돌 위를 거닐며 잔잔한 물살을 완상玩賞하면서 좋은 자리를 고르려 하였으나 그 요령을 얻지 못하고 여러 번 자리를 옮기다가, 최후에 한 바위를 발견하였는데 편편하고 넓으며 층계가 있었다. 일행이 그 위에 앉아서 간단한 술자리를 배풀었다. 정서正西에 있는 한 봉우리를 우러러보니, 가장 높고 모양이 특이하기에 이름을 촉운봉蠋雲峯이라 하고, 이 바위의 이름을 옛적에 식당암食堂巖이라 하였던 것을 고쳐 비선암秘仙巖이라 하며, 동부洞府의 이름을 천유天遊라 하고, 바위 아래 있는 못을 경담鏡潭이라 하며, 산 전체를 청학산이라 이름 붙였다.[24]

실제 율곡 일행이 청학산을 유람하려 한 이유는 산성山城을 답사하여 학이 사는 보금자리[鶴巢]를 탐방하려는 것이었다. 그러나 어쩌겠는가? 비가 올 기미가 보였고 산길은 점점 험해져 이번 청학산 유람은 이 정도에서 그쳐야만 하였다. 돌아오는 길은 어쩔 수 없는 결정이었기에 열 걸음에 아홉 번은 뒤돌아보았다. 다행인지 불행인지 율곡은 대유와 다시 찾아오기로 약속하였다.

승사 근처의 시내 위 울퉁불퉁한 바위에 앉아 점심을 먹었다. 산을 나와 토곡에 이르니 권근중權謹仲이 술을 가지고 길가의 층층바위에서 기다리고 있었다. 바위 옆에는 폭포가 있어 일행의 술자리를 환대하였다. 율곡은 술잔을 주고받으며 이 바위를 '술취한 신선이 머문 바위[醉仙巖]'라 이름 붙였다.

저녁에 무진정에 도착해 청학산 여정은 끝이 났다. 다음 글에서 율곡 자신은 청학산을 알아주는 사람[지기知己]이 아니라고 겸손하게 말하고 있지만 어찌 그러겠는가? 율곡이 만난 청학산이 바로 '청학靑鶴'이 아니었을까?

아! 천지가 있은 뒤로 이 산이 있었을 것이고, 천지의 새벽이 이미 오래 되었는데도 이 산은 아직까지 세상에 알려지지 않았다. 산성의 구축이 어느 시대에 있었는지 알 수 없으나 아마

이를 처음 구축한 자는 피란을 위한 관리나 백성에 지나지 않았을 것이다. 만약 숨어 사는 사람[유인幽人]이나 속세 사람보다 높은 사람[일사逸士]이 한번 이 석문을 찾아 왔었다면 어찌 한마디의 말도 후세에 남겨 놓지 않았을까. 아니면 혹 그러한 사람이 있었어도 이미 실전失傳되어 버린 것일까. 오대산이나 두타산 등은 여기에 비유하면 그 품격이 낮은데도 오히려 이름을 떨치고 아름다움을 전파하여 관람하는 자가 끊이지 않는데, 이 산은 중첩된 봉우리와 동학洞壑 속에 그 광채를 감추고 숨겨 아무도 찾아오는 사람이 없으니, 하물며 그 웅성 깊은 곳이랴. 세상 사람들이 알거나 모르거나 산에 있어선 아무런 손익이 없지만 물리物理란 본시 그렇지 않다. 이번에 우리를 만나서 후세 사람이 이 산이 있는 줄 알게 되었으니, 이 또한 운수인 것이다. 또 이외에도 신령스러운 곳이 세속 밖에 비장되어 있어 이 산보다 더 기이한데, 우리가 미처 알지 못하는 것인지도 모른다. 아! 세상에 지기를 만나고 만나지 못하는 것이 어찌 산뿐이겠는가.[25]

23) 이이(李珥), 『율곡전서(栗谷全書)』, "嶺下平郊, 方可三四里. 群峯擁翠, 一溪繞碧, 寒巖秀異, 喬木扶疎, 有一草屋, 籬落蕭條, 若隱者之室, 刳木受泉, 以爲水碓. 余等徘徊顧瞻, 頗有遺世絶俗之思."

24) 이이(李珥), 『율곡전서(栗谷全書)』, "四顧皆峙石山, 翠柏矮松, 縫其皭隙. 兩屛之間, 川源甚遠, 激而爲瀑, 晴雷振壑, 渟而作淵, 寒鏡絶瑕, 泓澄瑩綠, 落葉不著, 回流曲曲, 石狀千變, 山陰樹影, 雜以嵐氣, 翳翳然不見日光矣. 散步白石, 玩弄晴漪, 欲選勝而未嶺其要, 移席者屢, 最後得一巖, 平廣有階級. 列坐其上, 設小酌. 仰見直西一峯, 最高異狀, 創名之曰蠡雲峯, 巖名舊曰食堂, 改之曰秘仙, 名其洞曰天遊, 巖下之潭曰鏡潭, 摠名其山曰靑鶴."

25) 이이(李珥), 『율곡전서(栗谷全書)』, "噫! 自有天地, 便有此山, 天地之闢, 亦已久矣. 尙未名于世, 山城之築, 未知何代, 想其經始者, 不過避亂之吏民而已. 若有幽人逸士, 一叩石門, 則豈無一言留於後耶, 抑雖有其人, 而世失其傳耶! 彼五臺·頭陀等山, 譬之於此, 風斯下矣, 猶且揚休播美, 觀者接武, 玆山乃藏光匿輝於重巒複壑之中, 無人闖其封域, 況閟奧乎! 世人之知不知, 於山無所損益也, 顧物理不當爾也. 一朝遇吾輩, 使後人知有此山, 斯亦有數焉耳. 又安知更有靈境秘於塵外, 尤異於此山, 而吾輩亦未之知耶. 嗚呼! 世有遇不遇者, 獨山乎哉!"

설악산 雪嶽山

옛사람들은 산에 들어가 선천세계^{先天世界}의 기운을 받아들여 몸에 축적했는데, 이른바 '호연지기^{浩然之氣}'가 달리 있는 것이 아니다.

사실 몸과 마음을 수행^{修行}하는 일, 수양^{修養}은 그리 간단하지 않다.

예를 들면, 유가에서의 수행은 예의 규정에 따라 몸과 마음의 수양을 행하는 것이다. 공자^{孔子}는 주나라의 예를 표준으로 생각하였다. 남을 사랑하고, 부모에게 효도하고, 형제와 우애 있게 지내는 그런 인의 경지에 도달하기 위해서는 주례^{周禮}에서 요구하는 대로 엄격하게 자신을 수행해야 한다. 그리고 한편으로는 내성^{內省}의 공부에 힘을 쏟아야 한다. 항상 마음속으로 자신이 예의 준칙에 적합한지를 점검하여야 한다. 또한 언행^{言行}이라는 실천의 면에서도 일정한 성취를 이루어야 한다.

맹자^{孟子}는 공자의 이런 수행관에 양기^{養氣} 사상을 결합하였다. 맹자는 인·의·예·지가 인간의 타고난 천성에 본래부터 존재한다고 생각하였다. 남을 측은하게 여기는 마음[惻隱之心]은 인의 시작이고, 일을 행함에 부끄럽지 않으려는 마음[羞惡之

心]은 의의 시작이며, 눈앞의 이익에 욕심을 버리고 남에게 양보하는 마음[辭讓之心]은 예의 시작이고, 옳고 그름을 판단하는 마음[是非之心]은 지의 시작이다. 이러한 사단四端은 마치 인체의 사지四肢와 같아서 마음속으로 꾸준히 확충시켜 나간다면 결국 인·의·예·지에 대한 완전한 이해에 도달할 수 있는 것이다.

맹자는 수행 과정에서 큰 뜻을 세워 세속의 유혹에 흔들리지 않고 자신을 돌이켜 생각해도 성실한 경지에 도달할 수 있다면, 자신의 모든 행위가 성실하여 허망함이 없어진다고 생각하였다. 그리고 넓고 큰 기운인 호연지기를 길러 하늘을 아는 경지에 이른다고 하였다.

유가의 공자·맹자 등과 달리 노자老子는 주례를 수행의 표준으로 삼는 것을 반대하였다. 노자는 예법과 충성스러운 믿음은 서로 반대되는 개념으로 보았다. 충성스런 믿음은 예부터 사람들의 속마음에서 우러나오는 것이고, 동시에 서로 간에 관습처럼 약정된 하나의 자연스러운 덕성이다. 그러나 예법을 일일이 규정하는 것은 충성스런 믿음이 돈독하지 못한 결과이다. 그것은 겉치레와 꾸밈에 의존하여 유지된다. 노자는 속마음을 함양하는 데 끊임없이 겉치레를 버리고 순박함을 지켜 사사로움과 욕심을 적게 할 것을 근본으로 삼고, 그를 통해 대상도 없고 자아도 없는 경지로 승화시켜야 한다고 인식하였다. 노자가 추구한 수행은 번잡한 사회생활의 간섭을 배제한 정화된 마음의 상태이다. 그래서 그는 예교의 실천을 극력 부정하였다.

장자莊子는 「대종사大宗師」에서 수행이란 세속의 예절을 무턱대고 지키는 것이 아니라, 정신의 자유로운 해방을 위해 끊임없이 편안해지는 과정임을 역설하였다. 그는 정신의 자유를 얻기 위한 방법으로 그 유명한 심재心齋, 마음의 재계와 좌망坐忘, 앉아서 잊음이란 테마를 들고 나왔다.

심재는 마음을 오로지 한곳으로 모아 번잡하지 않게 하는 것이다. 그 과정은 귀로 듣다가 마음으로 듣는 데로 이르고, 마음으로 듣다가 기氣로 듣는 데로 이르는 것이다. 이것이 이른바 수시반청收視反聽인 것이다. 그 지향하는 목적은 자신의 감각기관을 어지럽고 복잡한 대천세계大千世界로부터 벗어나게 하여 텅 빈 허공의 경지로 진입하는 데 있다.

좌망은 '팔다리를 내버리고 총명함을 내쫓고, 육신을 떨쳐 지혜조차 내팽개쳐서 큰 도의 세계에 동화함'을 말한다. 곽상郭象, 253~312은 이런 좌망의 상태를 '안으로 그 한 몸을 깨닫지 못하고 밖으로 천지가 있음을 알지 못한 연후에, 툭 트여 변화와 더불어 본체로 삼으니 통하지 않음이 없다'고 풀이하였다.[26]

다시 옛사람이 산에 들어가 선천세계의 기운을 받아들여 몸에 축적하는 양성의 문제로 돌아와 보자. 어떤 사람이 수양이 깊어져 저 깊은 선천세계를 체험하고 내려와 속세사람에게 말한들 어찌 알아들을 것이며 또한 어떻게 좋아하겠는가. 산에 들어와 힘차게 '야호'라도 해야 마음속이 시원해지지 않겠는가.

오늘과 달리 옛사람에게 입산이란 입구부터 이루어지는 것이다. 현실세계의 질긴 인연을 뛰어넘어야만 올바른 수양이 시작되지 않겠는가. 보이는 것, 들리는 것, 냄새나는 것, 느껴지는 것을 억지로 차단하지 않아도 초도를 건너는 것 자체가 외부를 차단하며 끊는 것이다.

옛사람은 이처럼 외부가 차단되는 곳—산을 즐겨 찾아갔다. 「설악기雪嶽記」를 남긴 해좌海左 정범조丁範祖, 1723~1801도 마찬가지이다.

해좌를 따라 설악산을 들어가기 전에 그보다 설악산에 대한 기록을 먼저 남긴 홍태유洪泰猷, 1672~1715가 「유설악기遊雪嶽記」의 뒤에 단 설악에 대한 평가를 먼저 살펴보자.

지금까지 많은 명산을 보아왔지만, 그중에서도 금강산만이 이 설악산과 우위를 다툴 수 있고 다른 산은 견줄 바가 못 된다. 금강산은 그 아름다움이 중국에까지 알려져 있다. 그러나 설악산의 경치는 우리나라 사람조차 제대로 아는 이가 드무니, 이 산은 산 가운데 은자隱者이다.[27] 내가 세세히 설악의 경치를 적은 것은 고향에 돌아가 친우들에게 자랑하고자 함이요, 또 절경을 찾아 유람하려는 이들에게도 알려주려는 뜻에서이다.

홍태유의 글이 아니더라도 설악산은 오늘날과 달리 옛날에는 그리 인기 있는 산은 아니었던 듯하다. 추측건대 옛사람이 설악산을 자주 가지 않은 이유는 '금강산金剛山'에 가려지거나 밀려서라고 여겨진다. 하지만 오늘날은 사정이 많이 다르다. 나처럼 금강산을 자유롭게 가지 못하는 대부분의 사람들에게는 설악산이 가장 빼어나고 아름다운 산으로 남아 있다.

설악산은 강원도 양양군·인제군·속초시에 걸쳐 있는 해발 1,708미터의 산이다. 주봉은 대청봉大靑峯으로, 북쪽의 미시령과 남쪽의 점봉산을 잇는 주능선을 경계로 하여 내설악과 외설악으로 구분한다. 내설악의 남부에는 한계천寒溪川, 북부에는 북천北川이 서쪽으로 흘러 북한강의 상류를 이룬다. 외설악의 남부에는 양양 남대천南大川, 북부에는 쌍천雙川이 흘러 동해로 유입된다. 설악산은 매년 음력 8월이면 눈이 내리기 시작해 늘 눈으로 덮여 있다 해서 설악이라 불리게 되었으며, 봉우리가 모두 흰색이고, 계곡의 돌도 흰색이기 때문에 소금강이라고도 불리기도 한다. 이외에도 설산雪山, 설봉산雪峯山이라는 이름도 가지고 있다.

해좌는 1778년(정조 2) 가을, 양양 군수로 가다가 북쪽으로 보이는 우뚝하고 장대한 설악산을 보고 마음에 담아 두었다. 그러나 관리의 일정이 촉박하여 쉽사리 설악산을 유람할 수가 없었다. 그는 다음 해인 1779년(정조 3) 3월 17일부터 22일까지 장사응張士膺, 채재하蔡載夏와 함께 설악산을 유람했는데, 척질 신광도申匡道, 사위 유맹환俞孟煥, 아들 약형若衡도 따랐다.

그가 남긴 「설악기」에 의하면 17일에는 출발 여정이 과감하게 생략된 채 신흥사神興寺에 투숙한 사실만 기록되어 있다. 절 주위는 천후天吼, 달마達摩, 토왕土王 등 여러 봉우리들이 둘러서 있는데, 설악의 바깥 산들이라는 것이다.

18일. 신흥사 승려 홍운이 인도하여 북쪽으로 비선동飛仙洞을 거쳐 들어갔다. 한참 동안 가파른 길을 올라갔는데, 마척령馬脊嶺에 이르자 홀연 큰 바람이 일고 안개와 비로 사방이 다 막힌 듯 캄캄하였다. 바로 중설악中雪嶽이다.

> 어스름에 오세암五歲庵에 들어갔다. 기이한 봉우리가 사방에서 옹위하고 있으면서 삼엄하여 사람을 치려는 듯하다. 중간에 토혈이 뚫려 있어, 고즈넉하게 암자를 하나 들여 넣고 있다. 매월당 김시습金時習이 일찍이 은둔한 곳이다. 암자에는 두 개의 초상화가 있는데, 매월당을 유학자로서 그려둔 형상과 불자로서 그려둔 형상이다. 나는 배회하며 추모하면서 서글픈 느낌에 사로잡혔다. 공은 스스로 오세동자라 하였으므로 이 암자의 이름이 있게 된 것이다.[28]

일행은 늦은 저녁에 중설악에서 오세암으로 들어가 묵었다. 오세암은 토혈 속에 조성한 암자로 매월당 김시습이 일찍이 은둔한 적이 있었기에 그의 초상화가 두 개나 보존되어 있었던 곳이다. 해좌는 재미있게도 매월당의 외유내불外儒內佛을 상징하 듯 유학자 모습의 초상화와 불자 모습의 초상화에 대해서는 별반 이상하게 여기지 않았지만, 매월당의 일생을 생각하면서 서글픈 느낌을 지우지 못하였다. 어떤 시대 에도 자신의 뜻을 펴기란 쉽지 않기 때문인가!

19일. 산길이 순탄하지 않아 여러 차례 오르락내리락 하면서 위로 올라갔다. 특히 사자봉은 마척령보다 더욱 험준하여 밧줄로 끌고 앞장서서 가면, 뒤에서 미는 사람 이 꼭 들러붙어 10리를 더 간 뒤에야 도달할 수 있었다. 바로 상설악上雪嶽이다. 해좌 는 너무 고생한 나머지 주위를 돌아볼 기력조차 쇠진하였지만 눈에 또렷하게 '하늘 과 땅 사이를 채운 것은 모두 산'임을 알았다. 과연 소문대로 사자봉은 대단한 봉 우리였다. 해좌는 이곳이 설악산에서 가장 좋은 조망을 가지고 있다고 평가하였다. 이제 그는 설악의 봉우리보다는 계곡으로 관심을 돌렸다.

사자봉의 동쪽은 조금 굽어 흘러가는 형세이다. 암자가 있어서 봉정鳳頂이라 한다. 전하는 말에 고승 봉정이 상주하였다고 한다. 사자봉에서 아래로 내려가 벼랑을 따라 남쪽으로 갔 는데, 벼랑이 좁아 가까스로 발을 디딜 정도였다. 발을 내디디는 곳은 낙엽이 쌓이고 바위가 무너져 있고 나무가 가로누워 있어서 벌벌 떨려 건너갈 수가 없다. 왼쪽 오른쪽 산들은 모두 기이한 봉우리들로, 수목의 숲 위로 불쑥불쑥 솟아나 있다.

물은 뒤쪽 산에서부터 나와 골짝을 두루 덮으면서 아래로 내려간다. 골짝은 모두 돌이어서, 맑고 밝기가 마치 눈과 같다. 그 위로 물이 덮어 흐른다. 바위가 엎드려 있다가 솟아나고 움 푹 파였다가 볼록 튀어나오고 좁았다가 넓어지고는 하는데, 그 형세는 모두 물이 그렇게 만 든 것이다. 대개 폭포를 이룬 것이 열서너 개인데, 쌍폭이 특히 기이하다. 못을 이루고 보를 이루며 만류漫流를 이룬 것은 이루 다 헤아릴 수 없이 많다. 그 가운데 수렴水簾이라 일컫는 것이 가장 기이하다.[29]

해좌는 사자봉에서 40리 거리에 있는 영시암永矢庵을 가면서 오로지 계곡만을 이야기하고 있다. 계곡의 백미는 폭포이다. 그는 폭포가 열서너 개나 되지만, 쌍폭이 특히 기이하다고 하였다. 더하여 계곡 물이 흘러 못과 보를 이루며 만류를 이룬 것은 이루 다 헤아릴 수 없이 많은데, 수렴이 가장 기이하다고 못을 박았다.

20일. 해좌는 삼연三淵 김창흡金昌翕이 이름 지은 영시암에서 출발하여 30리 거리의 한계寒溪로 나아갔다. 어제와 마찬가지로 계곡이 만든 폭포에 매료되어 설명하느라 쉴 틈이 없을 정도였다.

폭포가 산꼭대기에서 아래로 나는 듯이 쏟아져 내려, 영롱하기가 무지개와 같았다. 바람이 잠깐 잡아채자 가운데가 끊어져서 아지랑이며 눈이 되어, 가볍게 훌훌 날려 허공에 가득하게 되고, 남은 물보라가 때때로 옷으로 날려 들어왔다. 동자에게 피리를 불게 하여 폭포 소리와 서로 응답하게 하니, 맑고 명랑한 소리가 온 골짝에 울렸다. 이것이 바로 한계폭포이다. 내가 흥운에게 "이런 것이 또 있는가." 물었더니, "없습니다"라고 하였다. 풍악楓嶽, 금강산의 구룡九龍폭포보다도 훨씬 장관이다.[30]

결국 해좌는 금강산의 구룡폭포보다 더 장관이라는 한계폭포에 이르러 마음을 둘 곳 몰라 하였다. 폭포는 영롱한 무지개로 가끔 끊어지면 아지랑이며 눈이 되어 허공을 날고, 물보라는 옷으로 날아드니 더 이상 '한계限界'가 없는 폭포였다. 한계에서 고개를 넘어 돌아 30리 거리의 백담사_{百潭寺}에 이르러 묵었다.

21일. 비선동_{飛仙洞} 뒷산을 따라 내려가면서 설악산의 면면을 마음속에 새기면서 40리 거리의 신흥사_{神興寺}로 다시 돌아와 묵었다. 22일. 해좌는 설악산 유람을 마치고 집으로 돌아왔다. 첨부하자면 설악을 전부 둘러서 도보로 걸어갈 수 있는 거리가 모두 220리이고, 견여_{肩輿}로 갈 수 있는 거리는 40리였다고 한다.

26) 잔스추앙, 『도교와 여성』, 안동준·김영수 뒤침, 창해, 2005.
27) 여기서 우선 은자(隱者)·은일(隱逸)·은사(隱士)를 설명하면 다음과 같다. 은자는 세상을 피하여 조용히 살고 있는 사람, 은일은 세상을 피하는 행위 자체이다. 은사는 넓은 뜻으로 은자와 같이 사용하지만 좁은 뜻으로는 세상에 숨어 사는 선비 또는 벼슬길에 나아가지 않고 은둔해서 사는 사람을 말한다.
28) 정범조(丁範祖), 『해좌집(海左集)』, "薄暮入五歲庵. 奇峰四擁, 森然欲搏人, 而中開土穴, 窈然受庵. 梅月堂金公時習, 嘗遯于此. 庵有二眞, 寫公儒釋狀. 余爲低佃悲之. 公自號五歲童, 故庵名."
29) 정범조(丁範祖), 『해좌집(海左集)』, "獅子之東, 稍陟岻, 有庵名鳳頂. 傳高僧鳳頂常住云. 由獅子下, 緣崖而南. 崖窄厪容趾, 趾所循爲積葉爲崩石爲僵木, 凌兢不可度, 而左右山皆奇峰, 迭出林木上. 水自後嶺來, 布谷而下. 谷皆石, 晶瑩若雪而水被之, 石勢之起伏凹凸廣狹而水形焉. 大略爲爆者十數, 而雙瀑益奇. 爲潭爲洑爲漫流者不勝計, 而稱水簾者益奇."
30) 정범조(丁範祖), 『해좌집(海左集)』, "瀑從巓飛下, 玲瓏如白蜺. 風乍孛則中斷爲煙雲, 飄灑滿空, 餘沫, 時時吹人衣. 令從者吹箋, 與瀑聲相應答, 瀏亮一壑, 是爲寒溪也. 余謂弘運曰, 復有此否? 曰, 無之矣. 過楓嶽九龍瀑遠甚矣."

오대산 五臺山

오대산은 강원도 평창군과 홍천군, 강릉시에 걸쳐 있는 산으로, 높이는 1,563미터이다. 설악산과 더불어 태백산맥에 속하는 고산준령으로 주봉은 비로봉을 중심으로 하여 호령봉虎嶺峰, 상왕봉象王峰, 두로봉豆老峰, 동대산東臺山 등의 높은 봉우리가 있다. 가운데 있는 중대中臺를 복판으로 하여 북대, 남대, 동대, 서대가 오목하게 원을 그리고 있어, 다섯 개의 연꽃잎에 싸인 연심蓮心 같은 산세라 하여 오대산이라 부른다. 주요하천으로는 월정천과 내린천이 있으며, 이 두 하천이 합류하여 오대천을 이루면서 남하하여 남한강으로 들어간다. 동대산과 노인봉老人峰 사이의 진고개는 오대천의 지류와 연곡천連谷川의 분수령이 된다.

삼연三淵 김창흡金昌翕, 1653~1722은 임영臨瀛 강릉의 호해정湖海亭에 머물고 있던 때에 신택지辛澤之, 고달명高達明과 함께 윤8월 6일부터 10일까지 오대산을 유람한 후 「오대산기五臺山記」를 남겼다. 이 산행은 그가 50년 세월 동안 희망해왔던 일이다. 사실 삼연은 전국의 산천을 주유周遊한 것으로 유명한데, 이 가운데 금강산은 무려 일곱

차례나 유람한 경험이 있으며, 설악산의 경우는 중요한 은둔처이기도 하였다. 그 대표적인 은거지는 한계폭포寒溪瀑布 북쪽의 한계수옥寒溪樹屋, 백연정사百淵精舍, 벽운정사碧雲精舍, 갈역정사葛驛精舍 이외에도 한강의 저도신거楮島新居 등이 있다.

삼연의 오대산 유람 일정을 세분하여 보여주고, 이어 편의상 8일을 중심으로 기술하고자 한다. 6일에는 구산서원丘山書院에서 제자들이 열어준 전별연餞別宴에 참석한 뒤 60리를 가서 촌가에 머물렀다. 7일에는 비가 내리는 길을 45리 가 월정사月精寺에서 묵었다. 8일에는 오대산을 올라 60리를 가서 상원사上院寺 중대에 올랐다. 9일에는 중대에서 내려와 상원사에서 아침을 하고 길을 떠나 60리 길을 가서 다시 월정사에 와 머물렀다. 10일에는 비가 와서 월정사의 선방에 묵으면서 유기遊記를 정리하고 고달명에게 쓰도록 하였다.

8일은 날이 맑았다. 삼연 일행은 출발을 재촉하였지만 월정사의 승려는 고의로 지연시키면서 천천히 떠났다. 그러나 삼연은 이러한 출발 지체가 오히려 유람의 흥취를 깊게 만든다고 여겼다. 일행 세 사람은 곧장 북쪽으로 향해 시내를 따라 대략 10리를 가서 작은 암자인 금강대를 만났다. 그곳에서 수백 걸음을 나아가자 사고史庫, 오대산사고－조선시대 실록 등 국가의 중요한 서적을 보관하는 서고가 나타났다. 그는 주위가 많은 산들로 둘러싸인 것이 신령이 보호하는 듯하다고 말하지만, 그 규모나 보존 상태가 너무나 열악하다는 사실을 담담하게 말하고 있다. 우리는 예나 지금이나 '한결같이' 자신의 문헌文獻 등을 너무 가볍게 다루지 않았던가!

세 사람은 시내를 따라가면서 여러 번 다리를 건너 중대를 향하였다. 점차 길이 험해지자 순여筍輿, 대로 엮어 만든 가마에서 내려 어기적어기적 걸어서 나아갔다.

이십 리를 가서 상원사에 도달하였다. 승려를 머물게 하여 밥을 준비시키고 곧바로 중대로 향하였다. 바위를 부여잡고 올라가 십 리쯤 가는데 길이 대부분 험하고 무섭다. 사자암獅子菴을 거쳐 금몽암金夢菴에 이르렀다. 이름난 샘물이라 해서 샘물을 떠서 마셨더니 그다지 차갑거나 짜릿하지 않고 달고 부드러워 입에 대기 쉽다. 그 맛은 마땅히 상품上品에 둘 만하다. 육우陸羽로 하여금 차를 끓이는 데 쓰게 하지 못함이 한스럽다. 대개 오대산의 샘물은 각각 별호別號가 있는데, 이것이 옥계수이다. 서쪽은 우통, 동쪽은 청계, 북쪽은 감로, 남쪽은 총명이라 한다. 암자의 뒤에는 돌사다리가 층지어 위로 뻗어, 수십 걸음쯤 되었다. 사리각舍利閣에 이르렀더니, 뒤에 석축이 보루처럼 된 곳이 둘 있었다. 바위로 이어서 교묘하게 단과 계단을 배치하였으나, 천연으로 이루어진 것이지 인공으로 만든 것이 아니다.[31]

삼연 일행은 상원사를 지나 중대에 이르렀다. 가는 길에 일행은 금몽암의 이름난 샘물을 마셨다. 오대산의 샘물은 유명하여 서쪽이 우통, 동쪽이 청계, 북쪽이 감로, 남쪽이 총명이라 이름 붙였다고 한다. 암자 사리각 뒤의 천연 석축을 보고 다시 상원사로 내려왔다. 점심을 먹고 북대北臺를 향하였다. 그 길은 수목이 조밀하고 돌이 미끄러워 쉽지 않았다.

다시 한 등성이를 넘으니 곧 북쪽 암자에 이른다. 높고 깊고 텅 비고 밝아, 여러 곳의 승경을 조망할 수가 있다. 중대사와 비교하면 혼후渾厚함은 미치지 않지만 시원함은 훨씬 낫다. 들어가 먼 산을 바라보니 허공의 비췻빛이 하늘에 접해 있어서, 마치 태백산이 가까운 곳에 있는 듯하다. 그리고 첩첩 산마루와 겹겹 산봉우리가 둘러 있는데, 가장 가까운 것은 환희령으로, 일명 삼인봉이다. 공읍하여 이리로 향하고 있는 것이 마치 무슨 마음이라도 있는 듯하다. 마침 시야의 경색이 밝고 멀며, 하늘 공간이 텅 비고 드넓으며, 일만 그루의 단풍은 빛나는 태양 아래 붉다. 뜰 가득 잎이 진 나무들이 있어서, 잎은 삼나무이고 몸통은 소나무이면서 거죽은 연한 푸른빛을 띠고 엄연하게 모여 서 있다. 온 산이 모두 이 나무이다. 이른바 감로수甘露水가 좔좔 나무통으로 쏟아지는데, 그 맛이 옥계와 같다. 역아易牙가 아니라도 치수淄水와 승수澠水의 물맛은 구별할 수 있을 정도이다. 포단蒲團에서 조금 쉬는데, 흰 안개가 산을 막처럼 감싸다가 선실禪室로 모여들어, 지척도 분별할 수가 없다. 암자에 일찍 이르러 와서 이러한 경승을 모두 차지하게 된 것을 다투어 기뻐하였다.[32]

일행은 북쪽 암자에 도착하자 비로소 사방을 멀리까지 조망할 수가 있었다. 마치 태백산이 곁에 있는 듯하였다. 사방의 경치는 주변을 거의 채운 잣나무로 인해 더욱 삼엄하였다. 더욱이 이곳에는 감로수가 나무통을 통해 공급되는데, 그 뛰어난 물맛은 역아가 아니더라도 금방 알 수가 있으리라. 역아는 물맛을 탁월하게 구별할 줄 알았던 인물이다. 『열자列子』「설부說符」에는 만약에 물에 물을 타면 누가 알 수가 있느냐는 물음에 치수와 승수를 섞어 놓아도 역아는 구별할 수 있다는 답이 보인다. 이처럼 그들은 산을 둘러싼 잣나무 숲과 감로수, 수시로 밀려드는 산굴에서 나오는 안개를 볼 수가 있었다. 누가 이런 청복을 누릴 수가 있겠는가. 삼연처럼 자신의 재주를 드러내지 않고 산수자연에 순응하며 숨어 사는 사람만이 누릴 만한 일이리라.

새벽에 모두 다시 일어났다. 감원紺園을 산보하자 경납敬衲, 승려 축경이 뒤를 따르고 달그림자가 같이 참여하여, 삼소三笑의 정취를 이룰 만하였다. 내가 경납에게 "늘그막의 소득이 무엇인지요?"라고 물었다. 그는 다만 말하기를 "마음 바깥에 다른 법이 없음을 보지만 간간이 쇠마衰魔에게 붙잡히기 때문에 순일할 수가 없으므로 아마도 삼 년이 죽을 기한이어서 이 암자에서 법랍法臘을 그치고 말 것이니, 그대가 와서 좌탑에 같이 앉아 함께 주인공[主人公, 마음]을 부른다면 좋지 않겠습니까?"라고 하였다. 나는 웃으면서 "그렇게 하겠습니다"라고 하였다. 이날 육십 리를 갔다.[33]

삼연 일행은 흥에 겨워 깊은 잠을 이루지 못하고 새벽에 일어나 주위를 산책하였다. 삼연은 자신과 승려 축경, 그리고 달그림자가 마음으로 하나가 됨을 보고 삼소를 거론하였다. 이른바 호계삼소虎溪三笑는 동진東晉 때 승려 혜원惠遠이 강서성 여산의 동림사東林寺에 살면서 도연명陶淵明, 육정수陸靜修와 교유하였는데, 평소와 달리 호계虎溪를 건너 그들을 전송하고는 셋이서 웃었다는 고사이다.

이때 승려 축경은 자신이 죽게 되면 삼연이 이곳에 와서 조용히 수양하는 것이 어떻겠냐고 청하자, 삼연도 흔쾌하게 그러겠다고 하였다. 바로 삼연, 축경, 달그림자는 셋이면서 하나이고, 하나이면서 셋인 것이다. 누구나 이것을 바라나 누구나 이룰 수는 없는 것이 이 세상이 아니겠는가.

이제 삼연의 오대산 유람 일정 중 하루[8일]를 마지막으로 살펴보자. 다만 우리가 여흥을 누리는 복이 있는지 없는지 모르지만, 삼연이 「오대산기」의 끝부분에 4미四美 5행五幸의 설을 덧붙인 것을 부담 없이 감상하는 '아량'이 있기를 바란다.

대개 이 산은 기氣가 중후하여 마치 유덕한 군자와 같아서 가볍거나 뾰족한 태도가 조금도 없다. 이것이 첫째 승경이다. 궁륭穹窿 같은 형상을 이룬 수풀과 거대한 수목이 큰 것은 거의 백 아름에 이르고 심지어 구름 속으로 들어가 해를 가리고 있어서, 은은하기가 첩첩 산악과 같다. 청한자 김시습이 말한 "풀과 나무가 빽빽하게 우거져서 속된 자들이 거의 이르러 오지 않는다는 점에서 말하면 오대산이 가장 최고다"라고 한 것이 정말이다. 이것이 둘째 승경이다. 암자가 수풀 깊숙한 것에 위치하여 곳곳마다 하안거夏安居의 참선에 들 수가 있다. 이것이 셋째 승경이다. 샘물의 맛이 아주 훌륭하여 다른 산들에서는 거의 찾아볼 수가 없다. 이것이 넷째 승경이다. 이러한 네 가지 아름다움[四美]이 있으므로 '아금강亞金剛'이라고 부르는 것이 정말 마땅하다. 그런데 그 장점을 들어서 아스라한 봉우리나 장대한 폭포와 비교한다면 어느 것이 더 뛰어난지 잘 알 수가 없다.

내가 여러 산들을 두루 구경한 것으로 말한다면 바로 이 산이 옥진玉振에 해당하기에 더욱 기이한 행운이다. 대개 산에 올라 위를 우러러보고 아래로 굽어보며 재차 어루만진 일이 저 유년시대부터 있었는데, 흰머리가 되어서야 와서 찾더니, 만남이 늦었다고 탄식하게 된다. 이것이 하나의 행운이다. 금년은 보통의 다른 해와 같은 것이 아니라, 목숨을 부지하여 험준한 곳으로 도망한 해인데, 이러한 유람을 해낼 수 있었으니, 이것도 행운이다. 산 바깥에서 비를 만났으나 등산을 위한 신발을 갖추자 날이 개어 환하게 되었으니, 이것도 행운이다. 단풍잎의 붉은빛은 색조의 옅고 깊음을 감상하기에 가장 적합하니, 이것도 하나의 행운이다. 혼자만의 흥취는 두루 원만하기가 어려운데, 네 분과 함께 질탕跌蕩함을 공유했으니, 이것도 행운이다.[34]

31) 김창흡(金昌翕), 『삼연집(三淵集)』, "行二十里, 到上院. 留僧備炊, 而直向中臺. 攀躋可十里逕, 多艱棘. 歷獅子菴, 到金夢菴. 取名泉飮之, 不甚冷冽而甘軟易接口. 其味宜居上品. 恨不令陸羽淪茶也. 蓋五臺泉各有號, 此爲玉溪水. 西爲于筒, 東爲靑溪, 北爲甘露, 南爲聰明云. 菴後石梯層蹬, 可數十步. 至舍利閣後, 有石築成壘者兩所. 有巖承之, 巧排壇砌, 天成非人造."

32) 김창흡(金昌翕), 『삼연집(三淵集)』, "又越一脊, 乃到北庵. 高深曠朗, 摠有諸勝. 比諸中臺, 渾厚不及而疎豁過之. 入望遙山, 空翠接天, 似是太白近地. 而環之以疊嶺複嶂, 最近者歡喜嶺, 一名三印峰. 拱向有情, 適又景色明遠. 天宇沉寥, 萬楓曜日紅, 遍院落有木, 杉葉松身而皮微靑, 儼然攢立. 半山皆是木也. 所謂甘露水, 活活注槽中, 味同玉溪. 除是易牙, 方辨淄澠耳. 少憩蒲團, 白霧幕山, 坌入禪室, 咫尺不可辨. 爭喜到菴之早, 得悉領略也."

33) 김창흡(金昌翕), 『삼연집(三淵集)』, "到曉凡再起. 散步紺園, 敬衲隨之, 月影相參, 可作三笑. 余問敬衲以老來所得. 但云惟看一心外無餘法, 而間爲衰魔所攝, 未能純一, 擬作三年死限, 終朡於此菴, 君來同榻, 并喚主人公, 不亦善乎? 余笑曰, 諾. 是日行六十里."

34) 김창흡(金昌翕), 『삼연집(三淵集)』, "蓋是山爲器重厚, 似有德君子, 略無輕儇尖峭之態, 是一勝也. 穹林巨木, 大幾百圍, 至其參雲蔽日, 隱若疊嶂, 淸寒子所謂草樹茂密, 俗子罕到, 五臺爲最者, 是一勝也. 菴居森邃, 在在可結夏, 是一勝也. 泉味佳絶, 諸山所罕有, 是一勝也. 有是四美, 宜乎名亞金剛. 而揭其長處, 較夫峭峰壯瀑, 未知其誰爲甲乙也. 若余之歷覽諸山, 以是山爲玉振, 尤爲奇幸. 蓋俛仰再撫, 自在幼年, 而晧首來尋, 方嘆相見之晩, 是一幸也. 今年非常年, 逃生險巇, 能辦斯遊, 是一幸也. 山外遇雨, 理屐便開霽, 是一幸也. 楓葉之赤, 淺深適賞, 是一幸也. 孤興難周, 而與四公同做跌蕩, 是一幸也."

천방산 千房山

우리는 다소 낯선 곳, 경계가 흐릿한 곳, 천방산을 수당修堂 이남규李南珪, 1855~1907를 따라 유람하고자 한다. 실상 길이란 미리 정해져 있어, 이런 곳은 길이 아니므로 애초에 접근도 하지 말라는 '협박 아닌 협박'은 언제나 정당하지 않다. 그래도 이런 협박이 우리를 끈질기게 잡아당기지 않던가. 하지만 우리가 눈을 크게 뜨고 세상을 당당하게 살아간다면 무에 두려울 것이 있겠는가!

일찍이 장자莊子가 「제물론齊物論」에서 '길은 걸어가서 이루어진 것이다[道行之而成]'라고 분명히 말하지 않았던가.

천방산. 나는 천방산이 충청남도 서천군 문산면 쪽에 있다는 사실을 뒤늦게 알게 되었다. 우연히 『수당집修堂集』을 뒤적이다가 수당이라는 인물과 천방산을 알게 된 것이다.

수당은 구한말의 혼란 속에서 온갖 어려움에도 굴하지 않고 자신의 길을 걸어간 사람이다.[35] 수당은 왜 천방산을 유람하였는가. 이 점에 대해 수당은 「유천방사구지

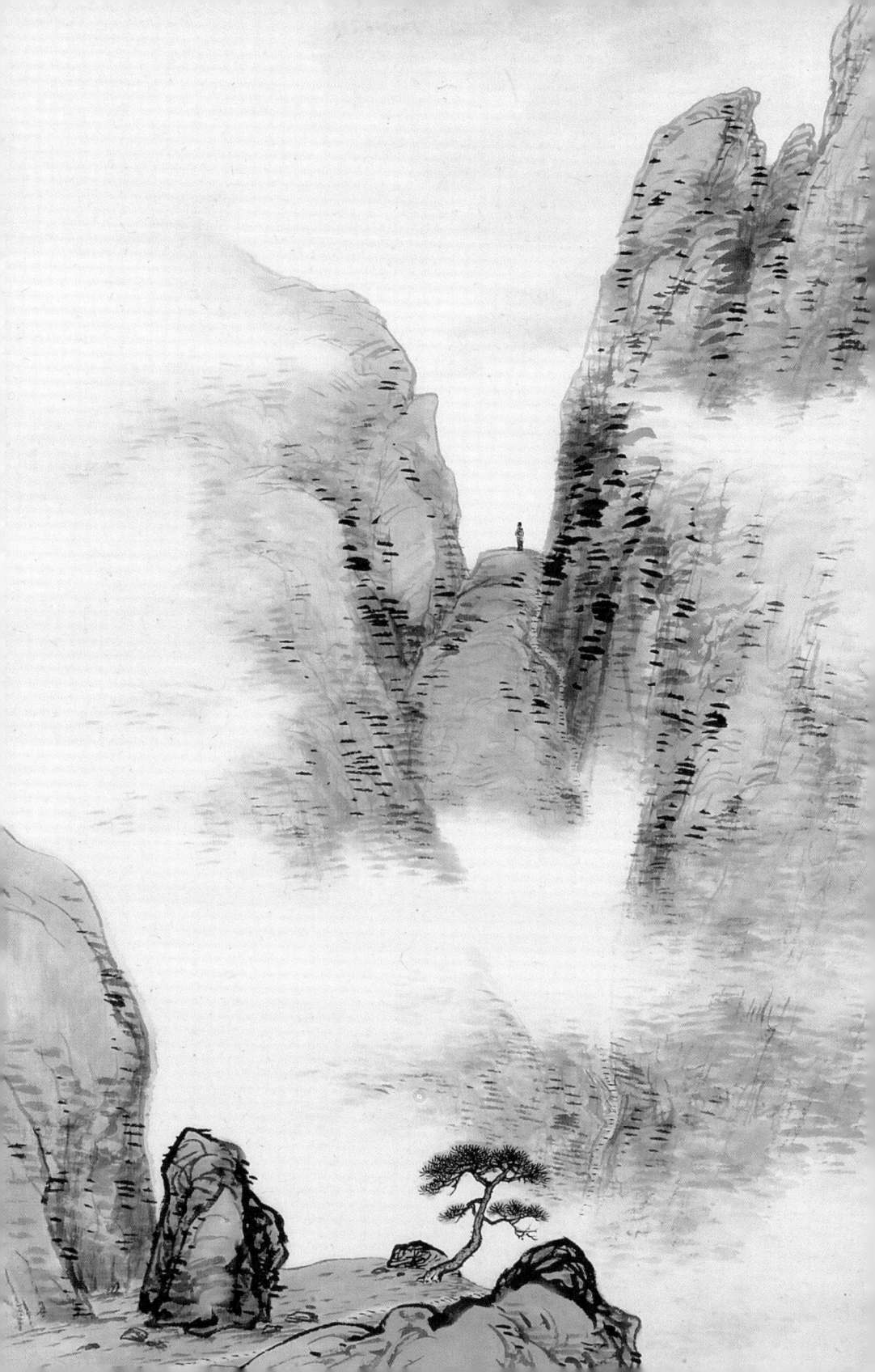

기遊千房寺舊址記를 통해 직접 설명하고 있다. "우리 집에서 동쪽으로 몇 리쯤 되는 곳에 울연鬱然히 높고 크게 솟아올라서 호서湖西의 바다에 연한 여러 고을의 산들에 대해 조종祖宗이 되는 산이 바로 천방산이다. (중략) 옛날에는 이 마을 상류에 절이 있었는데, 그 이름을 천방사千房寺라고 하였다. 우리 선조 석루공石樓公이 일찍이 눈 속에 그 절로 놀러 가신 적이 있었으니, 지금 그 기록이 남아 있어서 이를 살필 수가 있다. 내가 어릴 적에 그곳을 한번 가보고 싶었으나 길이 험해서 이를 실행에 옮기지 못했었다. 금년 3월 갑오일에 갑자기 생각이 나서 훌쩍 길을 나섰다."³⁶ 이런 설명으로 수당의 천방사 유람이 다 설명되지는 못하리라. 다만 수당이 선조인 석루공이 밟은 길, 천방사를 찾아간 것이 단순하게 일없이 '천방사나 다녀와야지'라는 가벼운 마음이 아니었음을 염두에 두고 천방산 주변을 둘러보자.

이곳은 온통 층암層巖과 괴석怪石들로 이루어졌다. 사람처럼 우뚝 서서 공읍拱揖을 하는가 하면 호랑이처럼 앉아서 무섭게 노려보고 있으며, 나무숲과 돌서덜이 얽힌 사이로는 개울물이 한 줄기 졸졸거리며 흐른다. 산허리를 반쯤 지나 오르자 갑자기 우뚝한 봉우리가 불끈 치솟아서 길 가는 사람의 앞을 불쑥 가로막고 나선다. 그런데 그것이 하도 높고 깎아질러서 어디 더위잡을 곳도 없을 것 같다. 그리고 실처럼 가는 길이 하나 이리저리 구부러지며 이어졌는데, 아래로 골짜기를 내려다보니 파릇하고 아득한 것이 모두가 공의 글에서 말한 대로 역력하다. 그러나 그 드높던 처마버리나 아득히 흘러내리던 추녀 끝이며 마당에 나지막한 담장과 사람의 추락을 방지하던 시설 등은 죄다 없어지고 말았으며, 다만 주춧돌 등 돌멩이들만 여기저기 우거진 잡목들 속에 어지러이 흩어져 널려 있었다. 지팡이에 의지하여 이리저리 서성이노라니 감개感慨가 절로 인다.³⁷

먼저 수당은 훌쩍 길을 나서서 주봉酒峯의 초당이 있던 옛터에 도착한다. 이 옛터는 주봉이 태학太學의 장의掌議로 있으면서 이이첨李爾瞻을 목 벨 것을 상소하고 나서 이곳으로 돌아와 여기에다 띠집을 얽고 글을 읽으면서 그 뜻을 추구하였던 곳이 아닌가. 현재 수당이 말하는 주봉은 이후李厚, 1585~1613로 보이나, 그 아우 이부李阜, 1482~?의 호라는 설이 있어 분명하지 않다. 두 사람의 행적에서 이와 관련된 사실을 확인하기는 쉽지 않다. 이 터의 동쪽에 있는 약간의 땅이 하계霞溪 권유權愈, 1633~1704가 머물렀던 곳이다. 하계는 갑술옥사 때에 유배되었다가 풀려났으나 등용되지 못하였던 인물이다. 굳이 수당은 주봉과 하계의 옛터를 거쳐 천방사에 이르렀다.

천방사로 가는 길은 온통 층층 바위와 괴석들이 차지하고 있다. 그것은 마치 사람처럼 우뚝 서서 공읍을 하는 모양인 듯하고, 호랑이처럼 앉아서 무섭게 노려보는 모양인 듯하다. 저쪽 나무숲에서 졸졸 흐르는 개울물도 보인다. 드디어 험하고 험한 산길을 돌아 도착한 천방사는 어떠한가. 그 드높던 처마머리나 아득히 흘러내리던 추녀 끝이며 마당에 나지막한 담장과 사람의 추락을 방지하던 시설 등은 죄다 없어지고 말았다. 다만 주춧돌 등 돌멩이들만 여기저기 우거진 잡목들 속에 어지러이 흩어져 널려 있을 뿐이다. 수당은 지팡이에 의지하여 이리저리 서성이면서 깊은 시름에 젖는다. 마치 바람 앞의 등불처럼 나라가 존망의 위기에 처해 있음을 아는 터에 쇠락한 천방사의 옛터가 심상치 않은 전조처럼 보이는 것은 지나친 기우일까.

천방사는 신라 때에 김유신金庾信이 창건하였다고 한다. 김유신은 백제를 치려고 당나라에 병력을 요청하였는데, 당나라에서는 소정방蘇定方으로 하여금 배로 군사 12만 명을 거느리고 천방산 아래에 정박하게 하였다. 그런데 연기와 안개가 자욱하게 덮여 천지가 캄캄하였다. 김유신은 산신령에게 만일 안개를 사라지게 해주면, 절천 채를 세워 부처님을 받들겠다고 기도했고, 그러자 바로 안개가 걷혔다. 그런데 산에 올라가서 두루 살펴보니 지세가 너무 좁아 절천 채를 도저히 세울 수가 없어, 돌천 개를 배치하여 절의 형태만 만들고 법당 한 동을 세워 천방사라 불렀다고 한다. 이후에 이 절을 선림사禪林寺라 고쳐 불렀으며, 고려 숙종의 명으로 중수하고 불상을 안치한 뒤 다시 천방사라 고쳐 불렀다. 이 천방사는 조선 중기까지 존립하였다가 폐사廢寺가 되었는데 빈대로 인한 것이라고 전한다.

수당이 이런저런 생각에 잠겨 있다가 눈을 들어 천방사 주변을 바라보는데, 새삼 마음에 새겨지는 것들이 있었다. 이에 수당은 천천히 정리했다.

당시에 덕륭德隆, 스님의 이름이 발했던, 내포內浦 대여섯 고을의 크고 작은 봉우리들이 남김없이 모조리 모시어 받든다고 한 것이 참으로 틀린 말이 아니라 하겠다. 공께서는 큰 눈이 내리는 때를 만났기 때문에 눈 내리는 산 속의 놀랍고 기이한 변화의 장관은 홀로 만끽하셨겠지만, 이처럼 저 수백 리 바깥을 마음껏 완상하는 아득한 조망을 누릴 수 없었을 것이니, 여기에는 아마도 어떤 이수理數가 있을 것이다. 이와 같은 산수山水의 놀이는 저 세속의 온갖 현란한 소망들에 비하여 비록 그 사이에 아속雅俗의 차이가 있지만, 저 조물주는 또한 이를 아끼는 것이다. 그러므로 응당 그 다하지 못한 승경勝景의 나머지를 남겨 두어서 뒤에 나를 이어서 이곳을 찾아올 사람들에게 그들도 이를 누릴 수 있도록 끌려주어야 할 것이다. 그렇다면 공이 좀 더 기다렸다가 눈이 갠 뒤에 그 기이한 장관에 대한 형용을 마저 끝마치지 않고 덕륭의 청을 끌리쳤던 것은 아마도 그 뜻이 바로 여기에 있었던 것이 아닌가 한다.

그 기행紀行의 글이 등반에서 고생스러웠던 일들을 극진히 언급하여 말하기를, "구부리고 비틀대면서 올라갔는가 하고 생각하면 도로 미끄러지는 것이었다. 그리하여 넘어진 자는 기운을 동요시키고 매달린 자는 기교를 다 부림으로써 제각각 심력을 다 바쳤지만 단 한 걸음을 전진하기가 어려웠으니, 그 유위有爲한 일을 하는 것이 또한 이와 같은 것이라는 것을 알만하다 하겠다. 옛날에 한유韓愈가 「청영사탄금聽穎師彈琴」 시에, '힘껏 매달려도 한 치를 오르기 어렵지만, 한 번 놓치면 천 길이나 굴러 떨어진다네[濟攀分寸不可上, 失勢一落千丈强]'라고 하였는데, 후세의 유자들이 이를 인용하여 자신의 조존操存에 대한 경계로 삼는다" 하였다.[38]

그런데 수당은 자신의 생각을 석루공의 일화와 대비하여 말하고 있다. 즉, 석루공이 천방사를 방문하고 나서 상서로운 눈이 내리자 덕륭 스님이 내포 대여섯 고을의 크고 작은 봉우리들이 남김없이 모조리 모시어 받든 것이라고 축하하였다고 한다. 그런데 수당은 이처럼 놀랍고 기이한 변화의 장관을 석루공이 홀로 누렸지만, 자신도 저 수백 리 바깥을 마음껏 완상하는 아득한 조망을 누렸으므로 서로 산수의 즐거움을 누린 것이라고 말한다. 이는 세속의 온갖 현란한 소망에 비하여 부족할지는 모르지만 아속의 차이인 것이다. 게다가 조물주는 응당 그 다하지 못한 승경의 나머지를 남겨 두어서 뒤에 나를 이어서 이곳을 찾아올 사람들도 이를 누릴 수 있도록 물려주고 있다고 한다. 다시 말해 석루공은 눈 속의 천방산을, 수당 자신은 맑은 날의 천방산을 각각으로 즐겼으니, 이 또한 각각의 즐거움이며 운치이다. 수당 자신이나 석루공이 이 천방산의 온갖 경치를 다 누릴 수도 없거니와 그런 것을 추구하는 것은 세속의 현란한 욕망이 아니겠는가. 그래서 석루공이 눈 갠 뒤에 그 기이한 장관을 다 형용하지 않고 덕륭의 청을 물리친 것이 아닌가.

이어 수당은 석루공이 산행과 공부를 관련지어 말한다고 하였다. 예컨대 산을 오를 때에 구부리고 비틀대며 올라갔는가 하고 생각하면 도로 미끄러진다. 그래서 넘어진 자는 기운을 동요시키고 매달린 자는 기교를 다 부림으로써 제각각 심력을 다 바쳤지만 단 한 걸음을 전진하기가 어렵다. 이는 사람이 어떤 의미 있는 일을 할 때 항상 일어나는 일이다. 따라서 후세의 학자들은 이를 마음의 경계로 삼아야 한다. 석루공은 한때의 산행을 한가한 유람으로만 여기지 않고 산행을 통해 깨달은 것을, 배우는 자들의 진도進道의 어려움에다 비유하여 일깨워 주었다고 한다. 후인들은 이와 같은 경계를 정성스럽게 지켜서 서로 권면하여 응당 힘을 써서 그 나아갈 바탕으로 삼아야 할 것이다. 이와 같은 마음가짐은 수당의 생애를 관통했으리라.

---

35) 이남규는 한말의 의사(義士)이다. 자는 원팔(元八), 호는 산좌(汕左)·수당(修堂), 본관이 한산(韓山)이다. 1861년(고종 12) 사마시에 합격하였다. 벼슬은 홍문관교리를 거쳐 1902년 궁내부 특진관에 이르렀다. 한편, 1894년 5월 일본공사가 군대를 이끌고 서울에 입성하자 상소를 올려 일본의 무도함을 규탄할 것을 요구하였고, 갑오경장의 부당성과 명성황후 시해의 통분함을 상소하였으나 받아들여지지 않자 영흥부사를 사임하고 향리로 돌아갔다. 1906년 병오의병 당시 홍주에서 거의하였던 민종식(閔宗植)이 일본군에 패하여 은신을 요구하자 숨겨 주었고, 이 일로 인하여 의병과 관련 있다 하여 1907년 공주의 옥에 투옥되었다. 며칠 뒤 석방되었지만 온양 평촌 냇가에서 아들 이충구(李忠九)와 함께 피살되었다.

36) 이남규(李南珪), 『수당유집(修堂遺集)』, "余家東數里, 鬱然高大, 爲湖西沿海郡諸山之祖, 曰千房寺. (중략) 舊有寺, 在其源, 亦以千方名. 吾先祖石樓公, 嘗於雪中遊焉, 有記可按. 余自兒時, 欲一遊而憚險未果. 今年三日甲午, 偶邑到, 率爾出門."

37) 이남규(李南珪), 『수당유집(修堂遺集)』, "蓋層巖怪石, 人立而拱揖, 虎踞而獰醜,, 一溪潺潺, 瀉出於槎枒磈礜之間. 山腰已半, 有峯突然斗起, 來立於人行之前. 巍巖峻截, 更無攀緣之勢. 一徑如線, 盤紆曲折, 下視澗谷, 蒼然杳然, 皆歷歷如公所記者, 而至其巍然簷甬縹緲翚象, 與夫庭而短墻防人墜落者, 今皆蕩然無存, 獨砌礎亂石, 縱橫於苗疇榛蕪之間. 倚杖彷徨, 感慨隨之."

38) 이남규(李南珪), 『수당유집(修堂遺集)』, "當時德隆[寺僧名]所稱內浦五六邑之境, 大小峯巒, 畢獻無餘者, 信不妄矣. 而公之值天大雪, 專其奇視駭矚於眼前變化, 而不得縱眺遠賞於數百里之外者, 固若有數存乎其間. 然山水之遊, 視世間一切榮願, 雅俗雖不同, 而亦造物者所惜之者也. 是宜留有餘不盡之勝, 以付後之繼來者之餉也. 公之不少俟天時, 以畢奇遊, 辭却隆之請, 其意安知不在於此也. 且其記極言登陟之勞, 而曰跼跼傴僂, 若陟旋墜, 蹶者動氣, 攀者費巧, 各盡心力, 而難於一步之進, 可知有爲者亦若是. 昔韓昌黎聽彈琴詩, '躋攀分寸不可上, 失勢一落千丈强.' 後世儒賢, 引此爲操存之戒."

도고산 道高山

도고산은 충청남도 아산시 도고면에 자리 잡고 있다. 482미터 높이의 주봉은 국사봉으로 옛날부터 초계哨戒와 방어의 군사적 요새로 이용되었다. 1390년(공양왕 2)에는 서해안으로 침입한 왜구를 장수 윤사덕尹師德과 유룡생柳龍生이 이끄는 관군이 왜적 100여 명 전원을 섬멸하였으며, 1392년에는 고려가 망하자 고려조에 벼슬을 했던 김질이 두 임금을 섬길 수 없다며 이곳에서 순절殉節하였다고 한다.

하지만 이와 같은 설명만으로는 도고산이 생소하게 느껴지기에 보충 설명이 필요할 듯하다. 『신증동국여지승람』에는 도고산이 충남 예산현과 신창현의 양쪽에 위치한 산으로 나와 있다. 「월야방운주사기月夜訪雲住寺記」를 쓴 아계鵝溪 이산해李山海, 1539~1609는 "마을 남쪽에는 도고산이 자리하고 있었는데 산봉우리와 계곡의 수려한 경관이 호우湖右에서 으뜸이었다. 이 산에는 대체로 36개의 봉우리가 있었는데, 제1봉이 정확하게 내가 거처하는 집의 문발로 솟아 있고, 동쪽과 서쪽의 대여섯 개

의 봉우리가 좌우로 둘러싸고 있어 그 모습이 마치 높은 관을 쓴 장인丈人이 홀연히 높이 앉아 있고 문생門生과 제자弟子들이 읍을 하면서 둘러서서 모시고 있는 모습과 같다"고 하였다.

다음으로 아계가 1600년 겨울, 탄핵을 받아 온창溫昌의 시전촌枾田村에 우거하고 있던 때에 다녀온 도고산의 운주사에 대해 알아보자. 어쩐 일인지 아계가 다녀온 도고산 운주사는 현재는 남아 있지 않다. 그는 "운주사는 제1봉 절정의 아래에 있는데, 구름이 항상 사찰 앞에 머물러 있기 때문에 이름을 삼은 것이라고 『여지승람輿地勝覽』에 기록되어 있다"라고 하였다. 하지만 현전하는 『신증동국여지승람』에는 도고산에 위치한 사찰로 신창현新昌縣조에는 한량사閑良寺, 천일암千日菴, 도명사道明寺, 원암元菴, 석천사石泉寺, 불암佛菴, 안심사安心寺 등을 기재하고, 예산현禮山縣조에는 향천사香泉寺, 안락사安樂寺, 관정사觀正寺 등을 기재하고 있을 뿐이다.

우리는 생소하다면 생소한 도고산의 운주사를 아계만 믿고 불현듯 찾아 나설 것이니 시작부터 심상치 않다. 아계가 방문한 도고산 운주사는 현재 남아 있지 않기에 그렇고, 그 달밤이 지나간 달밤이라 더 그렇고, 마음 맞는 사람과 불현듯 가고 싶은 곳이 있다는 것이 더욱 그렇다. 사실 우리뿐만 아니라 1600년 겨울 어느 날 저녁, 아계 일행에게도 도고산 운주사를 찾아 나서는 일은 생소했을 것이다. 일행은 아계와 온창 고을 정鄭 사또, 서생 이복기李福基 등이다. 이복기가 바짓가랑이와 옷소매를 걷어붙인 채 앞장서고, 다음으로 정 사또와 아계의 아들, 끝으로 승려의 등에 업힌 아계가 따라갔다. 이들은 끌고 밀며, 왼편으로 부여잡고 오른편에서 끌어당기면서, 마치 생선 꿰미와 같은 형상을 지어 올라갔다.

이 같은 산행이 앞의 언급처럼 도고산은 그리 높지 않은 산인지라 야단법석을 떠는 것이라 여겨질 것이다. 하지만 아계의 말에 의하면 마을에서 절까지의 거리는 겨우 5, 6리 정도이기에 사람들의 말소리가 들리기도 하지만, 가는 길이 험하여 쉬운 산행이 아니었다고 한다.

일행은 저녁에 출발하였는데 운주사 절문에 이르러 범종 소리는 잦아들었고, 달이 산봉우리에서 떨어져 나와 이미 한 길 남짓 솟아올랐던 것이다. 아계는 도고산 운주사 입구에 서자 비로소 동파東坡 소식蘇軾이 「적벽부赤壁賦」에서 말한 "산이 높아 달이 작다"라는 의미를 알게 되었다. 일행이 숨소리를 죽이며 달빛을 받고 있는데 정 사또가 "좋은 밤은 만나기 어려운 법이요, 장관은 다시 어렵지요. 잠시 맨바닥에 앉아 있다가 흥이 다하면 절문으로 들어가는 것이 어떠하오"라고 하니 일행이 이구동성으로 좋다고 하였다. 아계 일행은 절문 밖 바닥에 앉아 도고산 장관을 만끽하였다. "이날 저녁에 가는 구름이 죄다 걷히고 푸른 하늘이 물처럼 맑았다. 수레바퀴 같은 둥근 달이 차츰 중천에 오르고 별과 은하수가 은은한 빛을 흘리니, 천지 육합과 사방 천하가 통량하게 밝고 깨끗하게 맑아서 만 리 먼 곳까지 드러나지 않는 것이 없었다. (중략) 이윽고 한 덩어리의 벽운碧雲이 산 밖에서 일어나 천심天心을 가리는가 싶더니 동남쪽에서 바람이 불어오자, 소나무와 잣나무가 서로 부딪치는 소리가 들려 왔다. (중략) 신선이 피리를 불며 학을 타고 먼 공중에서 다가오는 듯한 소리가 귓가에 아스라이 들리는 듯하여 귀를 기울이고 가만히 기다려 보았지만 끝내 만나지는 못하였다."

아계 일행은 밤이 깊어 서리가 매우 차가워지자 차가운 막걸리를 한 사발씩 돌려 마셨다. 곧 일행은 술기운에 들떠 서로 환담하며 즐거운 시간을 보내는데 아계만은 자신의 처지를 새삼 돌이켜보면서 임금을 그리워하는 마음으로 소리 없이 눈물을 흘렸다. 이날 승당에서 잠을 잤다.

날이 밝자 산문을 나가, 다시 동대東臺로 발걸음을 옮겨보니, 지난밤의 구름이 막 흩어지고 싸락눈이 갓 그쳤다. 서해의 아득히 드넓은 모습, 개펄의 휘돌아 뻗은 모습, 섬들의 아득히 가물거리는 모습, 그 모든 것들이 푸른빛을 모으고 흰빛을 그어서 발아래에 기이한 장관을 다투어 바치므로, 어제 본 것에 비하여 그 십중팔구는 얻을 수 있다. 다만, 하늘이 더욱 높고 땅이 더욱 넓으며 내 눈이 더욱 밝아지고 내 가슴이 더욱 트여서, 조물주에게 태초의 아득한 혼돈의 경지에서 공경의 마음으로 절하였다. 이에 사람이 보는 것이란 진실로 끝이 없으므로 빨리 스스로 만족해서는 안 된다는 것을 알게 되었다.[39]

아계 일행은 동이 트자마자 동대를 올라 천지사방을 조망하였다. 문득 아계는 절문 밖에서 속세의 질긴 인연에 연연하며 마음 둘 곳 몰라 하던 자신을 새삼 반성한다. 반성을 하면 할수록 자신이 더욱 고상해지면서 정화됨을 아계는 느꼈던 것 같다.

아아! 인생 백 년 사이에 질병이 몸을 파고들고 근심이 마음을 에워싸고 있기에, 옛사람은 "한바탕 크게 웃는 일도 만나기 어렵다"라고 하였으니, 한 해 사이에 좋은 밤 밝은 달을 몇 번이나 만날 수 있으랴. 게다가 이름난 땅과 빼어난 경치는 절로 신선의 인연이 없는 자라면 쉽게 이를 수가 없는 법이 아닌가![40]

사람이 지나간 날을 반성할 때에 이성적이기보다는 정감적으로 되는 것을 '진화

심리학'에서는 생존의 방법이라 할지 모르겠다. 아계는 도고산 운주사에 다녀온 뒤에 「월야방운주사기」를 쓰게 된 이유를 다음과 같이 말하였다.

우리들이 도고산에서 가진 달구경을 위한 모임은 실로 하늘이 준 기회이지 경영상 서로 약속을 해서 이루어진 것이 아니다. 게다가 사람이 만나고 헤어지는 것이 무상하고, 사람의 일이란 잊혀지기 쉬운 것이니, 만일 빼어난 일을 후세에 전하여 영원토록 하고자 한다면 문자를 빌지 않고서는 불가능할 것이다. 예로부터 시인 묵객이 산수 간에서 시와 술로 유람한 것이 아무리 당대에 떠들썩할지라도, 먹과 붓으로 그려내지 않는다면, 시일이 경과하고 세상일이 바뀌고 나면 마치 지나가는 구름과 날아가는 새처럼 아무런 자취를 남기지 못할 것이다. 하물며 이 승방에서 하룻밤 나눈 이야기는 눈 깜짝할 사이에 문득 묻혀지고 말 것이니, 누가 이를 알아주겠는가? 이 때문에 내가 이 기문記文을 짓지 않을 수가 없게 된 것이다.[41]

이것으로 아계의 도고산 유람은 끝이 났지만, 그가 별도로 남긴 「운주사기雲住寺記」로 보건대 아계는 항상 운주사 앞에 머물러 있던 사람이라 하겠다.[42] 이처럼 아계가 '운주사'를 넘지 못한 것이 그의 경지가 낮아서인가, 겸손 때문인가. 아니면 내 자신이 아계의 경지를 아는 것인가, 모르는 것인가.

다소 길지만 「운주사기」를 읽고 넘어가자.

옛날 도정절陶靖節. 도연명이 「귀거래사歸去來辭」를 지으면서 구름을 무심無心하다고 하였는데, 나는 그렇지 않다고 여긴다. 숲은 새에게 요구하는 일이 없지만 숲이 우거지면 새가 찾아든다. 이는 숲이 무심한 것이지 새가 무심한 것은 아니다. 물은 물고기에게 요구하는 일이 없지만, 물이 깊으면 물고기가 즐거워한다. 이는 물이 무심한 것이지 물고기가 무심한 것은 아니다. 산은 구름에게 요구하는 일이 없지만, 산이 높으면 구름이 머문다. 이는 산이 무심한 것이지 구름이 무심한 것은 아니다.

무릇 구름이란 것은 기氣이기 때문에 자연적으로 일었다가 자연적으로 흩어지므로, 고기나 새가 해로움을 피하여 편리한 곳으로 나아가는 것과는 같지 않아서, 서식하는 것도 반드시 산에서 하고 오르내리는 것도 반드시 산에서 하며 나갔다가 다시 들어오고 떠났다가 다시 찾아오는 것이 마치 못 잊어 하고 그리워하는 마음이 있는 듯이 한다. 이 점이 바로 내가 도 정절과는 견해를 달리 하는 것이다.

아, 사물 중에서 걸리는 것이 없기로는 구름보다 더 나은 것이 없는데도 역시 구름도 마음이 없을 수 없는데, 하물며 걸리는 것이 있는 우리네 사람들이야 오죽하겠는가. 게다가 형체는 밖에 있고 마음은 안에 있으니, 형체에는 비록 걸리는 것이 있더라도 마음만은 걸리는 것이 없게 할 수가 없다. 마음에 걸리는 것이 없으면 담담해서 비추지 못할 데가 없고 고요해서 통하지 못할 것이 없게 된다. 그리하여 형기形氣의 밖에서 말끔하여 우주 전체를 감싸서 아득하고 오묘한 경지에 이르러서 자연과 일체가 되고 혼돈과 이웃이 되며 조물주와 같은 무리가 된다. 이리하여 만물을 잊을 뿐만 아니라 천지도 잊게 될 것이며, 천지만 잊을 뿐만 아니라 내가 스스로 나를 잊게 될 것이다. 그렇게 되면 구름은 출입出入이 있어도 이 마음은 출입이 없으며, 구름은 거주去住가 있어도 이 마음은 거주가 없는 것이니, 무엇을 돌아다볼 것이며 무엇을 그리워하겠는가.

내가 운주사 아래에 임시로 거처하면서 구름이 항상 암자 동쪽 기슭에 머물고 있는 것을 보고, 느낀 점이 있어서 이 말을 하게 되는 것이다. 비록 그럴지만, 이 내용을 속인俗人과는 말할 수가 없다. 이것을 함께 말할 수 있는 자는 누구인가. 이 암자의 승려 신묵信黙이다.[43]

39) 이산해(李山海), 『아계유고(鵝溪遺稿)』, "天明出門, 更步東臺, 則宿雲纔散, 微雪初晴. 西海之浩淼, 浦漵之縈廻, 島嶼之微茫, 無不攢靑抹白, 爭獻奇於屐舃之下, 比昨之所得, 又領其什八九矣. 但覺天益高, 地益闊, 吾眼益大, 吾胸益豁, 而與造物者, 相揖於鴻蒙廣蕩之域, 於此可知所見之誠爲無窮, 而未可遽爾自足也."

40) 이산해(李山海), 『아계유고(鵝溪遺稿)』, "嗚呼! 人生百年之內, 疾病侵陵, 憂患纏繞, 古人以一笑爲難逢, 一年之內, 良宵호晧月, 能復幾時, 而況名區勝景, 自非有仙分者, 未可易到."

41) 이산해(李山海), 『아계유고(鵝溪遺稿)』, "吾輩道高玩月之會, 實天所餉, 非可以經營相約爲也. 抑聚散無常, 人事易遷, 如欲流傳勝事, 以圖不朽, 則非托於文字, 不可也. 自古騷人墨客, 湖山詩酒之遊, 雖藉甚一世, 而不有翰墨之形容, 則時移事往, 如行雲過鳥, 無迹可尋. 況此僧房一夜之話, 瞥眼之間, 便至埋沒, 誰得以知之? 此吾記之所不得不作也."

42) 아계는 이날의 방문을 시로도 남겼다. 『아계유고(鵝溪遺稿)』, 『월야방운주암(月夜訪雲住菴)』, "笙鶴依然導我行, 天風吹腋陟崢嶸. 鍾殘古寺千峰靜, 月壓輕嵐萬壑明. 人世百年唯此夕, 瑤臺一夢足平生. 樊翁解事還堪笑, 物外何妨道姓名."

43) 이산해(李山海), 『아계유고(鵝溪遺稿)』, "昔, 陶靖節作歸去來辭, 以雲爲無心, 余則以爲不然. 林無求於鳥, 而林密則鳥歸, 是林無心而鳥非無心也. 水無求於魚, 而水深則魚樂, 是水無心而魚非無心也. 山無求於雲, 而山高則雲住, 是山無心而雲非無心也. 夫雲者, 氣也, 自然而興, 自然而散, 非如魚鳥之避害就便, 而棲息之必於山, 升降之必於山, 出而復入, 去而復住者, 依依然若有顧戀之意, 此余見之所以異也. 噫! 物之無累者, 無過於雲, 而亦不能無心. 況吾人之有果者乎! 抑形者外而心者內也, 形雖有累, 而心可以無累, 心苟無累, 則湛無不照, 寂無不通. 灑落形氣之表, 牢籠宇宙之裏, 以至茫乎穹乎, 合乎自然, 與混沌爲隣, 與造物爲徒. 不但相忘於萬物, 而與天地相忘, 不但相忘於天地, 而我自忘我, 則雲有出入, 而此心無出入也, 雲有去住, 而此心無去住也. 何所顧而何所戀乎! 余寓雲住寺下, 見雲常住菴之東麓, 故感而有是說焉. 雖然, 此未可與俗人道也. 可與語此者, 誰? 菴之僧信黙也."

계룡산 鷄龍山

옥오재玉吾齋 송상기宋相琦, 1657~1723는 1700년 9월 9~10일에 계룡산을 유람하고 「유계룡산기遊鷄龍山記」를 남겼다. 그는 일찍부터 계룡산 동학사[44]의 명성을 들었지만 차일피일 미루다가, 8월 20일 이후에 아우 지경持卿, 宋相維 등이 다녀와서 계룡산의 수석水石과 암자와 절간의 승경을 편지로 알려주자 더 이상 호기심을 감출 수가 없었다.

9월 9일에 그는 귀성하자마자 그대로 공암孔巖에서 동학사를 향해 출발하여 곧바로 동구洞口에 도착하였다.

처음에 동구에 들어서자, 한 줄기 시냇물이 바위와 수풀 사이에서 쏟아져 나와, 혹은 바위에 부딪혀 격하게 튀어 뿜어 나오듯 흩어지기도 하고, 혹은 널찍하게 깔려서 잔잔하게 흐르기도 하며, 빛깔은 하늘처럼 푸르다. 바위 빛깔도 역시 창백하여 사랑스럽다. 좌우의 단풍나무 붉은색과 소나무의 비췻빛은 그림처럼 접철되어 있다.[45]

이날은 중양절重陽節이기에 한창 가을이었다. 골짜기의 시냇물을 따라 좌우의 단풍나무 붉은색과 소나무의 비췻빛이 서로 기세를 뽐내고 있었다. 왜 그는 동구의 한줄기 시냇물과 주위의 정경을 기록한 것일까? 이런 의문에 대해 어리둥절할 사람도 많을 것이지만 앞의 언급처럼 옛사람의 입산은 오늘날 우리의 입산과 매우 달랐다는 것을 상기해 보면 알 수가 있다. 어떻게 보면 산 입구의 형세를 표현한 것으로 보이더라도 그의 초도에 대한 인상이 투사된 것으로 볼 수 있다.

그는 동구를 지나 동학사에 도착하자 주변을 일별一瞥하였다. 그것은 마치 계룡산의 모든 석봉石峰들이 땅에서 뽑혀 나와 드넓게 펼쳐져 삼엄하게 죽 늘어서 있고, 심지어는 짐승처럼 웅크리거나 혹은 사람처럼 서 있어 사람을 억누르는 분위기였다. 그는 위축감으로 인해 부지불식간에 동학사의 면세面勢가 좁고 옹색하다고 여겼다. 이는 계룡산에 들어오면서부터 느꼈던 긴장감의 연장일지도 모른다. 다행히 절 앞에는 아름다운 수석이 매달려서는 작은 폭포가 되고 모여서는 맑은 못이 되어 기묘한 치風致를 이루었고 그의 마음을 달래주었다.

이어 그는 동학사의 암자들을 열심히 찾아갔다. 정각암, 상원암, 정각암, 천장암, 석봉암 등을 둘러보자 벌써 날이 어두워 적멸암과 문수암은 기약할 수 없게 되었다.

정각암은 절의 뒤에 있는데, 아주 높고 험하다. 암자에는 서너 명의 승려가 있으며, 선실은 깔끔하다. 상원암이 또 위에 있으면서 산꼭대기에 위치해 있다. 암자 뒤에는 석봉 천 장이 깎여 서 있기를 병풍처럼 하고 있다. 계악(계룡산)의 여러 봉우리들이 모두 발아래 있다. 동쪽과 남쪽 두 면에는 일천, 일만 봉우리들이 구름 하늘 사이에 옹기종기 모여 있는데, 시력이 미치지 않아서 어느 땅 어느 산인지를 구별할 수가 없다. …… 이어서 천장암을 방문하였다. 암자는 돌길이 끊어지고는 하여 가까스로 걸어서 지나갈 수 있다. 여기에 이르면 산의 형세가 조금 내려가고, 암자도 특이한 경관이 없다. 석봉암이 그 아래 있는데, 수석이 매우 아름답다. 맑은 샘이 졸졸 흘러 메아리가 수풀을 뚫고 울려 퍼진다. 사찰의 단벽丹甓. 단청이 시내와 골짝에 휘황하게 비춘다. 석양이 산에 걸리자, 보라색과 초록색이 천태만상이어서, 유연悠然하게 돌아갈 뜻을 잊어, 어두운 빛이 가까이 온 것을 깨닫지 못하였다. 적멸암과 문수암의 두 암자가 또 그 위에 있으나, 저물녘이라서 미처 가보지 못하였다. 작은 고개를 하나 넘어 시찰로 돌아와서 묵었다.[46]

이들 암자는 높고 험한 곳에 있을 뿐만 아니라 각자의 위치에 걸맞게 계룡산의 경관을 조망할 수가 있다. 또한 사람으로 하여금 돌아가려는 마음을 지우는 힘을 구비한 듯하였다. 그래서 그가 속세의 빛, 또는 어두운 빛을 절실하게 물리칠 수 있는 힘을 주는지도 모른다. 이날은 절에서 숙박하였다.

다음 날 옥오재는 어제의 긴장감을 떨치려고 일찍 귀명암歸命庵을 찾아 나섰다. 그 방문길에 그는 주변의 숲도 찬찬히 살펴 소나무와 상수리나무의 그늘도 눈여겨보았다.

초십일, 아침 일찍 귀명암을 방문하였다. 벼랑을 따라서 작은 길이 있고, 소나무와 상수리나무가 교대로 그늘을 이루고 있다. 가파르게 대치한 봉우리를 하나 건너자, 암자가 계룡산 제일봉의 뒤에 있다. 그 아스라하게 높은 것은 달리 비할 것이 없다. 암마루에 앉자 기이한 봉우리가 아스라한 벽처럼 박아선다. 손으로 가리키고 돌아보고 하여 눈에 들어오는 것이 모두 계룡산이니, 그 진면목을 한 번의 조망으로 다 거둘 수가 있다. 일천 수풀과 일만의 골짜기에 단풍잎이 어지러이 흐드러지고 있으니, 정말로 아름다운 경치이다.[47]

이렇듯 그는 이틀에 걸쳐 동학사를 중심으로 계룡산의 진면목을 조망하고 나서 회천으로 향하였다. 이 기행으로 그가 터득한 것은 계룡산의 아름다움만은 아닐 것이다. 정말로 계룡산의 아름다운 경치는 옥오재의 마음이 아니겠는가!

44) 동학사는 계룡산 동북쪽 깊숙한 계곡을 끼고 갑사와는 대응되는 위치에 세워져 있다. 동서를 길게 하고 남향을 향해 터를 잡고 있고 그 앞쪽으로 계곡이 흐른다. 현재 동학사에는 20여 채가 넘는 건축물들이 세워져 있지만 대부분 근래에 세워진 것들이다. 박남수 외, 『갑사와 동학사』, 대원사, 1999.

45) 송상기(宋相琦), 『옥오재집(玉吾齋集)』, "初入洞口, 一派溪流, 瀉出巖藪間, 或激觸噴薄, 或平浦溯漾, 色靑若空, 石色亦蒼白可愛. 左石楓丹松翠, 點綴如畵."

46) 송상기(宋相琦), 『옥오재집(玉吾齋集)』, "淨覺庵在寺後, 絶高且險. 庵有數僧, 淨室瀟灑. 上院庵又在其上而處於絶頂. 庵後石峰千丈, 削立如屛, 雞岳群巒, 盡在脚下. 東南兩面, 千峰萬岫, 簇簇於雲霄間, 目力不及, 莫辨爲何在何山也. (중략) 仍訪天藏庵. 庵側石路陡斷, 僅步而過. 到此山勢稍下, 庵亦無異觀. 石峯庵在其下, 水石最佳. 淸泉濺濺, 響穿林薄. 精藍丹碧, 輝暎澗谷, 夕陽在山, 紫綠萬狀, 悠然忘歸, 不知暝色之近也. 寂滅文殊兩庵, 又在其上, 而日暮未及見, 過一小峠, 歸宿寺中."

47) 송상기(宋相琦), 『옥오재집(玉吾齋集)』, "初十日, 早朝, 往訪歸命庵. 緣崖有小逕, 松櫟交蔭. 度一峻峠, 庵在雞山第一峰後, 高絶無比. 坐於前軒則奇峰峭壁, 指顧皆是雞龍, 眞面目, 一覽盡收. 千林萬壑, 丹葉紛披, 眞佳景也."

속리산 俗離山

사람이 자신이 맡은 분야에서 인정받으려면 성심성의로 노력해야 할 뿐만 아니라 탁월한 재주를 발휘하여 결실을 세상에 내놓아야만 한다. 하지만 나는 특별한 사람이 될 만한 자질이 없어서 핵심보다는 변죽을 울리며 살아온 듯하다. 이런 반성은 맥없이 자신을 고양시키기도 하지만 오히려 세상사를 더욱 부정적으로 보게 할 수가 있다.

다행히 시간이 흐르자 생각이 바뀌게 되었다. 세상에는 자신의 분야에서 비상한 능력을 발휘하는 사람들이 지천이고, 그들과 '같은 시대[幷世]'를 사는 것이 큰 행운임을 깨달은 것이다. 옛날에도 하늘의 별만큼이나 많은 사람이 각각의 영역에서 두각을 나타냈는데 250여 년 전에 속리산을 탐방한 지암遲庵 이동항李東沆, 1736~1804도 그런 사람이 아닐까 싶다.

그는 1787년(정조 11) 9월 26일과 27일 속리산을 유람하고 「유속리산기遊俗離山記」를 남겼다. 이틀 동안의 여정은 오늘날과 크게 다르지 않았을 것이다. 그렇다고 꼬

박 이틀을 산에 머물렀다는 것은 아니다. 하루는 산 근처에 와서 이것저것 준비하였고 다른 하루는 본격적인 산행을 하였던 것이다.

　이동항 일행은 26일에 길을 떠나 북쪽으로 가서 밤재[율현栗峴]를 넘어 관음사에서 쉬고, 저녁에는 삼거리 마을에 투숙하였다. 속리산 산행은 다음 날에 본격화되었다. 칡고개[葛峴]에서 법주사法住寺를 거쳐 한낮에 복천사福泉寺에 올랐다.

　　이 절[복천사]에서 북쪽으로 꺾어져 보현재普賢岾를 넘으니, 때는 가을이라서 하늘은 높고, 낙엽이 온 골짜기에 가득히 떨어지면서 모두 바스락 소리를 울린다. 중사암中獅庵에 올랐다. 암자는 산의 뾰족한 끝에 있어서, 높이가 이 산 높이의 절반을 넘는다. 여기서부터는 산세가 뚝 끊어져 매달린 듯하고, 바위 뿌리 아슬아슬하다. 고대등마루를 올라서니 홀연 백석정白石亭이 보인다. 백석정은 하늘 한가운데 우뚝하게 솟아 있으니, 정말로 이것이 바로 문장대文莊臺의 참 면목이다.[48]

　그는 법주사에서 복천사(현재는 복천암)를 거쳐 중사암, 백석정에 이른다. 이 복천사를 지나면 문장대가 나온다. 지암은 중사암中獅庵에서 중대中臺로 오른다. 이 길은 매우 험하다. 일행은 갓과 옷을 벗고 바위틈을 따라 몸을 굽히고 꺾으면서 올라가 바위틈이 끝나는 곳에 큰 왕골자리를 깔아놓은 듯한 넓은 곳, 중대에 이르렀다.

　　중대에서 북쪽으로 나와 가로놓인 사다리 아래에서 몸을 비스듬히 하고 동쪽을 엿보니, 바로 상대上臺 터에 큰 마룻대가 비스듬히 나와 있는 것에 마주친다. 아래에는 하나의 맑고 깊은 못이 있는데, 잔잔하게 물이 모여 투명하고 깨끗해서 사람들이 감로甘露라고 말한다. 실낱같은 돌길이 그 왼쪽으로 이어져 있어서, 그 물을 잔질하여 마실 수 있는 길을 이루었다. 그 앞에는 만 길이나 될 바위 벼랑이 있는데, 사방으로 아무 장애가 없어 사방을 다 둘러볼 수 있다. 그러므로 천 리를 바라볼 수 있는 시야를 한껏 다 바라보아서 속세의 티끌과 먼지들이 가득했던 가슴을 씻어내었으니, 이것이 내가 대에 올라온 목적이다."[49]

그는 상대 아래에 이르러 맑고 깊은 물인 감로수를 마시고 나서 주위를 둘러보니 사방이 일망무제一望無際함을 알았다. 오늘의 우리가 산의 정상에 올라 가슴 속 통쾌함을 느끼며 '야호'를 소리쳤을 것이지만, 그는 조용히 자신의 내면을 들여다보았다. '나는 속리산에 들어왔다.' 이러한 한 줄기 섬광 같은 깨우침은 자신의 본성을 회복하게 하였다. 그가 속리산에 들어온 목적이 감로수나 마시고 사방이 탁 트여 가슴속마저 시원해지려고 한 것이라면 무어 대단하겠는가. 산은 땅의 기운이 응집되어 있는 곳인데, 온 산에 땅의 기운이 응결해 있다기보다는 특정한 장소 즉 청정한 지역에 선택적으로 응결되어 있다고 본다. 그래서 사람들이 입산하여 그곳에 도착한다면 대지에서 '선천세계先天世界'를 느낄 수 있다고 여겼다. 선천세계란 우리가 사는 '후천세계[현실세계]'를 가능케 해주는 원리의 세계, 이념의 세계라 할 수 있는데 추상적 세계이고 관념의 세계를 표상한 것이다. 플라톤이 말한 이데아 세계와 비슷하다. 따라서 그는 속리산의 청정한 지역에서 자신의 내면에 부침하는 희로애락을 살펴 속세의 허상을 차단할 수 있었기에 얻은 바가 남달랐던 것이다.

시간이 흘러 밤이 되자 사방의 검은 구름이 사라지면서 하늘 끝과 땅의 시작이 차례로 드러났다. 이에 영남과 기호 지역의 온 국면, 전남의 반쪽, 치악산의 동쪽, 한수漢水 이북이 활짝 열려, 사방의 봉우리와 골짜기들이 중첩하여, 모두 발아래에 있었다. 이에 동행한 사람이 "삼한 땅이 눈앞에 있구나!" 하고 감탄하자, 다른 사람은 붓에 먹물을 찍어 제명題名할 것을 강력하게 요구하였다. 이런 요구는 주변 영역을 표시하고 경계 짓는 일임이 분명한데 이때도 벌써 청정 지역은 점점 사라지고 속세의 영역은 확장되고 있음을 짐작할 수 있다.

그러나 그는 처음 산에 들어올 때의 그가 아닌 것이다. 그는 담담하게 말하였다. "그만두게나. 저 대석豪石을 쪼아서 붉은 칠로 화려하게 만드는 것은 어찌 그 이름을 만세토록 오래 남도록 하려는 것이 아니겠는가만 돌이 닳아지는 날에는 그 이름도 따라서 다 없어질 것이니, 어찌 먹 따위를 돌아볼 겨를이 있겠는가? 옛날에 충암沖庵. 김정 선생과 대곡大谷. 성운 선생이 문장대를 사랑하여서 지팡이와 신발로 유람하는 일이 이어졌지만, 결코 이름을 한 글자도 남기지 않았으니, 달갑지 않게 생각했기 때문에 그렇게 한 것이오. 그런데도 그분들의 빛나는 자취는 아직도 대 위에 남아 있어서, 후생들로 하여금 구름을 우러러보고 바위 위의 이끼를 어루만지며 감상하고 사모하게 만드는 것은 백세百世까지 전할 이름들이 우주에서 닳아 없어지지 않을 것이기 때문이오. 이름을 남기지 않는 이름이 정말로 큰 이름이라는 것을 그대는 아는가."[50]

자신의 이름을 남에게 강요한다고 기억되지도 않고 운이 좋아 남이 알아준다고 자신의 이름이 영원히 남는 것은 아니다. 지암은 '이름을 남기지 않는 이름이 정말로 큰 이름이라는 것'을 알고 바위에 자신의 이름을 새기는 일이 얼마나 부질없는가를 말하였다.

48) 이동항(李東沆), 『지암집(遲庵集)』, "自寺北折, 踰普賢岾, 時秋高, 葉落萬壑, 皆鳴. 上中獅庵, 庵在山之杪, 其高已過半矣. 自此山勢斗懸, 石角峻嶒. 登嶺脊, 忽見白石亭. 亭特立中天, 眞是文莊之面目."

49) 이동항(李東沆), 『지암집(遲庵集)』, "自中臺北出, 橫梯之下, 側身東窺, 則恰當上臺之址, 大廣斜出. 下有一泓水, 靜滿瑩潔, 號稱甘露, 一線石逕, 乘其左傍, 可通酌飮之路. 前臨萬仞之壁, 四無障礙, 宜通望一國, 故一騁千里之目, 盪滌芥滯之胸, 是吾登臺之意也."

50) 이동항(李東沆), 『지암집(遲庵集)』, "止矣. 彼跞臺石朱丹交暎者, 豈不欲壽名萬世, 而石磨之日, 名隨埋沒, 尙何墨之恤也? 昔沖庵·大谷兩先生, 愛遊玆臺, 筇屐相尋, 而未嘗一字留名, 蓋有不屑而然. 然而遺芬芳躅, 尙在臺上, 使我後生輩, 瞻雲撫苔, 感想興慕者, 以其百世之名, 不磨於宇宙也. 子知不名之名, 眞大名也耶?"

금골산 金骨山

금골산. 이 산은 옛날이나 지금이나 아는 사람보다는 모르는 사람이 더 많을 것이다. 금골산은 전라남도 진도군 군내면에 위치한 '진도의 금강'이라고 불리는 해발 195미터의 낮은 산이다. 기암절벽으로 이루어진 산에는 3개의 석굴이 있는데, 왼쪽 석굴 벽에는 마래여래좌상이 새겨져 있다. 금골산 5층 석탑은 고려시대의 석탑으로, 이곳 금골산에 해원사海院寺라는 절이 있었다는 것을 전하고 있다.

망헌 이주(?~1504)는 무오사화 때 진도에 유배되어 「금골산록金骨山錄」을 남겨 금골산을 알리는 데에 크게 기여하였다. 사실 금골산도 이처럼 생소하지만 망헌이라는 인물도 그리 친숙하지는 않다.[51] 우리가 「금골산록」을 읽게 되면 단번에 이상한 점을 발견할 수가 있다. 전반부에는 금골산 경관을 객관적으로 설명하고 있는데, 금골산의 공간이 비교적 자세히 드러난다. 후반부에는 금골산 유람의 시기, 동반 인물, 유람 이유, 승려와의 대화, 24일 동안 산에 머문 사실을 설명하고 있어 망헌이 금골산에 머물렀던 시간을 알 수가 있다. 이런 글의 배치는 한시漢詩의 전경前景과

후정後情을 염두에 둔 구성으로 착각하게 만든다.

우선 전반부를 전부 인용하여 보겠다.

금골산은 진도珍島 읍에서 서쪽 이십 리 지점에 있는데 중봉中峯이 제일 높고 사면이 바위로 되어 있어 바라보면 옥부용玉芙蓉처럼 아름답다. 서북쪽은 바다에 닿았는데 지맥이 남쪽으로 이 리 남짓 구불구불 가다가 간점艮岾이 되고, 또 동쪽으로 이 리쯤 가 용장산龍莊山이 되어 벽파도碧波渡에서 그친다. 산의 둘레는 삼십여 리이며, 아래에는 절이 있으니 바로 해원사다. 9층 석탑이 있고 탑 서쪽에 버려진 우물이 하나가 있으며, 그 위에 굴 세 개가 있다. 맨 밑에 있는 것이 서굴西窟인데, 굴은 산의 서쪽 기슭에 자리 잡았고 언제 만든 것인지 알 수 없다. 근래 일행一行이란 승려가 향나무로 십육 나한의 소상을 만들어 굴 안에 안치하였고, 굴 옆에는 예닐곱 칸의 오래된 절간이 있어 승려들이 거처하고 있다. 맨 위에 있어서 상굴이라 부르는 굴은 중봉 꼭대기 동쪽에 자리 잡았고 기울어진 비탈과 우뚝한 절벽이 몇천 길인지 몰라 원숭이 같이 빠른 동물도 지나가지 못할 듯하다. 동쪽에서부터는 더위잡을 것이나 발붙일 땅이 없으며, 서굴을 지나 동쪽으로 가는 길은 무척 비탈졌다. 비탈을 타고 바위 길을 한 치 한 치 걸어 일 리쯤 가면 바위 봉우리 하나가 우뚝 솟았고, 그냥 건널 수 없어 돌을 쌓아 계단 열세 개를 만들어놓았다. 밑을 내려다보면 바닥이 보이지 않고 현기증이 인다. 그 위를 올라가면 정상이며, 정상을 돌아 서른 걸음쯤 내려가면 바위를 오목하게 파서 발을 딛고 오르내릴 수 있도록 되었는데 오목하게 판 것이 모두 열두 군데다. 여기서 열 걸음 가면 상굴이다. 또 상굴에서 북쪽 바위로 두어 걸음 가면 비탈진 바위턱이 허공에 걸려 있다. 동쪽을 향해 곧장 여덟아홉 걸음 가면 동굴이 나오는데 앞채의 주방은 비바람에 퇴락하였다. 굴 북쪽 비탈진 바위를 깎아 미륵불을 만들었는데, 옛날 군수 유호지俞好池가 만들었다.[52]

망헌은 전반부에서 금골산 경관을 묘사하고 있다. 우선 금골산의 위치와 제일 높은 중봉의 모습, 주변 환경을 객관적으로 말하였다. 이 정도의 설명이라면 특별히 금골산을 찾아가지 않더라도 그 대강을 상상할 수가 있다.

단지 우리는 망헌처럼 용장산, 벽파도를 그대로 넘어갈 수는 없다. 알다시피 용장산과 벽파도는 우리 역사에 남은 격전지가 아니던가. 용장산성은 고려 때 삼별초가 9개월간 몽고군에 대항했던 곳이고, 벽파진 앞바다는 임진왜란 당시 명량해전의 격전장이었다.

망헌은 또 산 아래에 있는 해원사를 언급하는데, 절에는 9층 석탑, 버려진 우물이 있다고 한다. 이어서 그 위에 있는 3개의 굴에 대해 여러 관련 사항을 나열하였다. 망헌은 글의 후반부에 금골산을 유람한 시기와 이유를 설명하였다. 1498년 가을에 그는 진도로 유배를 왔는데, 그해 겨울에 산을 둘러보다가 세 개의 굴이 있음을 알고 금골산을 살펴보고자 하였지만 실행하지 못하였다. 그 후 4년이 지난 1502년에 왕세자가 책봉되어 대사령이 내려졌지만, 그는 풀려나지 못하고 실의에 빠져 탄식하게 된다. "선비가 이 세상에 태어났으면 충효하기에 힘써야 하는 것인데, 나는 지금 무거운 죄를 지어 조정에서 버림을 받아 신하 노릇을 하여 충성을 바칠 수도 없고, 자식 노릇을 제대로 해서 효도할 수도 없으며 형제와 친구, 처자식이 있으나 즐거움을 제대로 누리지 못했으니 사람이라 할 수 없구나." 이런 탄식은 점점 심해져 속세에서 살고 싶은 생각이 없을 정도였다고 한다.

망헌은 세상만사에 절망할수록 산수자연 속에서 심신心身을 도야陶冶하고자 하였다. 이에 서굴에 사는 언옹彦顒, 지순知純과 함께 상굴로 가서 생활하였다. 망헌은 독하게 마음먹은 대로 규칙적이며 단조롭게 보냈다. "한낮이 되면 한 그릇 밥을 먹고,

아침저녁으로는 차 한 잔을 마시며, 닭 우는 소리를 들으면 새벽인 줄 알고, 바다의 밀물 썰물을 보고 시간을 짐작하면서, 잠자는 일과 먹는 일을 마음대로, 동작은 편한 대로 따르며 지냈다." 그리고 다섯 가지 게偈를 지어 지순에게 밤마다 외우도록 시켜 놓고 누워서 새벽까지 들으며 마음을 하나씩 비워갔다.

하지만 망헌은 이런 생활을 그리 오래 지속할 수가 없었다. 15일이 지나자 군의 태수 이세진李世珍이 찾아와 망헌을 위로하며 하산하기를 권하였다. 또한 최탁경崔倬卿과 박이경朴而經이 편지를 통해 상굴 생활은 군자가 할 일이 아니라고 하였다. 더욱 결정적으로 한양 친구들의 뜻을 전하며 손여림孫汝霖이 크게 나무라자 망헌은 곧장 백기를 들었다.

망헌은 언제 그랬냐는 듯이 선비의 본래의 모습으로 돌아왔다. "친구끼리 서로 충고한다는 말이 헛말이 아니었네. 내가 어리석어서 처음부터 벼슬길이 구절양장보다 험한 줄을 모르고 내닫다가 이렇게 귀양을 왔는데, 이제 또 이 위태로운 곳에 거처하면서도 위험을 모르니 만일 잘못되어 부모에게서 물려받은 신체를 상하게 한다면 그보다 더 큰 불효가 없겠네."[53]

이처럼 망헌은 24일 동안 머물렀던 상굴 생활을 접고 하산하였다. 지순과 언옹 스님은 해원사 탑 아래까지 나와 전송하면서 이곳을 떠나면 다시 못 올 곳이니 몇 마디 기록하여 뒷사람들이 보도록 하자고 요청하였다. 망헌은 흔쾌하게 이 제안을 받아들였다.

스님의 말씀도 그렇거니와 『여지승람』을 보아도 이 섬의 명산 가운데 금골산이 빠졌으며 절 조항에 세 굴이 빠졌으니, 이는 성명聖明한 시대의 지도가 잘못된 것이며 금골산의 불행입니다. 이제 두 스님의 말씀대로 금골산 기록을 써 후세에 이 기록을 보는 사람으로 하여금 진도에 금골산이 있고, 금골산에 세 굴이 있는 것을 알리고, 또 두 스님과 내가 함께 그 굴에서 거처한 줄 알게 한다면 오늘의 일이 고사가 되지 않겠습니까.[54]

망헌은 자신이 지은 시 몇 수를 함께 기록한 「금골산록」을 굴에 보관하기로 하였다. 『신증동국여지승람』에는 금골산에 대해 "군[진도군]의 서쪽 20리에 있는데, 위에 굴 셋이 있다"라고 적혀 있다. 망헌의 「금골산록」이 보여준 힘이다.

51) 이주는 자가 주지(冑之), 호는 망헌, 본관은 고성이다. 1488년(성종 19) 별시에 급제하여 검열을 거쳐 정언을 지냈다. 1498년(연산군 4) 무오사화 때 진도로 귀양 갔다가, 1504년(연산군 10) 갑자사화 때 김굉필(金宏弼) 등과 함께 사형되었다. 성품이 어질며 글을 잘하였고, 시에는 성당(盛唐)의 품격이 있었으며, 정언으로 있을 때에는 바른 말을 잘하는 것으로 유명하였다. 저서는 『망헌유고(忘軒遺稿)』가 있다.

52) 이주(李冑), 『망헌유고(忘軒遺稿)』, "金骨山, 在珍島郡治西二十里, 中岳峻发, 四面皆石, 望之若玉芙蓉. 西北抵海, 坤支蜿蜒, 南鶩可二里而爲艮岾, 又東可二里而爲龍莊, 山至碧波渡而止. 山之周圍, 凡三十餘里, 下有大伽藍古基曰海院寺. 有石塔九層, 塔西有廢井, 上有三窟. 其最下者曰西窟, 窟在山之西麓, 創始不知何代. 近有僧一行, 造香木塑像十六羅漢, 安其窟, 窟之傍, 別有古刹六七楹, 緇徒居之. 其最上者上窟, 窟在中岳絶頂之東仄崖絶壁, 不可以仍, 猿猱之捷, 尚不能度. 自東無有攀緣着足地, 由西窟而東上, 路極危險. 緣崖轉石, 寸寸而前, 可一里, 石峯斗起, 不可飛度, 累石爲層杓者十三級. 下視無底, 心目俱眩. 上此則爲絶頂, 自絶頂進東而下, 可三十步, 鑿顚岩爲凹, 而黏足上下者十二凹. 下此十餘步, 爲上窟. 又其北岩行數步, 又鑿顚崖, 憑虛架空. 向東直下者八九步而爲東窟, 前楹厨舍, 皆爲風雨頹圮. 窟北崖, 斲成彌勒佛, 古郡守兪好仁所創."

53) 이주(李冑), 『망헌유고(忘軒遺稿)』, "余曰, 朋友責善, 非欺我也, 我愚駄, 初不知名途之險於九折, 行且不息, 以敗吾車, 今又居是窟而不知險, 萬有一跌, 以殘父母之遺體, 則不孝之大也."

54) 이주(李冑), 『망헌유고(忘軒遺稿)』, "余曰, 師之言, 因可書也, 且炅諸輿地勝覽, 於此島名山, 金骨不錄, 於佛宇, 三窟厥載, 此聖明版籍之所闕失也, 金骨之大不幸也. 今因兩師之言而錄金骨, 使後之觀是錄者, 知此島有金骨山, 山中有三窟, 又知兩師之與老夫居窟, 則將不自今而作古歟!"

지리산 智異山

지리산은 예로부터 금강산, 한라산과 더불어 신선이 살았다는 삼신산三神山의 하나이며, 두류산頭流山 혹은 방장산方丈山이라고도 불렸다.

두류산의 '두류頭流'는 백두산 산맥이 뻗어내려 여기에 이르렀다는 뜻을 가지고 있으며, 산세가 멀리 넓게 둘러 있는 것을 의미하는 우리말 '둘러', '두리', '두루'라는 말이 한자로 표기되는 과정에서 '두류'로 되었다는 해석이 있다.

남명南冥 조식曺植. 1501~1572은 1568년 음력 4월 11일에 진주 목사 김홍金泓, 수재秀才 이공량李公亮. 1500~?, 고령 현감 이희안李希顔. 1504~1559, 청주 목사 이정李楨. 1512~1571 등과 지리산을 유람하여 「유두류록遊頭流錄」을 남겼다. 다음은 남명 일행이 지리산을 유람한 일정이다.

음력 4월 11일 뇌룡사雷龍舍 계부당鷄伏堂. 남명의 거처 출발 → 진주 숙박. 12~14일 큰 비로 떠나지 못함. 15일 쾌재정快哉亭 → 배에서 숙박. 16일 도탄陶灘 정박 → 쌍계사雙溪寺 동문洞門. 17~18일 비로 떠나지 못함. 19일 불일암佛日菴 → 지장암地藏庵. 20일 신

응사神凝寺 유숙. 21~22일 비 때문에 떠나지 못함. 23일 칠불암七佛庵. 24일 삼가식현 三㗋息峴 → 두리현頭理峴 → 정수역旌樹驛 → 신응동神凝洞. 25일 칠송정七松亭 → 다회탄多會灘 → 뇌룡사雷龍舍이다.

이제 유람 일정의 세부를 살펴보자. 일행은 11일에 출발한 뒤로 12~14일은 큰비로 진주에서 꼼짝 못하였다. 15일에 쾌재정을 보고 나서 배로 떠나는데 이날은 배에서 유숙하였고, 16일 새벽을 배에서 맞이하였다.

새벽빛이 조금 밝아질 무렵에 거의 섬진蟾津에 다다랐다. 잠을 깨었을 때에는 벌써 곤양昆陽, 다른 판본에는 하동 땅을 지나버렸다고 한다. 아침 해가 이제 막 떠오르니 검푸른 물결이 붉게 타는 듯하고 양쪽 언덕 푸른 산 그림자가 물결 밑에 거꾸로 비치고 있다. 퉁소와 북으로 다시 음악을 연주하니 노래와 퉁소 소리가 번갈아 일어났다. 서북쪽으로 십 리쯤 멀리 바라다보이는 구름 낀 산이 바로 두류산의 바깥쪽이다. 서로 가리키며 바라보고 기뻐하여 뛰면서 "방장산이 삼한三韓 밖이라 하더니 벌써 얼마 멀지 않은 곳에 있구나"라고 하였다.[55]

일행은 밤새 출렁대는 배 안에서 자는 둥 마는 둥 하다가 새벽녘에야 섬진강에 다다랐다. 곤양 땅은 잠결에 이미 지났다. 아침 해가 떠오르자 뱃전에는 넘실대는 물결이 붉게 타오르고, 수면에는 양쪽 언덕 푸른 산 그림자가 비추었다. 이런 아름다운 승경은 서북 십 리쯤에서 맞이하는 지리산이 있어 가능한 일이었다. 이제 지리산은 멀지 않은 곳에 있다. 그런데 17~18일에 또다시 내린 비 때문에 떠나지 못하였다. 따라서 다음 날 19일은 일정이 급박해졌다.

아침을 재촉하여 먹고 청학동青鶴洞으로 들어가기로 하였다. 이공량과 이정은 병 때문에 동행하는 것을 포기하였다. 이로 미루어 십분十分 뛰어난 승경勝景에 십분 참된 연분이 없으면 신명神明이 받아들이지 않음을 알 수 있겠다. 이공량과 이정이 예전에 한 번 들어와 보았다고 하는 것은 꿈에서였고 진정으로 온 것은 아니라 하겠다. 김흥과 비교하면 비록 간격이 있는 듯하나 또한 뒷날의 연분은 없는 것이라 하겠다. 돌아보건대 나는 세 번이나 들어왔으나 속세의 인연을 아직 다 없애지는 못하였다. 이러한 나 자신을 변변한 벼슬 한번 못하고서 팔십 노인네가 되어서는 일찍이 봉황지鳳凰池에 세 번 갔다 온 일을 회상하는 이와 비교한다면 오히려 상대가 안 된다 하겠으나, 만약 세 차례나 악양岳陽에 들어갔으나 사람들이 아무도 알아보지 못하던 이와 비교한다면, 그보다는 못하다는 것을 비로소 깨닫게 되었다.[55]

19일은 길을 재촉하여 지리산의 제일 승경지勝景地인 청학동에 들어가기로 하였다. 그런데 갑자기 이공량과 이정이 병 때문에 같이 갈 수가 없게 된 것이다. 남명은 이를 매우 재미있게 설명하고 있다. 사람이 최고의 경치를 감상할 수 있으려면 참된 인연이 있어야 한다는 점이다. 그렇다면 이렇게 인연이 없는 이공량과 이정이 예전에 청학동을 유람하였다는 사실은 어떻게 설명할 것인가. 간단하다. 이는 이공량과 이정이 꿈에서나 갔지 실제 간 일은 아니라는 것이다. 김흥도 마찬가지이다. 남명 자신은 어떠한가. 남명은 세 번이나 들어오는 인연을 누렸으나 속세의 인연을 다 없애지는 못하여 다시 오게 되었다.

그렇다면 남명의 생각은 어떠한가. 팔십 나이에 벼슬길에 세 번이나 나간 일을 회상하는 사람보다는 상대가 안 된다 하겠지만, 한유한韓惟漢이 벼슬하지 않고 은둔하여 사람들이 아무도 알아보지 못하던 일에는 못 미친다고 하였다.

21일과 22일은 일행이 신응사에서 떠날 수 없었다. 21일은 하루 종일 큰비가 내렸고, 22일은 아침부터 비가 오다가 저물녘에 개었다. 시냇물에 돌다리가 잠겨서 절 안과 밖이 서로 통할 수가 없게 되어, 마치 한나라 고제高帝가 백등산白登山에서 흉노족에게 칠 일 동안 포위된 것 같았다. 할 일 없이 절에 '감금'된 남명은 절의 처지와 형편을 살펴보고, 더 나아가 백성을 돌아본다.

쌍계사와 신응사 두 절이 모두 두류산 한복판에 있어 푸른 산봉우리가 하늘을 찌르고 흰 구름이 문을 잠근 듯하여 마치 사람의 연기가 드물게 닿을 듯한데도, 이곳 절까지 관가官家의 부역이 폐지되지 않아, 양식을 싸들고 무리를 지어 왕래함이 계속 잇따라서 모두 흩어져 떠나는 형편에 이르렀다. 절의 승려가 고을 목사牧使에게 편지를 써서 세금과 부역을 조금이라도 완화해 주기를 빌었다. 그들이 하소연할 데가 없음을 안타깝게 생각해서 편지를 써주었다. 산에 사는 승려의 형편이 이러하니 산촌의 무지렁이 백성들의 사정은 알 만하다 하겠다. 행정은 번거롭고 세금은 과중하여 백성과 군졸이 유망流亡하여 아버지와 아들이 서로 돌보지도 못하고 있다. 조정에서 바야흐로 이를 크게 염려하고 있는데, 우리가 그들의 등 뒤에서 여유작작하게 한가로이 노닐고 있으니 이것이 어찌 참다운 즐거움이겠는가.[57]

당시 절의 승려는 팔천八賤의 하나로 세금과 부역이 말이 아니었고, 더 나아가 백성과 군졸들은 행정이 번거롭고 세금은 과중하여 떠돌며 걸식하는 일이 잦았다. 이런 때에 남명은 그들의 등 뒤에서 여유작작하게 한가로이 노니는 일이 어찌 참다운 즐거움이라 하겠는가라고 반문하고 있다.

이번 여행을 함께한 여러 사람들이, 내가 두류산에 자주 다녀서 그 사정을 상세히 알 것이라고 하여, 나로 하여금 이번 여행의 전말을 기록하도록 하였다. 내 일찍이 이 두류산을 덕산동德山洞으로 들어간 것이 세 번이고, 청학동과 신응동神凝洞으로 들어간 것이 세 번이고, 용유동龍遊洞으로 들어간 것이 세 번이었으며, 백운동白雲洞으로 들어간 것이 한 번이었으며, 장항동獐項洞으로 들어간 것이 한 번이었다. 그러니 어찌 다만 산수만을 탐하여 왕래하기를 번거로워하지 않는 것이겠는가. 나름으로 평생 계획을 가지고 있었으니, 오직 화산華山의 한쪽 모퉁이를 빌어 그곳을 일생을 마칠 장소로 삼으려고 했기 때문이다. 그러나 일이 마음과 어긋나서 머무를 수 없음을 알고, 배회하고 돌아보며 눈물을 흘리며 나오곤 하였으니, 이렇게 했던 일이 열 번이었다. 이제는 박이 시골집에 매달려 있는 것처럼 걸어 다니는 하나의 시체가 되어 버렸다. 이번 걸음은 또한 가기 어려운 걸음이었으니 어찌 가슴이 답답하지 않겠는가.[58]

25일 칠송정七松亭에 올랐다가 배로 다회탄多會灘을 건넜다. 이번 여행길을 함께했던 이공량은 강을 따라서 내려갔고 이정은 다시 한 마장 더 가서 작별하였다. 남명은 이희안과 돌아와 뇌룡사에서 잤다. 다음 날에는 이희안과도 이별하였다. 이렇게 모든 벗들이 떠나니 정녕 춘정春情에 겨워하는 처녀와 같은 심정이다. 여행길을 함께했던 벗들은 남명이 지리산에 자주 다녀서 그 사정을 상세히 알 것이라며 이번 여행의 전말을 기록하도록 하였다. 남명이 여러 차례 지리산을 유람했던 것은 산수를 탐해서가 아니라 화산의 한쪽 모퉁이를 빌어 그곳을 일생을 마칠 장소로 삼으려한 까닭이었다. 그러나 세상의 일이란 마음대로 되지 않는 법, 언제나 지리산을 이리저리 배회할 뿐 정定할 수 없었다. 이번 유람도 마찬가지였다.

퇴계退溪 이황李滉. 1501~1570은 이런 남명의 고민을 알고 있었을까? 아니면 모르는 척한 걸까? 남명이 「유두류록」을 지은 지 2년 뒤인 1560년에 퇴계는 이 글에 대해 「서조남명유두류록후書書南冥遊頭流錄後」라는 평문評文을 남겼다. 그 평문에서, 매 순간마다 의리를 구별하는 일에 투철하였고 선악善惡이 뒤바뀌는 살벌한 광경 속에서 선善 한 가지를 지키려고 맹투하는 선비의 기개를 인정하면서도, 남명의 유람이 너무 이로理路. 성리학 이론를 중시하여 여유로운 맛이 적다고 평하였다. 그런지는 안 그런지는 독자의 몫이리라. 퇴계의 글을 덧붙인다.

남명 조식의 「유두류록」은 놀러 다니며 경승을 탐구한 것을 볼 수 있는 이외에도, 일에 따라 뜻을 부치는 데에 감분하고 격양한 말이 많아, 사람으로 하여금 늠름하게 하여, 마치 그 사람됨을 상상할 수 있게 하는 듯하다. "한번 햇볕을 쬐는 정도로는 아무런 유익함이 없다"라는 말과, "끊임없이 발전하는 사람이 되느냐, 끊임없이 퇴보하는 사람이 되느냐 하는 것도 다만 발 하나 까딱 하는 사이에 달려 있다"라고 한 말은 모두 지론이고, 이른바 '명철明哲의 행불행'이란 따위의 말은 참으로 천고 영웅의 탄식을 자아내고 귀신을 어두운 속에서 울 수 있게 하는 것이다. 어떤 사람은 그가 기이한 것을 좋아하므로 중도中道를 행하기 어려울 것이라고 의심하기도 한다. 아! 예로부터 산림의 선비는 대개가 이와 같았다. 이와 같지 않으면 남명이 되지 못했을 것이다. 다만 그 절박기미節拍氣味의 소종래所從來 같은 것에는 약간 알 수 없는 부분이 있으니, 이것은 후세 사람 중에 반드시 분별하는 자가 있을 것이다.[59]

55) 조식(曺植), 『남명집(南冥集)』, "曙色微明, 迫到蟾津, 攪睡間已失昆陽地云. 旭日初昇, 萬頃蒸紅, 兩岸蒼山, 影倒波底, 簫鼓更奏, 歌吹迭作, 遙見雲山挿出西北十里間者, 是頭流外面也. 相與挑觀喜踊曰, 方丈三韓外, 已是無多地矣."

56) 조식(曺植), 『남명집(南冥集)』, "促食, 將入靑鶴洞. 寅叔·剛耳, 俱以疾退, 固知十分絶境, 非有十分眞訣, 神明不受, 寅叔·剛而, 曾昔一入來者, 乃是夢也, 非眞到也. 若比泓之, 則雖有間矣, 亦是無後分事也. 老夫憶曾三度入來, 俗緣猶未盡除, 方知八十衰翁無職秩, 憶曾三度鳳凰池來者, 則猶不讓矣, 若比三入岳陽人不識者, 則未也."

57) 조식(曺植), 『남명집(南冥集)』, "雙溪·神凝兩寺, 皆在頭流心腹, 碧嶺挿天, 白雲鎖門, 疑若人烟罕到, 而猶不廢公家之役, 嬴粮聚徒, 去來相續, 皆至散去. 寺僧乞簡於州牧, 以舒一分, 等憐其無告, 裁簡與之. 山僧如此, 村氓可知矣. 政煩賦重, 民卒流亡, 父子不相保, 朝家方是軫念, 而吾輩自在背處, 優游暇豫, 豈是眞樂耶?"

58) 조식(曺植), 『남명집(南冥集)』, "諸君以余頻入頭流, 因知山間事者也, 令余記之. 余嘗往來玆山, 曾入德山洞者三, 入靑鶴·神凝洞者三, 入龍遊洞者三, 入白雲洞者一, 入獐項洞者一. 豈直爲山貪水而往來不憚煩也. 百年齋計, 唯欲借得華山一半, 以作終老之地已, 事與心違, 知不得住, 徘徊顧慮, 涕洟而出如是者十矣. 於今麭繫田舍, 作一行屍, 此行又是難再之行, 寧不忙忙?"

59) 이황(李滉), 『퇴계집(退溪集)』, "曺南冥遊頭流錄, 觀其遊歷探討之外, 隨事寓意, 多感憤激昂之辭, 使人凜凜猶可想見其爲人. 其曰'一曝之無益', 曰'向上趨下只在一擧足之間,' 皆至論也. 而所謂明哲之幸不幸等語, 眞可以發千古英雄之歎, 而泣鬼神於冥冥中矣. 或以其尙奇好異. 難要以中道爲疑者. 噫! 自古山林之士, 類多如此, 不如此, 不足以爲南冥矣. 若其節拍氣味所從來, 有些子不可知處, 斯則後之人必有能辨之者."

가야산伽倻山

한강寒岡 정구鄭逑, 1543~1620는 1579년(선조 12) 9월 11일부터 24일까지 14일 동안 가야산을 유람하고서 「유가야산록遊伽倻山錄」을 남겼다. 유람하기 전, 한강은 사촌沙村의 계숙溪塾에서 이인개李仁愷·이인제李仁悌 형제, 곽준郭䞭 등과 함께 여러 날을 함께 모여 이야기하고 글을 읽는 여유로운 생활을 하고 있었다. 그러다가 한강이 가야산 유람을 제안하였고, 다른 이들이 호응하여 행장을 꾸리게 되었다.

한강 일행의 행장은 매우 소략하였다. 음식은 쌀 한 전대, 술 한 병, 반찬 한 상자, 과일 한 바구니였고, 책은 『근사록近思錄』과 『남악창수집南嶽唱酬集』뿐이었다[11일 『주자연보朱子年譜』를 얻음]. 송나라 심괄沈括, 1031~1095이 산을 유람할 때 꾸린 행장보다 더 간소하다는 한강의 말은 결코 겸손이 아니었다. 하지만 한강은 이러한 소략한 행장에도 불구하고 마음이 평온하였다. 여기서 『근사록』을 말하는 것은 군더더기여서 빼더라도, 『남악창수집』만 해도 이번 유람에 얼마나 불요불급한 것인가. 일찍이 주자가 장식張栻, 임용중林用中과 공동으로 편집한 시집인 『남악창수집』은 중

국 5대 명산 가운데 하나로 불리는 형산衡山을 유람하는 도중에 보고 느낀 감회를 읊은 시가 140여 수 실린 책으로, 이번 유람에 반드시 곁에 두고 수시로 참조해야 할 책이었다. 이날은 9월 10일로 가야산 유람 전날이었다.

11일. 맑음. 한강이 이인제, 곽준과 함께 늦게 출발하여 여우재[狐嶺]를 넘을 때는 날이 저물었다. 이처럼 출발이 늦어진 것은 이인개를 송사이宋師頤 어른에게 먼저 보내 다음 날 약속을 잡고, 또한 보름 경에 성사城寺에서 만나자는 김지해金志海의 편지에 답장을 하느라고 시간을 허비해서였다. 어시헌於是軒에 올라가 잠시 쉬고 재사齋舍에 돌아와서 그곳에 보관해 둔 『주자연보』 중에서 「운곡기雲谷記」를 읽고 행장에 함께 꾸렸다. 한강은 여행 첫날의 피곤함으로 곤하게 잠을 잤다.

12일. 한강은 송 어른을 방문하여 안부를 물었다. 이인개를 데리고 길을 떠나 밤재[栗峴]에 이르자 동자 배협裵協이 뒤따랐다. 한강은 하루의 일정으로 빡빡하지만 심원암深源菴 → 홍류동紅流洞 → 홍하문紅霞門 → 학사대學士臺에 이르렀다. 밤에는 술 반 잔씩을 마시고 잠자리에 들었다.

13일. 맑음. 한강은 일찍 일어나 『근사록』 몇 장과 『남악창수집』 서문을 읽었다. 내원사內院寺. 밤에 뜰을 거닐면서 중얼거렸다. 달빛은 대낮처럼 환하고, 산기운은 고요하며, 맑은 바람은 솔솔 불어오고, 차가운 물소리가 은은히 울려왔다. 한강은 황홀한 기분에 자기 자신이 이미 속세를 떠나 있다는 사실을 깨닫지 못하였다. 그리고 그는 전날[12일] 홍류동 시냇가에서 만난 승려의 이야기를 되새기고 있었다. 금년 단풍은 예전보다 못했다. 어떤 사람은 가을 구경으로는 약간 철이 이르다고 하고, 또 어떤 사람은 지금이 적기라고 하였다. 그러나 이것이 다 무슨 소용인가! 한강의 입장에서는 바쁜 세상에 이곳에 와서 구경하는 이 자체가 곧 다행스러운 일이니, 철이 이르고 늦은 문제는 따질 일이 아니었다. 더욱이 그는 이번에 한가로이 단풍놀이나 하러 온 것이 아니지 않는가.

14일. 맑음. 새벽에 『근사록』을 읽었다. 문득 구름과 산을 바라보면서 온갖 잡념을 비운 채 선현의 가르침을 천천히 음미하니 절로 정신이 전일專一해지고 맛이 있었다. 정각암淨覺菴. 전날[13일] 곽준이 내원사의 한적한 기운이 좋아 글은 나중에 읽겠다고 다짐하였다. 그런데 이곳은 내원사보다 더 나은 곳이다. 이인제가 이를 눈여겨보고 여기서도 글을 읽겠다는 다짐을 하라고 하였다. 성불암成佛菴. 암자에는 거처하는 승려가 없었다. 엊그제의 심원암과 마찬가지였다. 원명사圓明寺. 아름다운 경관에 곽준의 다짐이 또다시 필요하였다. 상소리上蘇利에서 잠시 쉬었는데, 이곳은 봉천대奉天臺였다. 한강은 여러 상념을 접고 주자의 「운곡기」를 읽었다. 그리고 점심으로 흰죽을 먹고 제일봉에 올라, 산수의 유람이 자신의 수양에 귀결됨을 거듭 말하였다. 비록 사령운謝靈運, 365~427처럼 산행과 득도를 명쾌하게 적시하지 않았지만 무슨 상관이 있겠는가.

산의 안쪽과 바깥쪽은 푸르고 붉고 누렇고 흰 빛깔이 어지러이 깔려 무늬를 이루었는데, 저마다 자연의 본성에 따라 형성된 이치가 부여되어 있었다. 애당초에 누가 이렇게 되도록 하였는지는 알 수 없으나 현기증이 날 정도로 찬란한 빛이 한데 어울려 서로 비추어 산을 유람하는 사람의 볼거리를 이바지하고 도를 닦는 인자仁者에게 자기반성을 할 수 있게 하기에 충분하였다. 주돈이周敦頤가 뜰에 자라나는 풀을 보고 만물이 생성하는 이치를 탐구하고, 맹자가 우산牛山의 나무가 자꾸 잘리는 것으로 사람의 선한 본성이 상처를 받는 것에 비유한 한탄이, 비록 크고 작은 형세가 다르고 흥성하고 쇠퇴한 자취가 다르지만, 군자가 사물

을 보고 감회를 붙이는 것에는 애초에 같은 것이다.[60]

이윽고 한강은 눈을 돌려 저 멀리 지리산, 금오산金烏山, 비슬산琵瑟山, 화왕산火王山, 대니산戴尼山을 바라보다가 너무 지쳐 바위에 누워 잠을 잤다. 잠에서 깨어나 『주자연보』 중에서 「무이산기武夷山記」와 『남악창수집』 서문 및 주자와 장식의 시를 읽었다. 특히 한강은 "이 마음 원대한 도를 기대함이지, 눈앞의 넓은 광경 탐함이겠나"[61]와 같은 시구를 산행하는 모든 사람이 마음에 새길 것을 바랐다. 저녁에 소리암으로 내려왔고, 밤에 봉천대에 올랐다. 삼경에 종소리가 들려오자 한강은 자신을 반성하는 계기로 삼았다.

15일. 한강은 새벽에 편지를 써서 정인홍에게 보냈다. 그 뒤에 지해의 편지가 왔고 벗들이 산에 들어온 것을 알았다. 또 봉천대에 올라갔고, 학사대 앞에서 지해 일행을 바라보았다. 저녁에 봉천대에 가기로 약속을 잡았지만, 지해가 편지를 보내 정인홍과 지족암에서 만날 약속을 잡았으니 내려오라고 재촉하였다. 중소리中蘇利. 밤에 잠이 오지 않아 율무죽을 끓여 먹었다. 한밤중에 뜰을 거니니 하늘 동남쪽에는 엄숙한 기상이 감돌고 안개가 서북쪽에서 피어올라 빠르게 날아가서는 하늘 끝에 이르러 흩어졌다. 구름 사이로 달빛이 살짝 보여 그 밝은 빛이 오히려 인간 세계를 비추고 있고, 고요한 산속 으슥한 밤 어디선가 바람 소리가 살짝 들려오자, 이미 졸음은 다 달아나 버렸다.

16일. 맑음. 한강은 아침 일찍이 세수하고 빗질한 뒤에 어제 봉천대에서 내려올 때의 일을 곰곰이 생각해보며 마음을 다잡았다. 실상 그는 어제 봉천대에서 하산할 때 몸이 처한 장소가 점점 낮아지는 것이 불만스러워 마음이 편치 못하였다. 한강은 이름을 자신이 본심과 본성을 지키고 기르는 공부가 철저하지 않아, 어떤 경우에 처하든 거기에 적응하지 못한 허물로 여겼던 것이다. 더 나아가 잡념을 없애는 힘이 굳건하지 못하여 마음이 흔들리고 말았으니 정말 부끄러울 뿐이었다. 그리고 요즘 산길 여행에서 본심을 지키는 공부가 소홀하였던 것이 아닌지 자꾸 마음에 걸렸다. 다시 마음의 향방을 철저히 살피는 일에 힘쓸 것을 다짐하였다.

아침밥을 먹고 정각암淨覺菴, 득검지得劍池를 지났다. 학사대, 해인사를 거쳐 지족암에 당도하니, 정인홍, 이계욱, 김지해, 김혼원이 모여 한강 일행을 맞이하였다. 저녁 무렵에 문면, 주국신, 문홍도, 조응인 들이 왔는데, 그들은 스승을 만나러 온 것이었다. 혼원과 지해가 가져온 술을 마시고 자정에 잠자리에 들었다.

17일. 맑음. 아침에 주자의 행장을 읽었다. 여러 사람이 백운대를 보고 싶어 했지만, 한강은 벗들이 한자리에 모이는 일이 어찌 쉬우냐고 이곳에 머물러 이야기하는 즐거움을 갖자고 하여 그대로 주저앉았다. 한강은 자기를 알아주는 벗들과 만나 과음한 탓에 매우 취하였다.

18일. 맑음. 여러 사람은 백운대로 갔다. 한강은 천식이 있는 정인홍과 함께 제월담霽月潭으로 갔다. 이어 심원사, 도은사道恩寺에 이르렀다. 밤에 지해가 율무죽을 끓여 내왔다.

19일. 맑음. 백운대를 찾아갔다.

20일. 맑음. 율무죽을 먹고 길을 떠났다. 한강은 외가의 선영이 있는 호평虎坪을 지나, 재각에 가서 밥을 먹고, 연석암軟石菴, 주암舟巖, 보천步川을 건너 입암立巖에 당도하니, 아직 정오가 되지 않았다. 과연 입암은 대단한 경관이어서 며칠 전에 구경한 홍류동에 비할 바가 아니었다.

흰 돌이 고르게 깔렸는데 매끄럽기가 잘 다듬은 옥 같았고, 푸른 물은 잔잔히 흐르는데 밝기가 밝은 거울 같았다. 바위가 우뚝 솟아 있는데 그 높이가 오십 길은 됨 직하고, 소나무가 바위틈에서 자라느라 늙도록 크지 못하였다. 백옥 같은 널찍한 바위가 물 위에 드러나 있는데 그 위에 삼사십 명은 앉을 만하였다. 그 맑고 기이하며 그윽하고 고요한 느낌은 며칠 전에 구경한 홍류동에 비할 정도가 아니었다.[62]

입암의 경관에 압도된 지해는 차마 신을 신고는 밟을 수 없어 신을 벗고 맨발로 걸어갔다. 모두 기분이 좋아져서 마음이 잘 가라앉지 않았다. 고반곡叩盤谷에 도착하여 김우옹, 박찬 등이 지은 초당에서 잠을 잤다.

21일. 흐림. 한강은 새벽에 글을 읽었다. 아침밥을 먹고 시냇가로 가서 한참 동안 시간을 보냈다. 가랑비가 조금 내리자 사인암을 찾아갔다. 시내를 따라 풀 길을 헤치며 올라가니 사 오 길의 폭포가 나왔지만 그 기상이 더럽고 속된 나머지 맑은 느낌은 조금도 없었다. 한강은 이계욱이 이 폭포 때문에 여기를 왔단 말인가라고 순간 의심을 하였다. 내 눈을 씻어 버려야겠다고 한탄하였다. 이에 이인개도 이 정도도 어찌 쉽게 볼 수 있겠는가라고 하였다.

지해는 이인개의 말을, 한강은 이계욱의 말을 지지하였다. 그러다가 한강은 다음과 같이 결론을 내렸다. "이름과 실제 사이에서 말로만 들은 것과 눈으로 본 것이 같지 않고 사람에 따라 좋아하고 싫어하는 느낌이 서로 반대가 되는 경우가 어찌 유독 이곳 산중의 일뿐이겠는가. 하지만 이 적막한 골짝이야 바깥에 누가 알아주기를 구한 일이 없다. 사람들 스스로 소문을 듣고 찾아오고 사람들 스스로 보고서 폄하하거나 칭찬하는 것이니, 저 폭포야 무슨 상관이 있으랴!"[63] 발길을 돌려 몇 리쯤 가던 중에 아이종이 도망쳐 그 즉시 쫓아가 잡아왔다. 사인암에 도착하여 맑고 기이한 경치에 넋을 잃다가 고반곡으로 돌아왔다. 저녁을 먹고 시내의 바위에 앉아 산수에 관한 이야기를 하다가 밤늦게 잠자리에 들었다.

22일. 하루 종일 비가 내렸다. 술 십여 잔을 마셨다.

23일. 맑음. 한강은 글을 보다가 서둘러 밥을 먹고 산을 나왔다. 입암에 도착하자 물 가운데에 있는 너럭바위에 앉아 불을 피워서 술을 데워 마셨다. 석양 무렵 한강정사寒岡精舍에 도착하였다. 어시헌에 있던 경청을 만나 함께 혁림재赫臨齋로 들어갔다. 그가 홍시와 밤을 내놓아 그것을 먹고 이야기를 나누니 산중의 즐거움이었다. 매우 피곤하여 잠이 들었는데 사방에서 신음소리가 났다. 한강은 경청과 함께 소나무 사이의 산중의 달빛을 보기로 약속하였으나 결국 그렇게 하지 못하였다.

24일. 맑음. 한강은 아침밥을 먹고 경청에게 가는 길에 송 어른을 방문하여 그동안의 산중 구경을 대강 말하였다. 정오에 경청의 집에 도착하여 인사말도 충분히 나누지 못하고 남북으로 헤어졌다. 이날 한강은 이인개와 함께 처음 출발 장소인 계숙으로 돌아왔다.

이것으로 한강의 가야산 유람은 끝이 났다.

---

60) 정구(鄭逑), 『한강집(寒岡集)』, "山之內外, 靑紫黃白, 散落成文, 各隨造物之天, 以寓生成之理. 初不知執使之然, 而爛熳趣色, 混茫相映, 足以供遊人之賞, 而資仁者之反求, 周子庭草之玩, 孟子牛山之歎, 雖大小異勢, 盛衰殊迹, 君子所以觀物寓懷, 則蓋未始不同也."

61) 정구(鄭逑), 『한강집(寒岡集)』, "直以心期遠, 非貪眼界寬."

62) 정구(鄭逑), 『한강집(寒岡集)』, "白石平鋪, 瑩如磨玉, 碧水安流, 澄似明鏡. 危巖屹立, 高可五十丈, 苦松生於石隙, 老而不能長. 白玉盤陀, 露出水面, 可坐三四十人, 淸奇瓊靜之趣, 又非襄日紅流之可擬也."

63) 정구(鄭逑), 『한강집(寒岡集)』, "名實之間, 聞見之不同, 好惡之相背, 豈獨此山中哉? 寂寞空谷之中, 自無求知於外者. 人自聞而來之, 人自見而毀譽之, 於瀑布乎何有與焉!"

소백산 小白山

퇴계退溪 이황李滉, 1501~1570은 1549년(명종 4) 4월에 소백산을 유람하고 「유소백산록遊小白山錄」을 남겼다. 퇴계의 글을 살피기 전에 한문 산문에서 다루는 '유기遊記'에 대해서 간략하게 언급하겠다. 사실 이와 같은 내용은 대학에서 문학을 배우는 학생들에게는 그리 낯선 이야기는 아니지만, 일반 독자는 조금 생소하고 따분할 것이다. 그래도 이 책을 읽는 사람들이 유기에 대해 알고 있다면 유익할 것으로 보여 간략하게 제시하겠다.

'유기'는 한 작가가 자신의 여행 일정을 중심으로 삼아 행로行路에서 보고 들은 것을 기록하고, 산천경계를 묘사하는 산문작품을 말한다. 산천경계를 묘사하였지만 작가가 직접 여행하여 본 것이 아닌 경우에는 산수기山水記라 일컫는다.

우선 중국의 경우를 들어 설명하겠다. 『상서尚書』「우공禹貢」이나 『산해경山海經』, 『장자』「소요유逍遙游」, 『사기』「하거서河渠書」에도 자연경물에 대한 묘사가 보이지만 그때까지만 해도 문학적 색채가 거의 없었다. 동한 때에는 유기에 가까운 작품

이 출현하여 남북조 때에는 성행하게 되었다. 마제백馬弟伯의 「봉선의기封禪儀記」, 도연명의 「유사천시서遊斜川詩序」와 「도화원기桃花源記」 등을 들 수 있다. 남북조에 이르러서는 서신체[편지]로 산수를 묘사한 글들이 나오는데, 포조鮑照의 「대뢰안에 올라서 누이에게 준 편지登大雷岸與妹書」, 오균吳均의 「송원사에게 준 편지與宋元思書」 등이 그것이다. 북위의 역도원酈道元이 지은 『수경주水經注』도 주석문注釋文에 문학성이 다소 나타나고 있다. 하지만 산수를 객관적으로 묘사하였을 뿐이어서 유기라고 할 수 없다.

진정한 유기는 당나라 원결元結의 「우계기右溪記」에서 비롯되었다. 그 뒤 유종원柳宗元의 「영주팔기永州八記」는 산수의 발견을 재덕才德을 만났는가 못 만났는가와 연결하여 자신의 견해를 제공하였다. 송나라 때에는 범성대范成大, 육유陸游 등이 장편의 여행일기를 남겼으며, 범중엄范仲淹의 「악양루기岳陽樓記」, 왕안석王安石의 「유포선산기游褒禪山記」, 소식蘇軾의 「석종산기石鐘山記」 등 서사·사경·의론을 융합하여 사상성이 높은 작품이 나왔다. 이때에는 도성에 이름난 정원이 발달하면서 원기園記가 지어졌다. 원기로 이름난 사람은 구양수, 이문숙李文叔 등이 있고, 명나라의 왕세정王世貞, 원중도袁中道, 장대張岱 등이 있다. 원·명·청의 유기는 여행자의 심경과 행보를 묘사한 작품들이 많았다. 특히 서홍조徐弘祖의 『서하객유기徐霞客游記』는 일기 형식으로 각 지방의 경치·민정·풍속·물산·수원水源·지세를 서술하면서 자신의 뜻을 담았다.

다음으로 우리나라의 경우를 살펴보겠다. 조선 초기에도 산수유기는 중요한 산문으로 자리 잡았다. 이때의 유기들은 '기記'라는 제목을 단 것도 있으나 '록錄'이라는 제목을 단 것도 많다. 김종직金宗直과 그의 문인들은 산행기록에 '록'을 사용하였던 것으로 보인다. 특히 중종 이후 『남악창수집』이 보급되면서, '유기'와 '시'를 함께 묶어 '유산록遊山錄'이라 이름하고 단독으로 작품을 만들었다. 김종직의 「두류기행록

頭流紀行錄」, 이륙李陸의 「지리산록智異山錄」, 유호인俞好仁의 「유송도록遊松都錄」, 이주李冑의 「금골산록金骨山錄」 등이 그것이다. 그리고 이황李滉은 「단양산수가유자속기丹陽山水可遊者續記」와 「유소백산록」를 남겼다.

이후 유기로는 이정구李廷龜의 「유도봉서원기遊道峯書院記」, 허목許穆의 「두타산기頭陀山記」 서명응徐命膺의 「유백두산기遊白頭山記」 등이 있고, 후기에는 금강산 유람의 선풍적인 인기로 이하곤李夏坤의 「동유록東遊錄」, 이상수李象秀의 「동행산수기東行山水記」 등이 등장하였다. 이외에 이옥李鈺의 「중흥유기重興遊記」와 최익현崔益鉉의 「유한라산기遊漢拏山記」, 이남규李南珪의 「유천방사구지기遊千房寺舊址記」 등이 명맥을 이어 갔다. 18세기 말에서 19세기 초에는 난숙한 문화를 배경으로 동산을 가꾸는 풍습이 있었는데, 그에 따라 채제공·성대중成大中·이용휴李用休·이가환李家煥·정약용丁若鏞 등이 원기園記를 남기게 되었다. 그리고 심노숭沈魯崇은 「신산종수기新山種樹記」에서 정쟁으로 날을 지새는 현실을 실망하고, 죽은 부인을 위로하는 내용의 글을 남겼다. 남공철南公轍은 「성동이원좌소원기城東李元佐小園記」를 지어 은자가 머문 곳을 보여주었다.[64]

소백산은 '소백'이라는 이름 때문에 작은 산이라는 오해를 불러일으킬 수도 있지만 실제로 소백산은 큰 산이라고 할 수 있다. 비로봉(1439미터), 국망봉(1421미터), 제1연화봉(1394미터), 제2연화봉(1357미터), 도솔봉(1314미터), 신선봉(1389미터), 형제봉(1177미터), 묘적봉(1148미터) 등 많은 산봉우리들이 어우러져 수려한 경관을 자아낸다. 소백산에는 부석사, 소수서원紹修書院. 사적 제55호, 희방사喜方寺 등의 유적지가 있고, 희방계곡, 죽계계곡 같은 빼어난 경관을 가진 곳도 많다.

퇴계는 젊은 시절부터 영주榮州와 풍기豐基 사이를 왕래하였지만 '마치 길을 잃은 사람처럼 바빠서 오직 꿈속에서만 생각하고 정신으로만 달려갔을 뿐'이지 소백산을 유람할 수 없었다. 그러다가 1549년(명종 4) 풍기 군수가 되자 드디어 소백산을 유람하였다. 퇴계가 산수를 유람하고 기록을 남긴 일은 사실 단양 군수 시절(1548년)에도 있었다. 단양의 빼어난 승경인 구담龜潭을 「단양산수가유자속기丹陽山水可遊者續記」에 행로·날씨·물살·산세 등으로 기묘하게 묘사하였다. 예를 들면 '두 골짜기 사이에서 나와 높은 데서 바로 쏟아져서, 굴러 내리는 돌이 그 아래 있는 뭇 돌을 치며 성난 기세로 분주히 내달아 구름이나 눈 같은 물결이 출렁거리고 용솟음치는' 물과 '넓고 맑고 엉키고 푸르러 거울을 새로 갈아서 공중에 걸어 놓은 것 같은' 물, '깎아 세운 것이 죽순 같아서 높이가 천백 장丈이나 되며 우뚝하게 기둥처럼 버티고 서 있는데 그 빛은 혹은 푸르고 혹은 창백한' 봉우리의 모습을 묘사하였다. 퇴계는 그 글에서 산수자연의 활발한 생명을 담았지만, 달리 생각하면 자신의 정신활동을 드러낸 것이기도 했다.

이제 퇴계가 꿈에도 그리던 소백산 유람을 따라가 보자. 퇴계는 4월 신유일辛酉日에 백운서원白雲書院에서 자고, 다음 날 진사 민서경閔筮卿과 그 아들 응기應祺를 데리고 길을 떠났다. 죽계竹溪를 따라 올라가면서 안간교安干橋를 지나 초암草菴에 도착하였다. 초암 남쪽 아래 잔잔히 물이 흐르는데, 이전에 주세붕周世鵬, 1495~1554이 백운대白雲臺라 이름을 지은 곳이다. 퇴계는 백운동白雲洞臺과 백운암白雲菴이 이미 있으므로 청운대靑雲臺라고 고치자고 하였다.

이곳에서 민서경은 학질을 앓아 하산하게 되었다. 묘봉암妙峯菴에서 온 종수宗粹와 응기 및 여러 스님과 함께 태봉胎峯 서쪽과 철암哲菴, 명경암明鏡菴을 지나 석륜사石崙寺에 도착해 그곳에서 잤다. 다음 날 계해일癸亥日에 중백운암中白雲菴과 석름봉石廩峯, 상백운암上白雲菴을 거쳐 석륜사石崙寺로 가 그곳에서 다시 잤다. 갑자일甲子日에는 상가타암上伽陁菴, 환희봉歡喜峯, 적성赤石, 원래 石城, 자하대紫霞臺, 원래 山臺巖, 중가타암中伽陁菴, 죽암폭포竹巖瀑布, 금당암金堂菴, 하가타암下伽陁菴을 지나 관음굴觀音窟에서 유숙하였고, 다음 날 을축일에 하산하였다. 응기와 종수 및 여러 스님은 초암으로 하산하였고, 퇴계는 박달재[博達峴]를 지나 비로전毘盧殿 옛터에서 휴식하였다. 이때 허간許簡공과 아들 준寯이 찾아왔고 그들과 이야기하고 앉았던 돌을 비류암飛流巖이라 이름 지었다. 이후에 욱금동郁錦洞을 따라 풍기군으로 돌아왔다.

대개 산수 유람은 이렇게 끝나게 된다. 그러나 퇴계는 산수 유람의 일정이 끝난 지점에서 다시 소백산을 말하고 있다. 아마도 퇴계는 소백산을 통해 가슴 속에 얻은 바가 있었던 듯하다. 산수 유람은 수양修養의 과정이며 자신이 지양하는 정신세계를 가탁할 수 있기 때문이 아닐까.

소백산에는 천 개의 바위, 만 개의 골짝이 있어 경치가 뛰어난데, 사찰이 있는 곳과 인적이 통하는 곳은 대개 세 골짝이 있다. 성혈사聖穴寺와 두타사頭陀寺 등은 동쪽 골짝에 있으며, 상·중·하의 세 가타암 등은 서쪽 골짝에 있다.

산을 유람하는 자들은 초암과 석륜사를 따라 국방봉으로 올라가니, 이는 길이 편함을 취해서이다. 이윽고 힘이 지치고 흥이 다하면 마침내 돌아오니, 비록 주세붕처럼 기이함을 좋아하는 사람으로서도 지나온 곳이 다만 가운데 한 골짝에 그칠 뿐이었다. 그의 유산록에 꽤 상세히 기술되어 있으나 그 실제는 모두 산승山僧들에게 물어서 안 것이요, 목격한 것이 아니다. 그러므로 그가 명명한 광풍대·제월대·백설봉·백운대 등이 모두 가운데 한 골짝에 있고, 동쪽과 서쪽에는 미치지 못한다.

나는 노쇠하고 병든 몸으로 한 번 가서 온 산의 좋은 경치를 다 보는 것은 진실로 어려운 일이라고 생각되었다. 그러므로 마침내 동쪽 골짝은 남겨 두어 후일의 유람을 기다리기로 하고 오로지 서쪽 골짝을 찾았다. 무릇 서쪽 골짝에서 만난 절경은 백학봉·백련봉·자하대·연좌봉·죽암폭포 같은 것들인데, 모두 마음대로 이름을 붙이고 사양하지 않은 것은 이 또한 주세붕이 가운데 골짝에서 만난 경치에 이름을 붙인 것과 같은 것이었다.[65]

퇴계는 소백산의 아름다운 경치는 천 개의 바위, 만 개의 골짝이 있어 가능하다고 표현했으며, 소백산 등산로는 사찰과 유적지를 기준으로 하여 세 곳을 지적하였다. 동쪽 골짝에는 성혈사와 두타사 등이, 서쪽 골짝은 상·중·하의 세 가타암 등이, 가운데 골짝은 광풍대·제월대·백설봉·백운대 등이 있다. 여기서 퇴계는 가운데 골짝은 주세붕의 유산록에 기록되어 있지만 그 실제는 모두 산승들에게 물어서 안 것이지, 직접 목격한 것이 아니라고 밝혔다.

그렇다면 퇴계는 어느 골짝을 유람하였단 말인가? '노쇠하고 병든 몸으로 한 번 가서 온 산의 좋은 경치를 다 보는 것은 진실로 어려운 일'이므로 동쪽 골짝은 후일로 미루고 서쪽 골짝을 유람하였다. 그리고 백학봉·백련봉·자하대·연좌봉·죽암폭포 등의 절경을 만나 자신의 뜻대로 이름을 붙였다. 사실 퇴계는 소백산 유람에서 빼어난 승경을 만나면 실제 이름이 있거나 없거나 개의치 않고 새로운 이름을 붙였다. 죽암폭포를 예로 들면 다음과 같다.

중가타암의 어귀에 이르렀으나, 중가타암에 승려가 없어 나는 들어가지 않았다. 몇 걸음을 걸어가니, 몇 층의 폭포수가 쏟아져 내리고 있었으며, 그 옆에는 암석들이 어지러이 펼쳐져 있었다. 이곳은 옛날에는 고죽苦竹들이 떨기로 났으나 지금은 모두 말라 죽었는데, 아직도 뿌리와 줄기가 있어 볼 수 있었다. 나는 마침내 이곳을 죽암폭포라 이름하였다.

퇴계는 소백산 유람을 서술함으로써 자신이 지양하는 정신세계를 가탁하고 있다. 하지만 그 의론을 노출하지 않고 작은 비유조차 사용하지 않으면서 그 체험과 지향을 함축적으로 표현하여 높은 수준에 도달했다.

---

64) 심경호, 『한국산문의 미학』, 고려대출판부, 1998.
65) 이황(李滉), 『퇴계집(退溪集)』, "夫以小白爲山, 有千巖萬壑之勝, 而寺刹所在, 人迹所通者, 大槪有三洞焉. 草庵石崙, 在山之中洞, 聖穴·頭陀等寺, 在其東洞, 三伽陀等菴, 在其西洞. 遊山者由草庵·石崙而登國望, 取道之便. 已而力倦興闌則遂返, 雖以周景遊之好奇, 所歷止其中一洞耳. 其爲遊山錄, 記述頗詳, 其實皆問諸山僧而得之, 非目擊也. 故其所命名如光風·霽月·白雪·白雲, 皆在中一洞, 而東西則未之及也. 余以衰病, 一往而盡一山之勝, 固亦難矣. 遂置其東, 以竢後日之遊, 而惟尋西洞焉. 凡西洞所得之勝, 如白鶴·白蓮·紫霞·宴坐·竹巖之類, 輒率意創名而不辭者, 亦猶景遊之於中洞所遇之境然耳."

주왕산周王山

주왕산 유람을 기록으로 남긴 사람으로 여헌旅軒 장현광張顯光, 1554~1637이 있다. 여헌은 1597년(선조 30) 여름[음력 4월]에 친구들과 평소의 소원대로 주왕산을 향해 나섰다. 하지만 출발하는 날 정오에 비가 내려 그날은 두루 유람하지 못하고 산의 가까운 곳에서 묵었다. 그렇다고 여헌이 주왕산을 유람하지 못하거나 기록하지 못하겠는가!

여헌은 「주왕산록周王山錄」의 첫머리에 주왕산에 대해 '산의 높이가 대단하지도 않은데, 산의 이름이 드러난 것은 이 산에 옛 자취가 있다'[66]고 하고, 더 나아가 '단지 옛 자취 때문만이 아니라 그 바위가 기이하고 물이 정결하여, 마치 우인羽人, 신선이 은둔하는 곳인 듯하다'[67]고 밝혔다.

여헌의 이 말은 오늘날에도 여전히 통할 것이다. 주왕산은 경상북도 청송군青松郡 부동면府東面에 있는 산으로, 높이는 721미터이다. 산세가 아름다워 '경상북도의 소금강'으로 불린다. 그다지 높은 산은 아니지만, 지질이 능주층군綾州層群의 역암礫岩·

응회암凝灰岩·유문암流紋岩 등의 화산암으로 되어 있어 산세가 웅장하고 깎아 세운 듯한 기암절벽이 마치 병풍을 두른 것 같아서 석병산石屛山이라 부르기도 한다. 산세는 서남쪽으로 열려 있는 'ㄷ' 자 모양으로 주변에 910고지, 금은광이(812미터) 등의 높은 봉우리가 연해 있다. 그 중앙을 주방천周房川이 서남류하면서 제1폭포, 제2폭포, 제3폭포 등 아름다운 폭포를 만들고 있다.

주왕산은 신라의 왕자 김주원金周元이 이곳에 와서 공부하였다고 하여 주방산周房山이라고도 한다. 또 중국 동진東晉의 왕족 주도周鍍가 자칭 후주천황後周天皇이라 하고 당나라에 반정하다가 실패하여 압록강을 건너 이곳에 와서 은둔하였는데, 그 뒤 나옹화상懶翁和尙이 이곳에서 수도할 때 주왕周王과 관련지어 이 산을 주왕산이라 부르면 이 고장이 복될 것이라고 해서 주왕산이라 불리게 되었다고 한다.

주왕산에 대한 여헌의 언급을 통해 여헌이 이번 유람에서 주왕산을 두루 감상하지는 못했지만 산의 대강을 파악했다는 것을 알 수 있는데, 그는 「주왕산록」에서 산의 여러 바위들을 집중적으로 조명하고 있다.

나는 이번 길에 비록 두루 감상할 수는 없었으나, 산의 대강은 파악할 수 있었다. 가장 기이하게 여긴 것은 여러 바위들이다. 서쪽 골짝에 있는 바위가 더욱 기이하였다. 이날 눈으로 본 것을 기록한다면, 동구에서부터 길이 다한 곳에 이르기까지 오 리쯤 되는 양쪽 기슭이 모두 바위였는데, 서로 포개어지지 않으면서 아래 바위 뿌리로부터 위 바위 모서리까지 그 높이가 몇 장丈인지 알 수 없이 곧바로 하나의 바위로 수미일관하였다. 그 가운데 작은 시냇물이 있고, 시내를 따라서 작은 오솔길이 있는데, 오솔길에서는 흙을 밟지 않고 돌을 껑충껑충 밟으면서 걸어갔다. 돌은 시내의 좌우에 깔려 있으면서 혹은 높기도 하고 혹은 낮기도 하고,

혹은 거대하기도 하고 혹은 아주 작기도 하며, 혹은 종으로 누워 있고 혹은 횡으로 누워 있기도 하며, 혹은 기울어 있기도 하고 혹은 평탄하기도 하다. 건강한 각력脚力이 아니라면 필시 늘 접질리고 말 것이다.[68]

이 글은 온갖 바위의 형상을 통해 주왕산의 면모를 하나하나 그려내고 있다. 한 폭의 동양화처럼 부분으로 전체를, 여백으로 실체를 드러내듯이 말이다. 다시 여헌이 부암 부근의 바위에 대해 더욱 자세히 묘사하는 부분을 눈여겨보자. 그는 「주왕산록」에서 유람 과정이나 주변 풍광을 거의 언급하지 않고 오로지 바위들만 묘사하였는데, 송나라의 미불米芾이 길을 가다가 기이한 바위를 보면 문득 절하며 '석장石丈, 돌어른'이라 부른 것보다 더하면 더했지 모자라지 않은 듯하다.

혹은 네모나기도 하고 혹은 둥글기도 하며, 혹은 오그라들어 있기도 하고 혹은 삐죽 나와 있기도 하다. 혹은 좌우로 상대하여 마치 공읍拱揖하는 사람이 그러하듯 하며, 혹은 피차가 자만하여 마치 누가 크고 우람한지 다투는 듯이 한다. 혹은 부부 사이처럼 서로 짝을 맞춘 것도 있고, 혹은 형제처럼 서열을 이룬 것도 있으며, 혹은 원수 사이라서 서로 등을 돌린 것도 있고, 혹은 붕우 사이라서 친근하게 가까이 있는 것도 있다.
혹은 바위 하나가 우뚝하게 있고 뭇 바위들이 모두 몸을 숙여 군주나 스승을 존경하여 우러러 받들기라도 하는 듯하다. 낮게 엎어져서 눌려 있는 것은 신하와 첩과 같다. 동쪽 벼랑의 바위가 서쪽 벼랑에 연결되지 않고 서쪽 벼랑의 바위가 동쪽 벼랑에 이어지지 않는 것은 마치 문호를 나누고 군진을 따로 해서 율법상 서로 뒤섞일 수 없는 듯하다. 혹은 엄연하고 장엄하여 똑바로 서서 기우뚱하지 않은 것은 마치 대인정사大人正士를 범접할 수 없는 듯하다. 혹은 궤이詭異하고, 혹은 기괴해서 모양을 본뜨거나 형용할 수 없는 것은 마치 이도異道 좌학左學이 우리 윤리를 배반하는 것과 같다. 혹은 마치 갑옷과 투구 입은 무사가 절하지 않음을 예법으로 삼는 듯하다. 혹은 마치 용감하고 맹렬한 장수가 살벌함을 자기 본령으로 여겨 마음대로 하는 듯하다. 혹은 상고시대의 성인이 소박하고 간략한 세상에 생존하여 도로써 천지를 하나로 삼아 성정을 드러내지 않는 것 같다. 혹은 마치 말세의 경박한 사람이 재예를 믿어 교만하게 자신을 과시하는 것 같다. 혹은 임학林壑에 숨어 자신의 행사를 고상하게 하는 자가 있다. 혹은 암혈로 도망하여 숨어서 마치 남이 자신을 더럽히기라도 하듯이 여기는 자가 있다. 혹은 정도에서 어그러져 패려궂어서 별나게 구는 자가 있다. 혹은 남에게 빌붙어서 중인에게 뇌동하는 자가 있다. 혹은 작아서 큰 것을 따르는 자가 있다. 혹은 뒤에 있어서 앞의 것을 따르는 자가 있다. 두각을 움츠려 감춘 자는 마치 시세時勢를 두려워해서 겁내는 것이 있는 듯하다. 모서리를 훌쩍 드러낸 자는 마치 세상의 어지럼에 대해 분해하고 노여워하는 것이 있는 듯하다. 이것이 그 대략일 따름이다. 자세하게 묘사할 수가 없다.[69]

이처럼 여헌이 주왕산의 바위란 바위는 다 불러 일으켜 세워서 우리에게 소개하는 이유는 무엇일까. 다른 사람은 바위에는 전혀 신경을 쓰지 않기 때문에 더욱 눈길을 끈다. 예컨대 작자 미상의 규방가사 「주왕산유람가周王山遊覽歌」에는 '청송의 주왕산은 조선팔경의 하나로 경북의 자랑이요 청송의 행복이라'고 소개하고 나서, 주왕산 유람을 떠나 백련암·대전사·연화봉·옥녀봉·가향루·주왕암·주왕굴·청학동·내용추 등을 차례로 둘러보고 그 형승과 감회를 그리듯이 묘사한 것을 보아도 더욱 그러하다.

무슨 이유로 여헌은 우리에게 바위를 보여주는가. 그가 바위를 묘사 설명하는 것을 보면, 처음에 객관적으로 나아가다가 사람의 사업에 비의한 글을 보면 어느 정도 짐작할 수는 있다. 예를 들면 그 많은 바위들은 군주나 스승, 신하와 첩, 문호나 군진, 대인정사大人正士 등이며, 이도 좌학이 우리 윤리를 배반하는 것이며, 무사가 절하지 않음을 예법으로 삼는 것이며, 장수가 살벌함을 자기 본령으로 여겨 마음대로 하는 것 등등일 것이다.

그렇다면 여헌이 주왕산에서 본 바위는 무엇이란 말인가. 그가 우리에게 소개한 바위는 주왕산의 바위이겠는가, 여헌이 스스로 가슴을 열어 보여준 바위이겠는가. 그의 의도가 무엇이든지 나는 여헌의 가슴에 바위가 있다고 믿는다.

---

66) 장현광(張顯光), 『여헌집(旅軒集)』, "山之高不爲最也, 而山之名則著焉, 以其有古跡."
67) 장현광(張顯光), 『여헌집(旅軒集)』, "非特以古跡, 爲其巖奇水潔, 似是羽人棲息之地也."
68) 장현광(張顯光), 『여헌집(旅軒集)』, "余於是行, 雖未能徧賞, 然山之大槪, 則已得以領略焉, 最所奇者, 諸巖也, 巖之在西洞者益奇. 試以是日所目者記之, 則自洞口至路窮處, 可五里兩岸皆巖, 而不相疊累, 下自巖根, 上至巖角, 不知其幾丈, 而直一石以首尾焉. 中有小溪水, 從溪有微逕, 逕不履土, 躡石而步. 石布溪左右, 或高或低, 或巨或小, 或縱或橫, 或側或夷, 非健脚力, 必常蹉跌."
69) 장현광(張顯光), 『여헌집(旅軒集)』, "或方或圓, 或縮或突, 或左右相對, 有若拱揖者然, 或彼此相高, 有若爭爲長雄者然, 或配合之如夫婦者, 或序次之如兄弟者, 或若仇讎焉相背之, 或若朋友焉相親之. 或一巖巍然, 衆巖俱低, 則其尊仰敬奉之者, 君師如也. 其卑傲壓倒之者, 臣妾如也. 東厓之巖, 不連於西厓, 西厓之巖, 不屬於東厓者, 有似乎分門別陣法, 不得相混也. 或儼然莊然, 中立不倚者, 有若大人正士之不可犯也, 或爲詭爲怪, 不可貌象者, 有若異道左學之反吾倫也. 或若介胄之士, 以不拜爲禮者焉. 或若梟熊之將, 以殺伐爲心者焉, 或若上古聖人, 生在朴略之世, 道一天地, 不露性情者然. 或若末世浮薄之人, 負藝恃才, 驕傲自恃者然, 有或如偃蹇林壑, 高尙其事者也. 有或如逃遁巖穴, 若將浼吾者也. 或有乖戾而自異者焉, 或有依附而衆同者焉, 或有小從於大者, 或有後隨於前者, 藏縮頭角者, 如有所畏怯於時勢者也. 暴露稜隅者, 如有所憤怒於世亂者也. 此其大略耳, 不可具狀矣."

주왕산 147

한라산 漢拏山

나는 한때 지나온 세월을 관조하며 보내던 때가 있었다. 몇 해 전 봄에 보잘것없는 나를 조금이라도 더 가르쳐주려 하시던 선생님이 멀리 가시더니, 그해 연말 즈음에 모친마저 갑자기 이 세상을 떠나셨다. 그때마다 크게 실성한 듯 울다가, 머릿속이 명징한 듯 눈물이 뚝 그치기도 했다. 죽음이란 무엇일까. 나를 포함한 일체의 사물이 공空이라도 현실의 삶은 끈질기므로 무시할 수 없단 말인가. 친친親親[70]이므로 더 슬프고, 존존尊尊[71]이므로 덜 슬픈 것인가. 아니면 존존이라 더 슬프고, 친친이라 덜 슬픈 것인가. 모두 다 슬픈 것인가. 즉물卽物하는 대상에 슬픔이 표출되어야 더 슬픈 것인가, 아닌가.

나는 나 또는 객관적 환경[쳅]으로부터 자유로울 수 없단 말인가. 그러다가 생뚱맞게 사람의 목숨을 무게로 달면 얼마나 될까를 문헌에서 찾아보았다. 도가道家의 표현을 빌리자면 정확히 사람의 목숨은 384수銖(1냥의 1/24)라고 한다. 그중에서 하늘로부터 받은 것은 360수이고, 부모로부터 받은 것은 24수이다. 『성명규지性命

『圭旨』에는 '이렇게 하여 하늘과 땅의 바른 기운 360수를 훔치고 원래 태어날 때 부모로부터 받았던 기운 24수를 합하여 384수를 얻어서 하늘의 궤도를 완전히 한 바퀴 도는 우주의 운행 변화와 같은 원리를 이루니 한 근斤(16냥)이 되는 셈이다'[72]라고 되어 있다.

인간이란 처음부터 공적 영역보다 사적 영역이 매우 적음을 알 수 있다. 이런 도가의 입장을 따를 필요는 없겠지만 사람이 공적 영역에 단단히 묶여 있음은 재론할 필요가 없으리라. 그러나 누가 이 의미를 제대로 알고 있겠는가.

면암勉菴 최익현崔益鉉, 1833~1906은 우리가 익히 아는 구한말의 애국지사이다.[73] 그는 1875년(고종 12) 3월 27일에 한라산을 유람하고 나서 「유한라산기遊漢拏山記」를 남겼다. 이 산행은 사인士人 이기남李琦南의 안내를 받으면서 어른 10여 명이 종 5명이 함께하였다. 면암이 한라산을 유람하게 된 이유는, 바로 2년 전인 1873년(고종 10) 겨울에 유배되어 와 지내면서 천하의 명승인 한라산을 구경한 이가 너무 적다는 사실을 알고 언젠가는 한번 유람해보자고 결심했기 때문이었다. 특히 면암은 섬사람들이 한라산 탐방이 쉽지 않다고 다음과 같이 설명하자 더욱 가보고자 하였다.

이 산은 사백 리에 둘러 있고 하늘에 닿을 듯 높이 솟아서 오월에도 눈이 녹지 않습니다. 뿐만 아니라 그 정상에 있는 백록담白鹿潭은 여러 선녀들이 하늘에서 내려와 노는 곳으로 아무리 맑은 날이라 할지라도 항시 흰 구름이 서려 있습니다. 이곳이 바로 세상에서 영주산瀛洲山이라 일컫는 곳으로 삼신산三神山의 하나에 들어가니 어찌 범상한 사람들이 용이하게 구경할 수 있겠습니까.[74]

한라산은 제주도 중앙에 솟아 있는 높이 1,950미터의 화산으로, 예로부터 부악釜嶽·원산圓山·진산鎭山·선산仙山·두무악頭無嶽·영주산瀛洲山·부라산孚羅山·혈망봉穴望峯·여장군女將軍 등 많은 이름으로 불렸다. 이 산은 제주도의 전역을 차지하며, 동심원상의 등고선을 나타내는 순상화산楯狀火山에 속한다. 또한 약 360개의 측화산側火山과 정상부의 백록담, 해안지대의 폭포와 주상절리柱狀節理 등의 화산지형과 난대성 기후의 희귀식물 및 고도에 따른 식생대植生帶의 변화 등 남국적 정취를 짙게 풍기고 있다.

예로부터 제주도 사람들은 이런 특이한 환경에 대해 자부심이 대단하였다. 그래서 유배 온 면암에게 한라산에 대해 장광설을 떠벌렸다. 면암은 은근히 짜증도 나고 한편으로 호기심도 생겼다. 그들의 말을 정리하면 다음과 같다. 우선 산이 지극히 높아 하늘의 은하수를 잡아당길 만해서 한라산이다. 둘째, 이 산은 욕심이 많은 성품인데, 그해 농사의 풍년과 흉년을 관장官長의 청탁淸濁을 살펴보면 알 수 있으며, 외래의 선박이 여기에 정박하면 모두 패하여 돌아가는 탐산貪山이다. 셋째, 이 산의 형국이 동쪽은 말, 남쪽은 부처, 서쪽은 곡식, 북쪽은 사람의 모습을 하고 있다.

이때 면암은 제주도로 귀양 온 신세로 마음은 울울했지만 소일거리도 많지 않아 한라산을 두고 이리저리 생각에 잠겼다. 그래서 형국설形局說만이 가장 근사치에 가까운 것으로 결론을 냈던 터이다. 산세는 마치 달리는 듯한 것이 말과 비슷하고, 깎아지른 바위는 두 손을 부여잡고 예를 표하는 모습이 부처와 비슷하다. 또 평평하고 툭 터진 곳은 곡식과 비슷하고, 북을 향해 껴안은 듯한 산세는 사람과 비슷하다. 그러므로 말은 동쪽에서 생산되고 불당佛堂은 남쪽에 모였으며, 곡식은 서쪽이 잘 되고 인걸人傑은 북쪽에 많을 뿐만 아니라 나라에 대한 충성심도 각별하다.

더욱 마음에 드는 점은 이 섬이 협소한 외딴 섬이지만 바다를 버티는 지주이고 우리나라의 수구水□로 외적들이 감히 엿볼 수가 없다. 그리고 산과 바다에서 생산되는 진귀한 물품은 임금에게 바쳐지고 있다. 공경대부와 섬 주민들은 이곳에서 나는 것으로 자급자족하고 있다.

면암은 한라산이 바로 세상에서 영주산瀛洲山이라 일컫는 곳으로 삼신산三神山의 하나에 들어가며, 더군다나 범상한 사람들은 쉽게 구경할 수 없다는 주민들의 주장을 별로 심각하게 듣지 않았다. 그가 누구인가. 철저한 성리학자로 국가의 운명이 풍전등화風前燈火에 처해 자나 깨나 경국제세經國濟世에 골몰해도 시간이 부족하지 않았던가. 어찌 저런 허무맹랑한 말에 마음을 두겠는가. 그에게 제주도는 그 이택利澤과 공리功利를 백성과 나라에 주고 있다는 점이 큰 매력으로 다가왔다. 그러던 차에 특별한 은전으로 귀양에서 풀려나자 평소의 결심대로 한라산을 유람하게 되었던 것이다. 이제 일행이 어떻게 움직였는가를 살펴보자.

일행이 남문南門을 출발하여 십여 리쯤 가니 길가에 개울이 하나 있는데, 한라산 북쪽 기슭에서 흘러내리는 물들이 모여서 바다로 들어가는 것이다. 드디어 언덕 위에 말을 세우고 벼랑을 의지하여 수십 보를 내려가니, 양쪽 가에 푸른 암벽이 깎아지른 듯이 서 있고 그 가운데에 큰 돌이 문 모양으로 걸쳐 있는데, 그 길이와 너비는 수십 인을 수용할 만하며, 높이도 두 길은 되어 보였다. 그 양쪽 암벽에는 '방선문등영구訪仙門登瀛丘'라는 여섯 자가 새겨져 있고 또 옛사람들의 제품題品들이 있었는데 바로 한라산 십경十景 중의 하나이다. 그리고 문 안팎과 위아래에는 맑은 모래와 흰 돌들이 잘 연마되어 그 윤기가 사람의 눈을 부시게 하였고, 수단화水團花와 철쭉꽃이 열을 지어 좌우로 심어져 있는데 바야흐로 꽃봉오리가 탐스럽게 피어나고 있으니, 역시 비할 데 없는 기이한 풍경이다. 한참 동안 풍경에 취해 두리번거리며 조금도 움직일 뜻이 없었다.[75]

일행 15여 명은 남문에서 출발하였다. 십여 리쯤 가서 언덕 아래 암벽에 새겨져 있는 '방선문등영구'라는 6자를 구경했는데, 바로 한라산 10경 중의 하나였다. 주변에는 맑은 모래와 흰 돌들이 있고, 수단화와 철쭉꽃이 열을 지어 좌우로 심어져 있었다. 실상 한라산은 산 밑에서 정상에 이르는 경치 중에서 유독 눈에 띄는 것이 지천으로 널린 꽃들이리라. 면암은 10경 중의 하나만 보고도 벌써 다른 곳으로 갈 마음이 일지 않을 정도였다. 다시 동쪽으로 십여 리를 가서 죽성竹城 마을에 머물렀다.

다음 날 날씨가 흐리자 대부분 사람들이 다음을 기약하자고 하였다. 그러나 면암은 홍조紅潮를 마시고 길을 재촉하여 5리쯤 지나 중산中山에 도착하였다. 이곳은 대개 관원들이 산을 오를 적에 말에서 내려 가마로 갈아타는 곳이었다. 이때 날씨가 좋아져 길을 잡는데, 한 줄기 작은 길로 20리쯤 가고, 다시 20리쯤 더 가니 상봉上峯이 언뜻언뜻 보이기 시작하였다. 주위는 의연히 속세를 잊고 홍진을 벗어난 곳이었다.

얼마 후 검은 안개가 컴컴하게 몰려오더니 서쪽에서 동쪽으로 산등성이를 휘감았다. 나는 괴이하게 여겼지만, 이곳에까지 와서 한라산의 진면목을 보지 못한다면 이는 바로 구인九仞의 공이 한 삼태기에서 무너지는 꼴이 되므로, 섬사람들의 웃음거리가 되지 않을까 하는 생각이 들어서 마음을 굳게 먹고 곧장 수백 보를 전진해 가서 북쪽 가의 오목한 곳에 당도하여 상봉上峯을 바라보았다. 여기에 이르러서 갑자기 중앙이 움푹 팬 구덩이를 이루었는데 이

것이 바로 백록담이었다. 주위가 일 리를 넘고 수면이 담담한데 반은 물이고 반은 얼음이었다. 그리고 홍수나 가뭄에도 물이 줄거나 불지 않는데, 얕은 곳은 무릎에 깊은 곳은 허리에 찼으며 맑고 깨끗하여 조금의 먼지 기운도 없으니 은연히 신선이 사는 듯하였다. 사방을 둘러싼 산각山角들도 높고 낮음이 모두 균등하였으니 참으로 천부天府의 성곽이었다.

석벽에 매달려 내려가서 백록담을 따라 남쪽으로 가다가 털썩 주저앉아 잠깐 휴식을 취하였다. 일행은 모두 지쳐서 남은 힘이 없었지만, 서쪽을 향해 있는 가장 높은 봉우리가 절정이었으므로 조심스럽게 조금씩 올라갔다. 그러나 따라오는 자는 겨우 삼 인뿐이었다. 이 봉우리는 평평하게 퍼지고 넓어서 그리 까마득하게 보이지는 않았지만, 위로는 별자리를 핍박하고 아래로는 세상을 굽어보며, 좌로는 부상扶桑을 돌아보고 우로는 서양을 접했으며, 남으로는 소주蘇州·항주杭州를 가리키고 북으로는 내륙內陸을 끌어당기고 있었다. 그리고 옹기종기 널려 있는 섬들이 큰 것은 구름만 하고 작은 것은 달걀만 하는 등 놀랍고 괴이한 것들이 천태만상이었다.[76]

한라산은 날씨 변화가 많은 곳이다. 금방 사방이 컴컴해지자 사람들은 이번 한라산 등정이 어려울 것이라고 지레짐작하였다. 그러나 면암이 어떤 사람인가. 이곳에까지 와서 한라산의 진면목을 보지 못한다면 이는 바로 구인의 공이 한 삼태기에서 무너지는 꼴이라고 생각하고 일행을 독려하여 곧장 수백 보를 전진해 백록담에 이르렀다. 백록담은 주위가 1리를 넘는데, 수면은 고요하면서 반은 물이고 반은 얼음이었다. 또한 백록담의 저수량은 풍부하여 홍수나 가뭄에도 물이 줄거나 불지 않는다고 한다. 얕은 곳은 무릎 정도이고, 깊은 곳은 허리 정도에 오며, 맑고 깨끗하여 속세의 기운이라고는 보이지 않았다.

백록담은 한라산 산정에 있는 호수로 한라산의 화산작용으로 형성된 화구호火口湖이다. 화산작용이 멈춘 뒤 화구가 막히고 물이 고여 백록담이 생긴 것이다. 성산 일출봉 정상에는 화구호는 없이 우묵한 구화구만을 볼 수 있고, 폭렬화구였던 산굼부리에도 화구호는 없다.

백록담을 둘러싼 산각山角은 높낮이가 모두 균등하여 천부天府의 성곽을 이루었다. 일행은 백록담을 따라 남쪽으로 가다가 잠깐 휴식을 하고, 모두 지친 몸으로 서쪽에 있는 가장 높은 봉우리를 올라갔다. 이곳을 따라온 사람은 겨우 세 명뿐이었다. 이 봉우리에서 바다를 바라보는데 옹기종기 널려 있는 섬들이 큰 것은 구름만 하고 작은 것은 달걀만 하였다.

북쪽 1리 거리에 혈망봉에 전인들이 이름을 새겨 놓은 것이 있으나 해가 기울어 보기 어려워 면암은 다음을 기약하였다. 25리쯤 내려오자 이미 황혼에 접어들고, 10리를 더 가 영실瀛室에 도착했는데, 높은 봉우리와 깊은 골짜기에 늘어선 괴석들이 모두가 부처의 형태였다. 바로 천불암千佛巖 또는 오백장군五百將軍이라 불리는 곳이다. 20리를 지나 서동西洞의 입구에 도착하여 식사하고 성으로 들어갔다. 이렇게 면암은 1박 2일의 한라산 여정을 끝냈다. 이번 한라산 여정을 끝으로 면암은 20년을 침묵하였다.

70) 친족을 친애하는 것. 즉 사적 논리가 적용되는 것을 말한다.

71) 존귀한 신분을 존중하는 것. 즉 공적 논리가 적용되는 것을 말한다.

72) 『성명규지(性命圭旨)』「사생설(死生說)」, "盜天地三百六十銖之正氣, 原父母二十四銖之祖氣. 共得三百八十四銖. 以全周天之造化. 而爲一斤之數也."

73) 최익현은 자가 찬겸(贊謙), 호는 면암(勉菴)으로 포천 출신이다. 어려서부터 이항로(李恒老)의 문하에서 성리학을 습득하고, 벼슬은 승문원부정자·성균관직강·호조참판 등을 거쳤다. 성적이 개결하고 강직하여 자주 상소를 올려 직언(直言)하였는데, 1873년에는 「계유상소(癸酉上疏)」로 3년간 제주도로 유배를 갔다. 유배에 풀려난 뒤 1895년 을미사변이 일어날 때까지 20년 동안 침묵을 지켰다. 1895년 을미사변 이후에 항일척사운동에 앞장섰는데, 1905년 을사조약이 체결되자 조약의 무효와 을사오적을 처단할 것을 주장하였다. 이 사건을 계기로 위정척사운동은 무력적인 항일의병운동으로 전환되었다. 1906년 면암은 나이 74세에도 불구하고 전라도 태안에서 의병을 일으켰으나 뜻을 이루지 못하고 일본 대마도 옥사에서 순국하였다.

74) 최익현(崔益鉉), 『면암집(勉菴集)』, "玆山蟠根四百里, 高距天才尺, 五月雪尙不消. 最上白鹿潭, 乃群仙降遊之地, 雖當晴晝, 白雲恒坌集. 世所稱瀛州, 而備數於三山之一者也, 豈常調凡人所可容易遊覽也?"

75) 최익현(崔益鉉), 『면암집(勉菴集)』, "出自南門, 行十里許, 途傍有一溪, 漢拏北麓之水, 於此會注而入海. 遂立馬岸上, 緣崖下數十步, 兩邊蒼壁削立, 當中有石橫跨作門形, 長廣容數十人, 高可二丈. 夾刻訪仙門及登瀛丘六字, 亦有前人題品, 卽十景之一門. 內外上下, 淸沙白石, 磨礱潤澤, 眩人眼目, 水團蹲踞, 列植左右, 方蓓蕾半茸, 亦甚奇絶. 盤桓少頃, 殊無歸志."

76) 최익현(崔益鉉), 『면암집(勉菴集)』, "俄爾黑霧一抹, 疾馳晦冥, 自西而東, 匝繞山面. 心竊怪以爲旣至此, 不見眞面, 政所謂九仞虧於一簣, 得不爲島人所笑乎, 信心行數百步, 當北邊凹缺處俯瞰, 上峯至此忽然中坼, 洿下成坎, 卽所謂白鹿潭也. 周可里餘, 止面淡淡, 半水半氷, 水旱無盈縮, 淺處可揭, 深處可厲, 淸明潔淨, 不涉一毫塵埃氣, 隱若有仙人種子. 四圍山角, 高低等均, 眞天府城郭. 懸壁而下, 循潭而南, 頹坐少憩. 一行立漸盡無餘力, 向西最高者, 是爲絶頂, 乃寸進, 脅息而登. 從者才三人. 平舖寬曠, 不甚眩視, 上逼象緯, 下俯人境, 左顧扶桑, 右接西洋, 南指蘇杭, 北控內陸. 點點島嶼, 大如雲片, 小如鷄卵, 驚怪萬狀."

오관산 五冠山

읍취헌挹翠軒 박은朴誾. 1479~1504은 1502년(연산군 8)에 용재容齋 이행李荇, 승려 혜침惠忱과 함께 천마산天磨山과 그 부근 지역을 유람하였다. 『신증동국여지승람』 개성開城 조에는 천마산이 경기도 개풍군開豊郡 영북면嶺北面과 영남면嶺男面 사이에 위치하고 있다고 하고, 여러 봉우리가 높이 하늘에 솟아 멀리서 바라보면 푸른 기운이 엉겼기 때문에 천마라 부른다고 기록되어 있다. 읍취헌은 천마산을 가는 길에 오관산도 들렀다. 오관산은 『신증동국여지승람』 장단長湍 조에 경기도 개풍군 영남면에 있다고 하고, '오관五冠'은 산꼭대기에 작은 봉우리 다섯이 둥그렇게 '관冠, 갓'처럼 생겨서 붙여진 이름이라고 나와 있다.

그런데 기록을 보면 옛사람들이 오관산을 오른 이유가 산 자체보다는 오히려 영통사靈通寺를 보고자 했던 것으로 여겨진다. 영통사는 오관산 기슭의 영통동에 있는 사찰로서 1027년(고려 현종 18)에 창건하였다. 1036년(정종 2)에 왕자들의 출가하는 법을 제정한 뒤 이 절에 계단戒壇을 설치하고 불경과 율법을 익히는 한편 시험

을 치르는 장소로 삼았다. 의천義天. 1055~1101은 1065년(문종 19)에 이 절에서 출가하였고, 그의 입적 후인 1125년(인종 3)에 김부식金富軾. 1075~1151이 지은 그의 비명碑銘이 이 절에 건립되었다. 5층 석탑도 문화재로 남아 있다. 고려 왕실에서는 이 절을 매우 중시했던 듯하다. 인종을 비롯하여 여러 왕이 자주 이 절에 와서 분향하였고, 이 절과 인연이 깊은 왕들의 진영眞影. 초상화을 모신 진영각도 있었다. 특히 인종은 1146년(인종 24)에 화엄회華嚴會. 화엄경을 연구하는 모임를 열게 하여 친히 쓴 불소佛疏. 불경이론를 신하들 앞에서 강의하기도 하였다. 이렇게 고려 왕실과 밀접한 관계에 있던 이 절은 고려 왕조의 멸망과 함께 쇠퇴하였고, 16세기 무렵에는 화재로 소실되었다가 2005년에 남북의 노력으로 복원되었다.

이제 읍취헌을 따라 오관산을 유람해보자. 읍취헌은 「유천마산록遊天磨山錄」에 다음과 같이 기록하고 있다. "3월 4일에 금장굴金藏窟에서 칠팔 리쯤 가자 폭우가 쏟아져 초가집으로 들어갔다. 조금 쉬고 나니 비가 그쳐, 영통사에 다다랐다. 이 절은 송도의 큰절로서 웅장하고 아름답기 짝이 없는데, 지금은 남아 있는 것이 절반도 안 된다." 읍취헌은 1502년 3월 4일 영통사에 도착하였다.

동쪽에는 의천승통비義天僧統碑가 있는데, 김부식이 짓고 공부시랑 오언후吳彦侯가 쓴 것이다. 뜰에는 삼층탑이 서 있고, 작약 몇 떨기는 가지 끝에 막 꽃망울이 터졌고, 백단白檀 여덟 아홉 그루는 창연히 직립해 있어 바람만 불면 노래를 한다. 서루西樓에는 여러 공들의 시판詩板이 걸려 있고, 화답한 시는 벽에 가득한데 승려 월창月窓·천봉千峰의 시만 보이지 않았다. 절은 오관산 아래 있는데 천마天磨·원적圓寂 등 여러 봉우리가 가까운 곳에 바라보인다. 긴 뫼, 짧은 벼랑이 끊이지 않고 둘러싸고 있고, 바위 사이로 맑은 끌이 내달으니 떨어져서는 여울과 폭포가 된다. 종종 시냇가에 앉거나 누울 수가 있다. 예전에 백사정白沙亭이 있어 영통사에 놀러 온 자는 반드시 이곳을 들렀는데 지금은 잡초만을 볼 뿐이다. 아래에는 바위가 있는데 매우 넓어 사람 백 명이 앉을 수 있다. 이름은 차일암遮日岩이다. 아마도 예전 천막을 펼쳤던 곳이리라!

가느다란 물줄기가 두 바위 사이를 지나는데 매우 맑아 고기들이 활발하게 움직인다. 손으로 휘저어도 놀라지 않으니 우리들의 기심機心이 이미 없음을 알게 되었다. 난정고사蘭亭故事에 따라 술잔을 띄워, 술을 마시고 시를 지으니 시를 짓지 못하는 자는 벌을 받는다. 혜침은 계율 때문에 술을 마시지 못하니 차로 대신하였다. 바위 아래에는 퇴락한 섬돌이 있는데 세상에 전하기로는 삼토교三土橋 자리라고 한다. 예전 송악松岳, 개성을 도읍으로 할 적에 이것을 쌓아 산맥에 접했다고 한다.

밤에 이곳에 있는 승려들과 담소하였는데 혹 서로 베고 눕기도 하고, 혹 장난을 하기도 하여 한갓 자리만 다툰 정도가 아니었다. 오관산은 효자 문충文忠이 살던 곳으로 지금 악보에 오관산곡五冠山曲이 있다. 대저 영통사의 수석水石의 아름다움은 장어사藏魚寺와 우열을 다투기 어려울 정도이다.[77]

읍취헌은 영통사에 도착하여 슬픈 마음은 뒤로 하고 남은 유적을 꼼꼼히 살펴보았다. 의천승통비, 삼층탑, 서루의 시판 등등. 그리고 산봉우리와 시냇가의 차일암 주위를 둘러보았다.

한동안 시간을 보내노라니 점차 읍취헌은 마음이 편해지며 고요해짐을 알았다. 저기 맑은 물줄기가 두 바위 사이를 흘러내려 고기들이 활발하게 움직이는 모습이 선명하다. 이에 손으로 물을 휘저어본다. 사람이 물고기를 잡으려는 욕심이 이미 없기에 물고기는 태평하다. 그렇다. 읍취헌은 '나는 나이고, 물고기는 물고기'일 뿐이란 사실에 희열을 느꼈다. 바로 온 우주만물이 즐거워한 것이다.

읍취헌은 그 맑은 물에 난정고사대로 술잔을 띄워, 시도 짓고 술도 마셨다. 그중에 시를 짓지 못하는 자는 벌로 술을 먹었다. 승려 혜침은 계율 때문에 술을 사양하고 차를 마셨다.

누가 말하지 않았던가. 산 속의 밤은 일찍 내리고 더디 간다고. 그 밤에 승려들과 담소하였는데 혹 서로 베고 눕기도 하고, 혹 장난을 하기도 하였다. 오관산의 사람들은 이미 정화淨化이든 성화聖化이든 세속과는 다른 차원에 있었다.

사람이 산에 들어간다는 것은 초도를 넘어야 함을 말한다. 초도는 세상과 산을 경계 짓는 길이며 다리이다. 고려의 이규보李奎報는 시를 지어 이미 우리에게 보여주지 않았던가.

線路縈紆接翠微　길은 굽이굽이 파란 이내에 가린 산으로 이었는데
不煩問寺逐僧歸　절 길 물을 것 없이 중 따라 가네
到山才聽淸溪響　산에 이르자 들려오는 맑은 시냇물 울림
春破人間百是非　인간의 온갖 시비 짓찧어 없애네

파란 이내에 가린 그윽한 산자락으로 이어지는 길은 세속과는 다른 정화와 성화의 길이다.

읍취헌 역시 물고기를 보고 물고기를 알게 되고 나를 나로 깨닫게 되자 희열을 느꼈던 것이다. 온 우주만물이 즐거워함이다. 아울러 읍취헌은 오관산곡을 제시하

였다. 오관산곡은 이곳에 살았던 효자 문충이 지었다는 노래이다. 당시에 오관산곡은 악보로 남아 있었지만 그 내용은 자세히 알 수가 없었다. 다행히 익재益齋 이제현李齊賢, 1287~1367이 사詞로 남긴 것이 있다.

木頭調作小唐鷄　나무로 작은 당닭 한 마리 만들어

邸子拈來壁上棲　젓가락으로 찍어다가 벽 위에 올려 앉혔네

此鳥膠膠報時節　이 닭이 꼬끼오 꼬끼오 시간을 알리니

慈顔始似日平西　우리 어머니 얼굴 비로소 해가 서쪽에 평편한 것과 같아라

---

77) 박은(朴誾), 『읍취헌유고(挹翠軒遺稿)』, "東有義天僧統碑, 金富軾所撰, 工部侍郞吳彦侯所書. 庭中立三塔, 芍藥數叢, 梢頭繭, 栗白檀八九株, 蒼然直立, 尙含風籟. 西樓釘諸公詩板, 和者滿壁, 獨月窓 · 千峰詩不可見. 寺在五冠山之下, 而天磨 · 圓寂數峰, 望若咫尺. 長崔短崖, 環繞不絶, 石溪淸駃, 落爲湍瀑, 涵爲淵潭. 往往可坐溪邊. 舊有白沙亭, 遊靈通者, 必於此, 今唯見蔓草耳. 下有岩, 廣可坐百人, 名遮日岩. 豈昔日張輙之所耶? 細流潟雨石間, 極澄澈, 游魚潑渤, 以手擾之亦不驚, 始信吾輩機械已盡也. 依蘭亭故事, 爲流觴之飮, 盃行詩, 不及成者罰. 忱持戒不飮, 屬以茗. 岩下有頹砌, 俗傳三土橋基也. 都松岳時, 築此以接山脈云, 夜與居僧談笑, 或相忱籍, 或時戲侮, 非但爭席而已. 五冠山孝子文忠所居, 今樂譜有五冠山曲, 大抵靈通水石之勝, 與藏魚可伯仲間."

금강산 金剛山 · 1

금강산은 유라시아 대륙이 태평양과 마주치면서 만들어낸 아름다운 산이다. 일만 이천 봉우리가 기기묘묘한 자태를 뽐내면서 강원도 일대의 3개 군에 걸쳐 있고, 1,638미터의 비로봉을 중심으로 함께 솟아 동해바다로 이어진다. 『신증동국여지승람』에는 금강산에 대해 다음과 같이 설명하고 있다. "금강산은 1) 금강金剛 2) 개골皆骨 3) 열반涅槃 4) 풍악楓嶽 5) 지달枳怛이라 한다. 무릇 일만 이천 봉우리의 바위산이 뼈대를 세우며 동쪽 푸른 바다로 이어지고 있다. 삼나무와 전나무가 하늘을 찌를 듯하여 바라보면 그림 같은데 내외산에 108개의 절이 있고 그중의 이름난 절은 표훈表訓, 정양正陽, 장안長安, 마하연, 보덕굴, 유점사楡岾寺이다."

담헌澹軒 이하곤李夏坤, 1677~1742은 1714년(숙종 40)에 고향 진천鎭川을 출발하여 강원도 금강산 일대를 유람하였다. 그때 견문한 사실은 그의 문집인 『두타초頭陀草』에 「동유록東遊錄」으로 남아 있다. 이하곤이 금강산을 유람했던 여정과 중요한 사항을 대략 열거하면 다음과 같다.

1714년 3월 19일, 고향 진천을 출발하여 음성의 삼승촌三升村에 도착하였다. 20일 백운산白雲山에서 유숙. 21일 원주. 24일 춘천에 체류. 일암역一巖驛, 무진강毋津江. 25일 화악산華嶽山 백운계白雲溪에 있는 유지당有知堂과 부지암不知庵을 방문. 부지암에 있는 매월당 김시습의 화상畫像을 감상. 26일 맹남촌孟男村, 학령鶴嶺, 잠곡촌蠶谷村, 삼직三直. 27일 금화관金化館, 원통암圓通庵, 근민당近民堂.

4월 1일 백탑동百塔洞, 명경대明鏡臺, 영원암靈源庵, 옥경담玉鏡潭, 백천동百川洞. 3일 삼불암三佛巖, 백화암白華庵, 표훈사表訓寺. 4일 안양암安養庵, 천관암天官庵, 삼일암三一庵. 5일 쌍훈사雙勳寺, 만폭동萬瀑洞, 금강대金剛臺, 수미암須彌庵, 원통동圓通洞. 6일 정양사正陽寺. 7일 삼일암, 표훈사表訓寺, 진주담眞珠潭, 보덕굴普德窟. 8일 비로봉, 혈망봉穴望峰, 회양淮陽. 11일 이허대李許臺, 유점사楡岾寺. 12일 구연동九淵洞, 선담船潭. 15일 불정대(佛頂臺, 송림굴松林窟, 송림암松林庵, 칠송정七松亭, 해산정海山亭. 16일 대호정帶湖亭, 칠성암七星庵, 군옥대群玉臺. 17일 화전계花田溪, 폭포암瀑布庵, 발연사鉢淵寺, 신계사新溪寺. 18일 옹천甕遷, 운암역雲巖譯, 통천通川. 19일 총석정叢石亭. 22일 고성高城 해산정海山亭. (이후부터 기록이 빠짐)

「동유록」에는 여행지를 유람하면서 보고 들은 다양한 내용이 실려 있다. 예컨대 유물과 유적의 보존 상태와 그 작품에 대한 평가가 있고, 지명이나 유적에 얽힌 전설을 들은 대로 기록한 것도 있다. 또 지역 주민이 사용하는 지방 방언을 가능한 기재하고 있으며, 산수 자연 풍광과 계절의 변화에 따른 초목의 상태까지도 자세히 살피고 있다. 이제 몇 부분을 통해 그 구체적인 내용을 살펴보자.

시내 가운데의 돌에 종종 앉을 만한 곳이 있는데, 빛깔이 모두 맑고 사이에 흰빛이 났다. 지장암地藏庵을 지나 동북으로 가서 백천동에 들어가니 암벽이 기이하고 수려하며 시냇물이 맑고 깨끗하여 신사神思가 마구 일어났다. 걸음 사오 리에 큰 돌이 우뚝하되 위는 평평하고 넓어 수십 수백 인을 수용하고, 늙은 나무는 그늘지니 이것이 바로 명경대明鏡臺이다. 대를 지나 열 걸음에 못이 있는데, 넓이가 묘畝를 셀 수 있고, 형태가 바르고 둥글어서 마치 큰 거울을 펼친 것 같아 빛깔이 맑고 푸르러서 바닥이 보인다. 곁에 옥경담玉鏡潭 석 자가 새겨져 있다. 못 동쪽에 봉우리 하나가 평지에 우뚝 솟았으니 모양이 마치 검을 꽂아 놓은 것 같아 매우 기이하고 우람하였다. 신군申君이 여기에 이르자 이별을 고하고 표훈사를 향하였다.[78]

담헌은 여행 12일이 지난 4월 1일에 승려 재회載會와 함께 백탑동을 유람하고자 하였다. 백탑동은 대장봉大藏峰 아래 영원동靈源洞 북쪽으로, 장안사에서 약 사십 리 거리에 있다. 이곳은 깊고 험한 지역이라 가는 사람이 드물고 잘 알려지지 않았는데, 낭선군朗善君 간侃이 한번 들르자 드물게나마 찾는 사람이 생겼다고 한다. 여러 승려의 만류에도 불구하고 아침 일찍 보한재保閒齋의 팔세손 신식申軾과 함께 걸어서 만천교萬川橋를 방문하여 남여藍輿를 타고 시내를 거슬러 올라갔다. 지장암을 지나 백천동에 도착하고, 걸음을 더하여 명경대明鏡臺를 찾았다. 그리고 신식과 이별하였다. 여기서 우리는 양반의 산행에 대해 알아둘 것이 있다. 대개 양반의 산행이란 것이 걸어서 가는 법이 없고 승려들이 들어주는 남여를 타고 간다는 점이다. 당시 나라 전체에 불었던 금강산 유람 열기는 양반에게 '고상한' 취미였지만 승려에게는 위태롭고 힘든 노동이었던 것이다. 이를 증명하듯 4월 4일 기록에 "남여를 맨 승들이 십 보에 한 번 교대하고 땀이 비와 같이 흘렀으며 목구멍에서 톱을 끄는 소리가 났다. 갑자기 저들도 인간이란 생각이 들어 마음이 매우 슬프고 미안하였다. 드디어 남여에서 내려 지팡이를 짚고 나아갔다"라고 하였다.

내가 앉아 완상을 오래하고 나서 못 오른쪽으로 가자 폐성문廢城門이 매우 낮아서 구부려서야 들어갈 수 있었다. 세상에 전하기를 신라가 망한 뒤에 왕자가 이를 부끄럽게 여겨 도망하여 성을 쌓고 숨어 살았다고 하니, 바로 이 성이다. 남으로 꺾어 수 리를 가서 다시 돌아서 백탑동으로 가니 돌길이 매우 험하고 위태롭게 막혀서 거의 발을 디딜 수가 없었다. 늘어진 덩굴 큰 나무가 하늘을 찌르고 해를 가리며 기화요초가 땅을 따라 벌려 자라니 경계가 그윽하고 아득하고 기상이 웅장하여 멀리 성 밖과 더불어 짝할 수 없었다. (중략)
이 길부터 더욱 험해져서 남여를 내려 지팡이를 짚으니 산골 물을 덮은 뾰족한 바위들이 마치 머리를 주우며 나가는 것 같다. 산골 물은 깊고 바위는 험악해지자 바로 낭떠러지 곁을 인연하여 나무를 움켜지고 옆으로 가기를 원숭이 굴처럼 하며 낭떠러지에 이르러 우뚝 끊어진 곳에 이르렀다. 다시 산골 물길을 따라 이같이 수십 리를 가니 귀에 들리는 것은 물소리이고, 눈에 보이는 것은 돌이며, 모발과 호흡이 모두 변하여 초목과 구름 남기가 되었을 정도이다.[79]

담헌이 바위에 앉아 주변을 오래도록 완상하고 나서 못 오른쪽으로 나가니 매우 낮고 좁은 폐성문이 있었다. 문득 담헌은 이 성을 쌓고 살았다는 마의 태자는 무엇이 그리 부끄럽고 한탄하였을까라는 생각을 해보았으나 뾰족한 답은 찾기 어려웠다. 더 걸어가자 깊은 산골 물과 험한 바위가 시야를 차지하였다. 이미 각오한 길이지만 도대체 발 디딜 곳이 보이지 않아 서 있는 것조차 보통 일이 아니었다. 겨우 낭떠러지 곁의 나무를 움켜지고 옆으로 가니 우뚝 끊어진 곳에 이르렀다.

부지불식간에 담헌은 산천과 자신이 하나라는 사실을 받아들였다. 산골 물길을 따라 수십 리를 가니 들리는 것은 물소리, 보이는 것은 돌이었다. 담헌이 물소리를 듣고, 돌을 보는 순간에 자신은 그곳에 존재하지 않았다. 모발과 호흡은 변하여 초목과 구름 남기가 되었다. 이러한 물아일치는 이미 예정되어 있는 듯하였다. 그래서 당나라 시인 왕유王維도 「송재주이사군送梓州李使君」에서 "온 계곡에 우거진 나무가 하늘을 찌를 듯 솟아 있고, 온 산에는 두견새 소리가 울린다. 산 속에 밤새 비 내리니, 나뭇가지 끝마다 샘물이 겹쳐 흐른다"[80]라고 하였다. 과연 물아일치는 산행의 묘미였을까, 문학의 묘미였을까?

78) 이하곤(李夏坤), 『두타초(頭陀草)』, "溪中石往往有可坐處, 色皆青, 間有白礜. 歷地藏庵, 東北行入百川洞, 巖壁奇秀, 溪流澄澈, 已覺神思勃勃. 行三四里, 有大石隆然, 上平廣可容數十百人老樹蔭之, 是爲明鏡臺. 去臺數十步, 有潭廣可數畝, 形正圓如展大鏡, 色澄綠見底. 旁刻玉鏡潭三字. 潭東一峰拔地卓立, 狀若植劍, 甚奇偉. 申君至此告別向表訓."

79) 이하곤(李夏坤), 『두타초(頭陀草)』, "余坐玩良久, 乃從潭右行, 有廢城門甚庫, 僂而可入. 世傳新羅亡後, 有王子恥之, 逃隱築城以居, 卽此城也. 南折數里, 更迤而東, 磴路險甚, 崎金側塞, 幾不可足, 垂蘿巨木, 干霄蔽日, 奇花異卉, 遍地羅生, 境界幽邃, 氣象森沈, 迥與城外不侔. (중략) 自此路益巇, 舍輿杖策, 蹇澗躍石, 若拾級而進, 澗深石舃, 乃緣旁崖攀木側行如猿穴, 至哇陡絕, 復取澗道, 如是行十數里, 耳化爲水, 眼化爲石, 毛髮呼吸, 俱欲化爲草木雲嵐矣."

80) 왕유(王維), 『왕유집(王維集)』, "萬壑樹參天, 千山響杜鵑. 山中一夜雨, 樹杪百重泉."

금강산 金剛山·2

옛사람의 명산 유람에서 주목해야 할 부분은 산행山行과 수양修養의 밀접한 관계일 것이다. 이를 사령운謝靈運, 385~427은 영문산嶺門山을 다녀와서 명쾌하게 진술하였다.

千坼邈不同　강 언덕 곳곳마다 모양이 다 다르고
萬嶺狀皆異　봉우리 곳곳마다 모두가 제각기라
威摧三山峭　우뚝하니 삼산 드높이 솟아 있고
瀄汨兩江駛　두 줄기 강물 콸콸콸 치달리니
漁商豈安流　어부고 상인이고 어찌 편타 하겠는가
樵拾謝西芘　나무꾼도 해 지면 하던 일을 그만두네
人生誰云樂　인생을 그 누가 즐겁다 하던가
貴不屈所志　뜻 굽히지 않는 것이 무엇보다 소중하리

전통시대의 사대부들은 일상생활의 여가에 명승지를 찾아 자연산수의 빼어난 경치를 감상하면서 자신의 몸과 마음을 길렀다. 당시에 금강산, 지리산, 청량산, 소백산, 묘향산, 삼각산 등은 유람 대상으로 매우 인기가 높았다. 이러한 곳에는 유람객의 발길이 잦았고, 따라서 산수의 아름다움을 표현한 작품도 끊이지 않았다. 특히 금강산은 과거는 물론 현재까지도 누구나 유람의 명소로 손꼽는다. 조희룡趙熙龍, 1789~1866은 우리나라 사람이 바라는 두 가지 소원은 '금강산'과 '중원[중국]'을 구경하는 일이라고 단언하였다. 금강산을 유람한 문인들은 수없이 많고, 이를 시문으로 남긴 사람 역시 헤아릴 수 없이 많았다는 것은 과장이 아니다.

따라서 금강산은 한 번만 언급될 수가 없으리라! 어당梧堂 이상수李象秀, 1820~1882는 「동행산수기東行山水記」에서 시간별 구성 대신에 장소별로 단락을 지은 독특한 구성방식을 취하면서, 역동적인 서술과 자연물에다 자신을 빗대어 표현한 형식을 갖추어, 사물을 매개로 깊은 통찰을 이끌어내었다.[81] 그런데 이상수의 「동행산수기」는 그동안 널리 알려진 작품은 아니었다. 「동행산수기」가 본격적으로 주목을 받은 것은 1989년에 북한에서 간행된 『기행문선집』에 7명의 작가가 선정되어 번역되었을 때, 금강산 관련 유람기로 김창협金昌協의 「동유기東遊記」와 함께 관심을 받게 되었다.

「동행산수기」는 어당이 1856년 3월에 금강산을 유람한 기록이다. 어당의 한글 기행가사인 「금강별곡金剛別曲」에는 3월 21일에 좋은 친구와 짝하여 금강산으로 떠났다고 기록하였다. 어당 일행은 약간의 의복, 술과 안주 등을 하인 한 명에게 짐을 지우고 동소문東小門을 통해 나갔다. 동행한 친구는 이경명李景命과 서중길徐仲吉이었다. 이 유람은 총 24편의 짧은 기문記文들로 이루어졌다. 이상수가 금강산을 유람한 순서를 나열해보겠다.

창옥병蒼玉屛, 포천 → 금수정金水亭, 포천 → 화적연禾積淵, 포천 → 김성金城, 김화 → 창도역(昌道驛) → 기성歧城 → 단발령斷髮嶺 → 철이령鐵彜嶺 → 배점拜岾 → 장안사長安寺 → 명경대明鏡臺 → 수왕성首王城 → 수렴동水簾洞 → 백탑百塔 → 영원동靈源洞 → 영원암靈源菴 → 삼불암三佛巖 → 백화부도白華浮圖 → 정양사헐성루正陽寺歇惺樓 → 표훈사表訓寺 → 내원통內圓通 → 수미팔담須彌八潭 → 만폭팔담萬瀑八潭 → 보덕굴普德窟 → 마하연摩訶衍 → 만회암萬灰庵 → 백운대白雲臺 → 중향성衆香城 → 묘길상妙吉祥 → 안문령雁門嶺 → 은선대隱仙臺 → 유점사楡店寺 → 고성高城 → 해금강海金剛 → 삼일호사선정三日湖四仙亭 → 신계사神溪寺 → 옥류동玉流洞 → 비봉폭飛鳳瀑 → 구룡연九龍淵 → 만물초萬物草, 만물상 → 총석정叢石亭 → 천도穿島 → 귀로歸路

위의 일정을 보면 어당은 내금강을 먼저 보고, 해금강을 본 다음 삼일호三日湖를 거쳐 다시 산으로 들어가 옥류동玉流洞 계곡과 만물초萬物草를 보았다. 또한 어당은 비로봉毘盧峯과 망군대望軍臺를 빼고 금강산의 대부분의 명승을 관람하는데, 한 번의 유람으로 금강산을 다 구경하는 행운을 누렸던 셈이다. 우리도 이런 행운을 등에 업고 배로 해금강海金剛을 누비고 만물초萬物草, 만물상의 외진 곳을 가보겠다.

동해 중에 금강金剛 여덟 개가 있다. 부처 한 분이 세상에 나오면 바다는 곧 속세의 육지가 되어 연꽃으로 솟는데, 그 나머지 일곱은 아직도 물 밑에서 미륵의 강생降生을 기다린다고 스님들이 말한다. 내가 어찌 그럴 줄 알겠으며 또한 어찌 그렇지 않을 줄 알겠는가? 내가 보는 대로 맡길 뿐이다. 이날에 비렴飛廉, 바람을 맡은 신이 바람을 서리어 넣고 해약海若, 물을 맡은 신이 물결을 거두었다. 고깃배를 타 술을 싣고 칠성봉으로 가니, 구운 소금인 듯 쌓인 눈인 듯 하얕게 홀로 서 있다. 뱃전을 짚고 내려다보니 뭇 돌들이 물결을 튀겨 기이한 무늬를 이루고 있다. 푸른빛은 신령스럽고 벽옥 빛은 살아 움직여 만 번을 황홀하게 변하니 눈동자가 어지러워 가까이 볼 수 없다. 여기저기 물결 위에 솟은 것들은 외롭게 벌려 있으면서, 사람을 보낼 때는 읍을 하듯, 맞을 때는 절을 하듯 하였다. 마치 희한한 짐승이나 특이한 동물이 다투어 기교를 부리듯 하였다. 이윽고 언덕이 꺾이어 돌고 물결이 치니, 여기저기 있던 돌들이 때로 일어난다. 배가 돌아 들어가니 빽빽하고, 옹기종기하여 고사리의 주먹을 다투어 쥐고, 죽순의 뿔을 다투어 뽑아 든다. 몽땅하여 머리를 나란히 한 것은 나한羅漢이 되고, 책상다리로 좌선하며 앉은 것은 세존世尊이 된다. 혹 더욱 거룩하고 장대한 것은 천왕天王이 되고, 사납게 독기 품고 할퀴어 달려드는 것은 야차夜叉가 된다. 파도가 들고나는 것이 미미하게 거슬러 오르다가 갑자기 튀어 오르기도 하며 훌쩍 올라타 용감히 침범하다가 하얗게 부서진다. 하늘의 신기한 기운이 세차게 달려 동으로 모여들어 만 이천 봉우리를 크게 벌이어 놓고 바다에 닿아서 끝이 나며 그 나머지로 기교를 베풀어 놓은 것이 의당 이와 같다. 그렇다면 물 밑에서 우러러볼 때 이것이 절정이 될 것이니, 후대의 유람자들이 사다리를 놓고 쇠줄을 달아오를 곳을 내가 스치고 지나가니 또한 신기한 일이다. 두원개杜元凱. 杜預가 비석을 가라앉힌 일이 또한 졸렬하지 않은가?[82]

옛날에는 육지 사람이 바다를 보거나 배를 타는 일이 지금보다 훨씬 어려운 일이었을 것이다. 더욱이 보배를 숨겨둔 해금강이야 더 말할 것이 있겠는가. 불가에서 아직도 일곱 개의 금강이 물속에 들어있다고 말하지 않는가!

어당은 산수를 오래 관찰 사색하여 다음과 같이 결론지었다. 산수란 자신의 마음에 따라 만 가지 모습으로 보일 수가 있다. 이미 자신의 칠정七情이 변한 상태에서 산수를 보면 산수도 칠정에 따라 변한다. 산수는 미추美醜가 없으므로, 자신의 감정을 개입하지 않는 평정 상태를 가져야 한다. 그러므로 산수는 스스로 신령해질 수 없다. 산수는 사람이 신리神理로 만나는 것이다. 산을 온전히 보고자 한다면, 다가가서 그 골체骨體를 보고 떨어져서 그 신리를 보아야 한다. 마주 보고 등짐에 따라 취趣와 태態가 모두 다르니, 높은 안목과 세심한 마음으로 품평을 정밀히 해야 한다. 또 부족한 점을 알아야 하고, 빼어난 곳을 지날 때면 그 요점을 터득해야 할 뿐이다. 갑자기 매우 장대한 것을 보았다고 마음을 빼앗겨서는 안 된다. 일찍이 맹자도 말하지 않았던가. "대인에게 유세할 때는 업신여기는 마음을 가져 그의 높고 뛰어난 면을 보아서는 안 된다."

그리하여 어당은 해금강을 한없이 둘러보았다. 배를 스치는 바위들은 사람을 보내고 맞으며 읍과 절을 해대기도 하고 괴이한 동물이 재롱을 부리는 듯 솟아 있다. 고사리 순이 어린아이 주먹을 쥔 듯 혹은 죽순이 솟는 듯하고, 제각기 모양에 따라 나한도 되고 천왕도 되고 야차도 되었다. 이는 자신의 관람을 즐기는 일이다. 그런데 세상은 두예杜預가 자신의 공적이 묻힐까 염려하여 비석에 새겨 물에 가라앉히는 일을 열심히 따라하며 즐기지 않는가.

만물초는 어떤 곳인가. 금강산에서도 가장 외진 곳이다. 금강산을 유람하며 여기를 훌쩍 지나가는 사람은 아주 큰 잘못을 범한 꼴이 된다고 전하였다.

만물초라는 말은 만물을 초 잡았다는 뜻이다. 조화옹이 처음 만물을 만들 때에 이곳에서 초를 잡았다고 한다. 문인이 작문을 하거나 서인書人이 글씨를 쓸 때, 잘못이 있을까 조심을 하여 먼저 초를 잡는다. 조물자도 혹여 잘못이 있을까 염려하여 이런 구구區區한 일을 하였을까?

어떤 이가 말한다.

"어찌 그렇지 않겠는가. 우선 만물이 생겨난 것을 보자. 색色에 속한 것은 그 빛이 조금도 서로 범하는 일이 없고, 맛[味]에 속한 것은 그 맛이 조금도 서로 침범하는 일이 없다. 그리고 성性에 속한 것은 그 성이 조금도 서로 어지럽힘이 없고, 형形에 속한 것은 조금도 서로 넘보는 것이 없다. 그 색미형성色味形性은 만고의 역사를 지나면서 일정함이 있어 다시 옮겨 바뀌지 않았으니, 이것은 그 처음에 반드시 여러 번 초를 고친 뒤에 결정하였으므로 능히 그럴 수 있는 것이다. 어찌 갑작스럽게 대충 만들어 내어서야 오래 가겠는가? 그러므로 주역에 '천조초매天造草昧'라고 말한 것이다"라고 하니, 듣는 사람이 웃으면서 말하였다.

"색미형성色味形性은 진실로 정해진 것이 있지만, 저 정해지지 않은 것에 이르러서는 유독 어찌하여 같지 않단 말인가? 조물자가 진실로 일찍이 초를 만든 후에 능히 정하였다면, 수십 본을 넘지 않아서 기술이 바닥나 그 서로 침범함을 감당하지 못하게 할 수 있겠는가? 그것이 정해지지 않은 것에서 말미암았기 때문에 사람들로 하여금 의혹하고 송사가 밝게 만든 것이다. 이것은 조물자가 일찍이 정본이 없이 거의 우연을 따랐기 때문임이 분명하다."[83]

만물초는 사대부 문인들이 홀대하였던 장소인 듯하다. 어당 이전에 이곳을 방문한 사람이 안석경安錫儆 ?~1782 정도였다고 한다. 그런데 만물초 근처를 지나친 사대부 문인들은 으레 그 이름을 논의하였다. 안석경은 「동유기東遊記」에서 만물초萬物草가 단아한 이름이 아니어서 만물초萬物初로 바꾸는 것이 좋다고 하였다. 본래 조화의 처음은 만물의 처음과 같고, 땅은 '축丑'에서 열리고 인물은 '인寅'에서 생겨난다. 이 골짜기의 돌이 진실로 '축'에서 생겼으므로 인물이 생기기 전이므로 만물초萬物初

라 불러야 한다. 어당도 이를 지지하였다. 어당의 의도는 만물초萬物草라는 이름이 사실 그렇게 심각할 필요가 없음을 말하려는 것이다. 그러기에 어당은 조물자가 천지를 창조할 때 초본草本. 실험용품을 만들고 나서 실제 이 세상을 만들었다는 주장과 초본 없이 이 세상을 직접 만들었다는 주장을 기술하였다.

우선 초본을 만들고 나서 이 세상을 만들었다는 입장이 있다. 인간의 색미형성이 만고의 역사를 넘어서 일정함이 있고, 상호간에 서로 침범함이 없기에 이 세상이 보편 원리와 질서에 의해 유지되었다. 다음으로 초본 없이 우연히 만들었다는 입장이 있다. 인간이 의혹과 송사가 많으며, 초본이 있었을지라도 수십 본을 넘지 못하여 상호간의 침범을 피할 수 없었다. 이것은 이 세상이 원리와 질서의 구현이라 보기에는 현실적으로 너무 모순이 많다는 점을 말한 것이었다. 이 논쟁은 해답을 바라는 것이 아니라 금강산 만물초가 이 세상을 창조하기 이전에 미리 만들어진 것처럼 모습이 기이하고 다양하여 사람의 상상을 초월하는 명승지라는 사실을 부각시키려는 뜻이 있다.

그런데 어당은 왜 만물초에서 이와 같은 논쟁을 하였을까? 앞에서 언급했듯이 바로 산수 유람이란 흥취뿐만 아니라 인간 수양에 밀접하게 관련되기 때문이다. 그렇지 않다면 왜 우리가 그토록 산수 유람에 열광하겠으며, 더 나아가 산수 유람이 지양할 바가 무엇이란 말인가.

81) 김채식, 「어당 이상수의 산수론과 동행산수기 분석」, 성대 석사논문, 2001.

82) 이상수(李象秀), 『어당선생문집(峿堂先生文集)』, "東海中, 有八金剛. 若一佛出世, 海輒揚塵, 作蓮花湧, 其七尙在水下, 以待彌勒降生, 釋氏云爾. 吾且惡乎知其然, 亦惡乎知其不然, 恣吾之觀焉而已矣. 是日也, 飛廉緻風, 海若戢浪, 乘漁舟載酒而往, 七星峯燒鹽堆雪, 皎然離立. 據舷俯之, 衆石蕩爲異文, 靑靈碧活, 萬變恍芴, 目睛眩, 不可逼視. 其錯出水波者, 竦張孤峙, 送人如揖, 迎人如拜, 若奇獸異物, 爭出而試其巧. 旣而岸轉波陁, 亂石叢起, 舟縈回入之, 峨峨爾, 佹佹爾, 爭句蕨拳, 競抽笋角, 矮而齊頭爲羅漢, 趺而打坐爲世尊, 或又奇偉壯大爲天王, 獰猙怒欲前搏爲夜叉. 波濤之出入者, 微溯遽跳, 凌駕而勇犯, 白紛如也. 天之奇氣, 奔湊東趣, 大放于萬二千峯, 臨海而盡, 餘者施其巧, 固宜有此. 然則水底仰視, 此其爲絶頂, 後天游者, 梯接繩縋而上者, 我乃磨而過之, 亦大奇矣. 杜元凱之沈碑, 不亦拙乎?"

83) 이상수(李象秀), 『어당선생문집(峿堂先生文集)』, "萬物草之言, 草萬物也. 造化之始作萬物也, 於此起草云爾. 文人作文, 書人作書, 愼之慮有誤, 於是先起草. 造物者, 豈亦慮有誤, 爲是區區歟? 或曰, "奚其不然, 시觀萬物之生乎. 屬於色者, 其色無或相犯, 屬於味者, 其味無或相侵, 屬於性者, 其性無或相亂, 屬於形者, 其形無或相踰. 其爲色味形性也, 歷萬古, 有一定, 不復移易, 此其始, 必屢易草而後定, 故能爾爾. 豈出於率易鹵莽而可久耶, 故易曰 '天造草昧.'" 聞者笑曰, "色味形性, 固有定, 若乃有至不定者, 獨奈何不同也. 造物者, 固嘗起草而後能定, 則不出數十本而術窮, 不勝其相犯矣, 惡能使人之形貌性情, 不一相犯乎? 有其之不定也, 故使人疑或而多訟. 是造物者, 未嘗有定本, 率由偶然也, 審矣."

묘향산 妙香山

이번에는 언제나 또는 혹시라도 가고 싶었지만 가는 게 결코 쉽지 않은 북쪽의 산, 묘향산을 살펴보자. 묘향산은 예로부터 산수가 아름답다고 전해질 뿐만 아니라 360여 개의 암자를 가지고 있고, 우리 민족의 시조인 단군이 태어났다는 단군굴이 있는 곳이기도 하다.

묘향산은 어디에 위치한 산인가. 바로 평안북도 영변군·희천군과 평안남도 영원군·덕천군과의 경계에 있는 산이다. 묘향산맥의 주봉을 이루며 예로부터 동쪽의 금강산東金剛·남쪽의 지리산南智異·서쪽의 구월산西九月·북쪽의 묘향산北妙香이라 하여 우리나라 4대 명산의 하나로 꼽히며, 우리 조상의 신앙적인 대상으로 숭배되기도 했다. 또한 묘향산은 일명 태백산太白山 또는 太佰山 혹은 향산香山이라고도 한다. 묘향妙香은 불교용어로 기향奇香이다. 이것은 『증일아함경增一阿含經』에 나오는 말이다. 묘향에는 3종류가 있다. 바로 다문향多聞香·계향戒香·시향施香으로 이것은 역풍과 순풍이 불 때 반대방향에서도 매우 묘한 향기가 난다고 한다.

묘향산을 오르내린 기록은 아무래도 지산芝山 조호익曺好益. 1545~1609의 「유묘향산록遊妙香山錄」이 처음이 아닐까 싶다. 지산은 1585년 4월 기미일부터 5월 갑술일까지 18일 동안 묘향산을 유람하고 기록을 남겼다.

내가 강동江東에 유배되어 있었는데, 묘향산과의 거리가 겨우 오륙 일 일정밖에 안 되었으나, 사는 곳이 편안하고 움직이자니 여러 가지로 거치적거리는 일이 많아서 가보지 못한 지가 10년이나 되었다. 그러다가 을유년 4월 중순에 이여인李汝寅이 그의 아우 여경汝敬을 데리고 앞장서 가고, 나 역시 승려 혜림慧林을 데리고 먼지를 털고 일어나 따라갔다. 내가 좋은 말을 타고 가게 된 것은 모두 이여인이 도와준 덕분이다.[84]

당시(1575년) 지산은 경상도 도사 최황崔滉이 군적軍籍 정리를 감독하는 임무를 맡겼으나 모친상과 병으로 인하여 임무를 수행하지 못하였는데, 최황이 토호로서 명령에 항거한다고 임금에게 아뢰어 이듬해 강동으로 전가사변全家徙邊되었다. '전가사변'이란 죄인과 그 가족을 함경도와 평안도 등 국경지방으로 강제 이주시키는 것을 말한다. 형벌의 하나인데, 세종 때부터 북방 개척을 위한 정책으로 실시했으며, 죄가 비교적 가벼운 자에 한정하여 실시하였다.

지산은 그곳 고지산高芝山 자락에 터를 잡고 학문 연구와 제자 양성을 하면서 날을 보내고 있었다. 이렇게 강동에서 10여 년을 보내다가 비로소 지산은 이여인과 그의 아우 여경, 승려 혜림과 함께 묘향산을 향해 떠났던 것이다.

첫날, 일행은 나란히 말을 타고 가 서강西江에 이르러 배를 타고 강을 거슬러 올라가서 강을 가로질러 뻗어 있는 바위를 만났다. 물속에 잠겨 있는 위로 물결이 잔잔하게 일자 마치 뱀이 꿈틀거리고 가는 듯한 모양새를 이루었다. 이것이 이른바 와룡교臥龍橋라는 것이었다. 지산은 이를 내려다보고는 이여인에게 말하였다.

"이 바위가 와룡교라는 이름을 얻은 것은 물속에 있어서이다. 이 바위가 한 번이라도 그 형체가 드러나는 날이면 하나의 별 볼일 없는 보통 바위에 불과할 것이다."

이여인은 웃으며 말하였다.

"이 세상에 자취를 숨기고 산속에 숨어 있는 자들 가운데에는 종종 실제의 행실이 없으면서 이름만 높은 자들이 있습니다. 학륭郝隆이 소초小草라고 놀린 것도 당신께서 말한 것과 같은 뜻입니다."[85]

지산은 세상에 나가고 물러남[出處]이 확실한 유학자이다. 그러기에 이른바 와룡교라는 것을 보고도 '은자'들이 겉으로 세속을 등지는 척하지만 실제로는 헛된 명성을 좇는 자임을 새삼 떠올렸다. 이에 이여인은 바로 학륭의 일로 호응하였던 것이다. 학륭은 동진東晉 때 사람이다. 당시 사안謝安이 동산東山에 은거하여 이름이 높아, 조정에서 여러 차례 부르자 부득이하여 조정에 나아가서는 사마司馬인 환온桓溫을 찾아갔다. 그때 어떤 사람이 환온에게 약초를 보내었는데, 그 가운데 원지遠志라는 약초가 있었다. 환온이 사안에게 물었다. "이 약초를 소초小草라고도 하는데, 어찌하여 한 약초에 두 가지 이름이 있습니까?" 사안이 바로 답하지 못하였다. 그때 학륭이 곁에 있다가 바로 말하였다. "그것은 아주 간단합니다. 산에 숨어 있을 적에는 원대한 뜻[遠志]을 품고 있지만, 조정으로 나오면 하찮은 풀[小草]이 되기 때문입니다." 사안은 그 말을 듣고 매우 부끄러워했다.

이처럼 지산은 조정에서 물러나면 재야에 숨어 헛되이 이름을 높이고자 하는 것이 아니라, 다시 조정에 나가기 전까지 학문에 매진하는 유학자, 즉 조건을 갖춘 '준비된 관료'를 지향했던 것이다. 특히 그가 원하든 원하지 않든 간에 조정에서 물러나면 재야에서 '은자'로 지내지만, 이른바 '도교적인 은자'처럼 세속을 부정하여 완전히 떠날 수는 없는 처지였던 것이다.

이제 지산 일행의 여정을 따라가 보자. 1일은 서강을 거슬러 와룡교, 파성, 안국사를 유람했다. 2일은 언무정에서 철옹, 3일은 태천에서 십여 년 만에 형을 만났다. 4일은 철옹으로 다시 돌아왔으며, 5일은 어천관, 독송정, 우백천을 지나 보현사에 도착하여 그곳에서 묵었다.

잠시 뒤에 성긴 비가 가늘게 뿌려 소헌小軒이 조금 서늘해졌는데, 쓸쓸하게 산책을 하자니 세속에서 벗어나 홀로 선 듯한 느낌이 들었다. 밤이 점점 깊어가자 삼뢰三籟가 모두 적막한 가운데 오로지 소리마다 원망이 맺힌 자규子規의 소리만이 들렸다. 이에 내가 말하였다.

"이 새는 임금 자리를 훌쩍 벗어던지고 와 숲 속의 나뭇가지에 살고 있으면서 돌아가고자 하는 한 마음은 천 년이 하루 같으니, 어찌 맹자가 말한 병예를 좋아하는 자가 아니겠는가."

이여인이 말하였다.

"어쩜 그리도 틀린 말을 하십니까. 무릇 관직을 잃을까 걱정하는 자들은 끊임없이 욕심을 부려서, 심지어는 임금을 시해하고 차지하는 일이 이 세상에 즐비하게 있습니다. 그러므로 돌아가고자 하는 데에 의탁해서 나라를 버린 뜻을 보이는 것일 뿐입니다."

송인숙이 뒤따라서 탄식하면서 말하였다.

"지금 제가 슬하를 멀리 떠나서 먼 변방 지역을 유랑하고 있는 바, 오늘 저 새가 우는 것이 어찌 떠돌아다니는 사람을 위해 우는 것이 아니겠습니까."[86]

이날 지산 일행은 보현사에 숙박을 정하였다. 지산은 주위에서 들리는 자규 소리가 심상하지 않고 '명예를 좋아하는 자'의 피나는 노력으로 보여 마음이 언짢았다. 그러나 이여인과 송인숙은 자신의 처지대로 달리 해석하고 있어 지산은 더 이상 말을 하지 않았다.

다음 날에는 안심사安心寺를 거쳐 인호대引虎臺, 현진대玄眞臺, 상원암上院庵을 거쳐 사자암獅子巖에 이르렀다. 지산 일행이 사자암 주위를 둘러보니 "온갖 골짝에 낀 구름과 안개가 삽시간에 모습이 바뀌었으며, 산새의 울음소리가 들리어 동천洞天이 고요하면서 드넓었다." 이에 이곳저곳을 돌아다니니 바람이 선선하여 시원스럽기가 마치 하늘 높이 날아오르는 것만 같았다. 지산이 흥에 겨워 절구絕句 1수를 짓자 이여인과 송인숙이 화답시로 절구 1수씩 지었다. 또 지산이 당률唐律 1수를 짓자 송인숙이 화답하였다.

다음 날에는 백운대白雲臺, 천선대天仙臺, 상운암上雲庵, 돈오암頓悟庵, 중사자암中獅子庵을 거쳐 내빈발암內賓鉢庵에 도착하였다. 다시 위로 올라가 단군굴을 찾아갔다.

다시 위로 올라가 어떤 암자에 도착하였는데, 암자는 이미 텅 비어 있었다. 암자 뒤에 굴이 하나 있었는데, 그 높이는 이삼 길 가량 되었으며, 그 넓이는 수십 명이 들어갈 만하였다. 위가 둥글어 마치 지붕과 같았으며, 가운데에는 물빛이 좋은 찬 샘이 있었다. 세속에서는 단군檀君이 이곳에서 살았다고 전한다. 무릇 상고 시대에는 사람들이 둥지에서 살거나 들판에서 생활하였으며, 주나라의 고공단보古公亶父 때에 이르러서도 도혈陶穴에 살았다. 그러므로 단군 시대 초기에는 굴속에서 살았음을 의심할 여지가 없다. 그러나 혹자가 이곳에 살면서 나라를 다스렸다고 하는 말은 틀린 것이다. 깊은 산의 험준한 바위 위가 어찌 군림君臨하는 장소가 될 수 있겠는가.[87]

다시 올라가서 대臺에 머물다가 내려와 빈발암에서 쉬었다. 중사자암과 등천대登天臺, 가섭암을 거쳐 영신암靈神庵에 도착하여 주변 경치를 구경하였다. 이런 경치는 어느 암자에서는 볼 수 없는 경치이기에 지산은 절구 1수를 짓고, 이여인과 송인숙은 화답시를 1수씩 지었다. 저녁에는 영운암靈雲庵에 이르러서 묵었다.

다음 날 지산은 새벽 창문이 훤하게 밝아올 무렵에 잠에서 깨어났는데, 몹시 은근한 소리로 우는 새가 있었다. 이에 영관에게 무슨 새냐고 묻자 화두話頭라는 새로, 우는 소리를 가지고 이름 붙인 것이라고 하였다. 지산은 놀라서 그 새는 옛사람들이 염불조念佛鳥라고 이르는 것으로 불교의 해害가 미물에게까지도 미쳤다고 한탄하였다. 그러자 유학자인 송인숙은 미물 가운데 유교를 아는 생물이 있냐고 물었다. 그러자 까마귀는 은혜를 갚을 줄 알고 개미는 의義를 행하므로 유교의 덕목을 알고 실천하는 미물이라 할 수 있다고 하였다.

다시 연신암으로 돌아와 머물고 다음 날 향로봉을 올라갔다. 봉우리에 올라 지산은 절구 1수를 지었다. 영신암, 우적牛跡을 지나 묘적암妙寂庵에 도착하였다. 다음 날에는 원적암圓寂庵, 금강굴金剛窟, 내원암內院庵, 우다굴牛多窟, 용추龍湫, 국진굴國秦窟을 거쳐 보현사로 돌아왔다. 이날은 5월 신미일이었다.

지산은 산을 떠나려다가 머뭇대면서 차마 떠나지 못하였다. 다시 찾아오겠다는 맹세를 할 수 없었는데, 약속을 저버릴까 염려해서였다. 한참 뒤에야 산과 하직하고, 또 영관과도 이별하였다. 물소리와 산색은 모두 이별을 슬퍼하는 듯하였다. 연연한 그리움을 안고 산골짝을 나오면서 걸음걸음마다 뒤를 돌아보았다. 어협천魚脇遷에 이르자 이미 묘향산은 어디에 있는지조차 모르게 되어 마음 한구석이 텅 빈 듯하였다. 저녁에 영변의 황량한 시골에서 묵었다. 이후 지산은 강동으로 돌아왔다.

다음은 지산이 묘향산 유람의 소회를 피력한 글이다.

내가 이 산과 정신적으로 교감한 지 이미 오래되었으며, 오늘 돌아와서는 마음속으로 묵묵히 서로 통하였다. 그러니 이 산과 내가 어찌 서로 떨어진 적이 있겠는가. 드러누우면 우뚝한 산이 앞에 있는 듯하고, 일어서면 가파른 산이 곁에 있는 듯하여, 일상생활의 구석구석에 산이 있지 않은 적이 없었다. 그러므로 궤연几筵, 자리의 주위가 바로 천암만학千巖萬壑인 것이다. 모르겠노라! 내가 산에 있는 것인가, 아니면 산이 나에게 있는 것인가![88]

---

84) 조호익(曺好益), 『지산집(芝山集)』, "余謫在松壤, 距山纔五六日程也, 而坐堪葱薜, 動輒藤葛, 于年周千矣. 歲在作噩仲呂之澣, 李君汝寅, 率季汝敬爲之先, 余亦帶山人慧琳, 抖擻從之. 余之乘堅輕豪, 皆李君之力也."

85) 조호익(曺好益), 『지산집(芝山集)』, "此石所以得名者, 以在水中也. 使一露形, 則不過一尋常頑然者爾. 汝寅笑曰, 世之遁迹山林者, 往往無實以繼之, 如郝隆小草之譏, 亦吾子之意也."

86) 조호익(曺好益), 『지산집(芝山集)』, "俄而疎雨簾纖, 小軒微凉, 蕭然散步, 有遺世獨立之意. 夜已甲乙, 三籟俱寂, 惟聞子規聲淸怨. 余曰, 爾烏脫屐寶位, 棲迹春枝, 思歸此心, 千載一日, 豈孟子所謂好名者歟! 汝寅曰, 何言之左耶! 夫患失之徒, 食饕無已, 至有弑君竊位者, 比肩于世. 故托以思歸, 示以棄國之意耳. 仁叔從而歎曰, 今吾遠離膝下, 浪遊關外, 今日之啼, 豈爲遊子耶!"

87) 조호익(曺好益), 『지산집(芝山集)』, "又上至一庵, 庵則已空. 庵後有竇, 其高可二三丈, 其闊容數十人. 穹然如屋子, 中有冷泉甘冽. 世傳檀君居此云. 夫上古之時, 人巢居而野處, 至周古公, 猶且陶穴. 則檀君之初居窟中, 無足疑者. 但或者謂此治國則誤矣. 深山嶾嶮之上, 豈君臨之地也."

88) 조호익(曺好益), 『지산집(芝山集)』, "余於玆山, 神交久矣, 今日之歸, 冥會心融. 山之與我, 曷嘗相離. 臥則巍乎有臨, 立則巋然在旁, 飮食起居, 無非在山. 然則几席之間, 卽是千巖萬壑, 不知我在山耶, 山在我耶!"

향풍산 香楓山

지산芝山 조호익曺好益은 1585년 묘향산을 유람한 이후 20여 일이 지난 6월 을사일부터 정미일까지 3일 동안 성천의 향풍산을 유람하였다. 지산은 묘향산 유람을 마치고 돌아온 뒤 향풍산으로 서둘러 떠난 이유는 무엇이었을까?

김숙후金叔厚 군이 내 집에 찾아왔기에, 내가 묘향산의 경치에 대해서 잠시도 쉬지 않고 줄줄
이 늘어놓자, 김숙후가 웃으며 말하였다.
"옛날 사람 가운데에는 돈[錢]을 몹시 좋아하는 벽癖이 있는 자, 말[馬]을 몹시 좋아하는 벽
이 있는 자, 『좌전左傳』을 몹시 좋아하는 벽이 있는 자가 있었는데, 당신께서는 연하煙霞를
몹시 좋아하는 벽이 있는 것입니까? 제가 유람할 만한 곳을 추천해 드릴까요?"[89]

당시 지산이 묘향산 유람의 흥분을 쉽게 가라앉히지 못하고 만나는 사람마다
장광설로 설명하니 듣는 사람이 불편하였던 듯싶다. 특히 제자 김숙후는 지산의 면

전에서 옛사람의 돈[錢]을 좋아하는 벽, 말[馬]을 좋아하는 벽, 『좌전』을 좋아하는 벽을 거론하며 지산의 흥분된 상태를 에둘러 연하를 좋아하는 벽이라고 지적하였다. 더하여 김숙후가 성천의 향풍산을 유람해보지 못했다면 진정으로 연하를 좋아하는 벽이 아니라고 단정해버리자 그때서야 지산은 산의 형승形勝을 말해달라고 흥분을 가라앉히며 한발 양보하였다.

김숙후가 말하였다.

"그 산은 둘레가 백 리도 채 못 되지만 뾰죽뾰죽 솟은 산봉우리는 무려 십여 개나 됩니다. 꾸불꾸불 내려오다가 서리거나 혹 솟구치고, 퍼덕대다가 날아오르거나 혹 춤추고, 놀란 듯이 쫑긋하게 솟고 구부러진 듯이 굽이 돈 것이 산이 흘러내려온 기세입니다. 위태롭게 솟기는 비녀를 세운 듯하고, 나지막하게 엎드리기는 쪽을 찐 듯하고, 위에 있는 것은 뾰죽뾰죽하고 아래에 있는 것은 기둥을 세운 듯하며, 구불구불 내려오면서 아스라이 겹친 속에 빼어난 경치가 모여 있는 것이 골짝과 구릉의 모습입니다. 맑은 샘이 솟아 골짜기를 울리는 소리가 휘파람을 불고 노래하는 것이 골짜기 안에 있는 것들입니다. 이상이 그 대강을 말한 것입니다."[90]

이렇게 김숙후가 향풍산의 경치를 제집마냥 자랑하니 지산이 향풍산으로 떠나는 것은 시간문제였다. 호기심으로 다급해진 지산은 6월 을사일에 동자 한 명을 데리고 송양松壤을 향해 떠나는데, 승려 인호引灝와 혜림慧琳이 동행하였다. 가다가 크기가 5, 6칸이나 되는 동굴을 구경하고 영빈원迎賓院에 도착하니 이미 와서 기다리고 있던 윤유尹瑜가 합세하여 다시 갈 길을 재촉하였다.

1리쯤 가서 규모가 큰 촌사에 도착하니 바로 윤유의 집이었다. 주인은 바로 조촐한 술자리를 준비했지만 지산이 잔을 겁내어 세 순배 만에 술자리를 파하였다. 그런 다음 사솔산^{沙率山}을 바라보면서 깊은 숲을 뚫고 오솔길로 올라갔다. 지산이 곧이어 나타난 이름 없는 굴에 천기굴^{天奇窟}이라 이름을 붙이자 혜림이 나무를 꺾어 천기굴이라 썼다. 지산은 상봉에 오르지 못해 늙음을 탄식하였지만 윤유는 상봉까지 올라갔다 왔다.

사솔산을 나와 고개 두 개를 넘으니 작은 골짜기 속에 초목은 무성하나 울타리가 황량한 집이 나왔다. 바로 김숙후의 처소였다. 윤근^{尹瑾}, 김익상^{金翼商}, 장광범^{張光範}이 먼저 와서 일행을 맞이하였다.

지산은 김숙후의 임정^{林亭}에서 샘물로 갈증을 풀자마자 "자네가 일찍이 경치가 좋은 곳을 자리 잡아 놓았다고 하였는데, 가볼 수 있겠는가"라고 재촉하였다. 이에 김숙후는 바로 1리쯤 되는 곳에 있다고 자신감을 피력하였다.

그곳에 이르러 보니, 푸른 절벽이 깎아 세운 듯하였으며, 바위 뿌리가 강물 속으로 들어가 있었는데, 강은 바로 비류강^{沸流江}이었다. 기이하고 괴상하게 생긴 바위가 첩첩이 겹쳐 늘어져 있었는데, 바위 위가 평평하여 사오 명이 앉을 만하였다. 내가 김숙후와 앉아 있다가 눈을 돌려 왼쪽을 보니, 흰 물결과 푸른 산이 아스라하여 그림과 같았다. 아래쪽에는 작은 골짜기가 있었는데, 양쪽 언덕을 쪼아내어 문을 만들었으며, 푸른 물이 그 사이로 흐르고 있었다. 그곳이 바로 숙후가 자리 잡아 놓은 곳으로, 서너 칸쯤 되는 집을 지을 만하였다.⁹¹

그렇다. 김숙후가 지산이 아무리 묘향산을 자랑한다 해도 이곳이 있음을 아는

데 그리 쉽게 수긍하겠는가. 지산은 별다른 반박을 하지 않고 이곳 경치를 마음껏 음미하였다. 그곳에서 서쪽으로 수십 보쯤 가서 살펴본 후 좋은 상소임을 알고 여러 사람에게 말하였다. "초가집이 있어서 옛사람의 책을 펼쳐볼 수가 있고, 작은 배가 있어서 낚싯대 하나를 실을 수 있다. 들어가서는 서생書生이 되고 나와서는 어부漁父가 될 것이다. 역시 인생의 말년에 시름을 쏟아낼 만한 곳이다." 지산의 말이 떨어지자마자 김숙후는 선생을 위해서 그렇게 하겠다고 다짐하였다. 그 스승에 그 제자다. 그렇다. 묘향산이나 향풍산이 아무리 아름답고 감명적이라도 스승과 제자의 '마음속에 자리 잡은 그 산'만 하겠는가? 일행은 김숙후의 집에서 묵었다.

다음 날 일행은 일찍 서둘러 말을 몰았다. 아주 가까운 곳에 무협巫峽의 아침구름과 흘골吃骨의 옛 성이 있음을 알기 때문이었다. 가는 길의 오른쪽은 푸른 바위였고, 왼쪽은 소리를 내며 흐르는 맑은 시냇물이었다. 일행이 시냇물을 차고 돌부리를 밟으면서 가느라 말발굽이 움츠러들었다. 숲 속 2, 3리 길이 확 트였다가는 이내 막혔다가 하였다.

일행 중 누군가가 숲 속에서 고라니 우는 소리를 듣고는 "새끼 소리를 내어 어미 사슴이 오도록 유인한 다음에 가까이 오면 활로 쏩니다"라고 사슴 사냥법을 신나게 설명하였다. 그러자 지산은, 어미와 자식 간의 정을 이용해서 어미를 함정에 빠지게 하는 일은 참으로 사람의 자식으로 할 일이 아니라고 탄식했다.

일행은 정진암精進庵에 도착하였다. 정진암은 한창 중창 중이어서 단장을 다 마치지 못한 상태였다. 지산은 처마 아래에 구부리고 앉아 잠시 쉬면서 절구絶句 1수를 나지막하게 읊조렸다.

浮翠屛環小洞開　푸른 산 두른 속에 작은 동천 열렸는데

遠從蒼峽水聲來　저 멀리 골짝에서 물 흐르는 소리 오네

穿林步步雲隨閉　숲 사이로 걸어가자 구름 가리나니

山外風塵隔幾回　산 밖의 풍진 세상 몇 겹이나 막히었나

산 속에는 동천이 있다. 동천은 속세와 다른 세계다. 왜 그런가. 산에 들어간다는 것은 초도를 넘었다는 의미이다. 초도는 현실세계와 이상 세계의 경계이다. 그래서 지산은 이미 산의 입구가 초도임을 알고, 초도를 넘으면 동천임을 알고 있다. 지산이 스스로를 돌이켜보고 스스로를 지키려는 것이 무엇이었을까?

일행은 여러 사람이 음식을 나눠지고 지팡이에 의지하여 산을 올랐다. 몹시 가팔라서 걸음걸음이 느려지고 기어가는 정도였다. 아주 험난한 곳을 만나면 서로 앞서거니 뒤서거니 하면서 이끌어주고 밀어주고 해서 올라갔다.

승려가 그곳의 굴을 가리키며 옛날에 임금이 피란하면서 궁궐을 짓고 살았다고 설명하였다. 그러나 지산은 우리 역사책을 상고해보면 상하 1천 년간에 굴속으로 도망쳤다가 죽은 임금이 없다고 하였다. 이것은 반드시 근래에 부처를 배우는 무리들이 그들의 소행을 신비화시켜서 어리석은 백성들을 꼬인 것일 뿐이라고 단호하게 말하였다. 그러자 앞장서서 길을 안내하고 주변경치를 설명하던 승려들은 입을 다물고 조용할 뿐이었다.

한 발자국을 뗄 적마다 등 넝쿨이 가로막았지만 일행은 산을 올라가고 올라가서 상봉上峯에 도달하였다. 상봉은 영취봉靈鷲峯으로, 주변 사방의 1천 리가 손바닥 안을 보듯 훤히 보였다. 멀리 묘향산도 보이고, 구월산도 보였는데 아스라이 먼 곳은 바로 서해西海였다. 이 광경을 접한 일행은 이번 유람은 평생 최고로 즐거운 일이라고 입을 모았다. 그러나 지산은 생각이 달랐다. "오늘 유람한 바는 야트막한 산을 오른 데 지나지 않는다. 앞으로 온 힘을 다해 기어 올라가 태산이나 화산을 오른 뒤에 그만두어야만 할 것이다. 어찌 대번에 이것을 즐거운 일로 삼는단 말인가."

얼마 뒤 서산의 해가 지려고 할 때, 풍경을 울리는 바람이 한번 지나가자 푸른 하늘이 텅 비어 훤해졌다. 덩달아 지산은 가슴속이 훤해졌다. 마치 그 속에서 표연히 홀로 서있자 젓대를 불면서 내려오는 자가 있는 것만 같았다. 지산은 적연부동寂然不動 상태로 몰입하여 주위가 온통 환하게 빛나고 있음을 알았다. 그리고 이 적연부동을 바로 부정하여 현실세계로 돌아올 것임도 알고 있었다.

사실 일반 사람이 궁극의 진리 세계를 알아 터득하는 일은 애초부터 불가능할지도 모른다. 『성명규지性命圭旨』 「사정설邪正說」에서는 진리에 이르는 길이 얼마나 어려운지를 세세히 밝히고 있다. 무릇 현관을 통해서 들어가는 큰 진리의 길은 만나기 어려우나 이루기는 쉽고 보람은 늦게 나타나게 된다. 옆길로 빠지는 문에서 하는 조그만 재주들은 배우기 쉬우나 이루기는 어렵고 효과는 빨리 나타난다. 그래서 재물을 탐내고 색을 좋아하는 무리들이 자주 그 가운데 빠져서 길을 잃고도 깨우치지를 못하곤 한다.[92]

지산은 다시 절구 1수를 지었다.

一邛穿破幾重煙　지팡이를 짚고서 몇 겹 안개 뚫고 왔나

袖拂彤雲鶴背天　옷깃으로 구름 치고 학 등 타고 나니

回首層宵如有吹　하늘에서 젓대 불며 내려오는 신선 있어

玉簫聲拂夕陽邊 퉁소 소리 석양 가에 울리어 퍼지누나

지산은 영취봉靈鷲峯 주변의 여러 봉우리에 실제 이름을 지어 붙였다. 자염봉紫焰峯, 학령봉鶴翎峯, 회란봉回鸞峯, 오정봉鼇頂峯, 탁필봉卓筆峯, 부용봉芙蓉峯 등이다. 이렇게 산봉우리에 이름을 지어주니 뭇 봉우리들은 만족하며 기뻐하는 듯하였다. 김숙후가 신나서 말하였다. "몇 세대를 거치고 몇 사람을 거쳤는지 모를 정도로 오랜 세월을 지내다가 당신을 만나서 비로소 이름을 얻었으니 이는 모두가 운수가 있는 것입니다." 하지만 김숙후가 어찌 지산의 깊이를 알겠으며, 어찌 운수를 알겠는가.

절에 도착하자 장록張珛이 먼저 와 있었다. 모두 앉아 이야기한 지 얼마 안 되어서 솔바람 소리가 골짜기에서 나고, 이지러진 달이 흐릿하게 밝은 가운데 두견새가 우는 소리만이 났다. 지산은 두견이 우는 이유가 귀양살이하며 억류되어 있는 자신이 돌아갈 기약이 없기에 슬퍼하며 운다고 생각하였다. 이제야 모두가 탄식하며 날을 마쳤다.

다음 날 아침에 골짜기를 나와서 궁노령弓弩嶺을 넘었고, 암연대黯然臺에서 장록과 이별하였다. 또다시 토현兔峴을 넘은 다음에 김숙후, 김익상, 장광범과 이별하였고, 6, 7리쯤 가다가 윤근과 하직하고 홀로 영빈원에서 쉬었다가 저녁 무렵에 집에 도착하였다.

지산은 향풍산 유람을 끝내고 「유향풍산록遊香楓山錄」에 다음 이야기를 달았다. 유람에서 돌아온 다음 날 이웃집 노인이 찾아와 유배 생활하는 사람이 산수를 즐기는 것에 대해 정중하게 지적하였다. "지금 자네는 그렇지 아니하여 자그마한 하천이나 야트막한 언덕의 경치까지도 모두 올라가 바라보면서 즐기며, 조금도 이를 싫어하는 마음이 없네. 자네는 옛사람들에 비해서 어쩌면 그리도 상반되는가?" 이에 지산은 단호한 태도로 답변하였다. "『중용』에 말하였다. '이적에 처해서는 이적대로 행한다.' 이적에서 행하는 것도 오히려 괜찮은데, 하물며 한 나라 안에서야. 그리고 공자도 말하였다. '어진 이는 산을 좋아하고 지혜로운 자는 물을 좋아한다.' 산을 좋아하는 것은 인仁을 권면하는 것이고, 물을 좋아하는 것은 지智를 권면하는 것이다. 지혜로우면 한쪽으로 정체되지 않고, 어질면 처하는 데 따라서 편안한 법으로, 산수를 좋아하는 것은 환난患難에 처하는 도道인 것이다."

무슨 말을 더하겠는가. 요즈음 사람이 뇌과학의 성과인 '미국식 웰빙'을 허겁지겁 누리려고 산을 오르지만 옛사람은 어찌 그리했겠는가. 옛사람이 속세를 버리기 위해 초도를 비장하게 건너 산에 들어가서 '속세의 부정'을 겪고 나서, 다시 '속세의 부정'을 부정하고 속세로 돌아옴을 어찌 말로 다 하겠는가.

---

89) 조호익(曺好益), 『지산집(芝山集)』, "金君叔厚來訪, 余語彼山之勝, 吃吃不離口, 叔厚笑曰, 古人有錢癖馬癖左傳癖, 今君又有煙霞癖耶? 吾亦請薦可遊者?"

90) 조호익(曺好益), 『지산집(芝山集)』, "叔厚曰, 玆山之周匝, 不能百里, 而峯之峭拔, 無慮十數. 夫蜿然或蜿或騰, 翩然或翥或舞, 聳若驚回若臂者, 山之來勢也. 危焉鐏立, 低焉巉削, 上者擾蒼, 下者桂空, 杳疊逶迤, 聚秀在中者, 洞壑爲然也. 淸泉動谷, 鳴琴奏筑, 怪鳥碎林, 若嘯若歌者, 谷中之所有也. 此其大槪也."

91) 조호익(曺好益), 『지산집(芝山集)』, "至則蒼崖削立, 根入長江, 江卽沸流也. 奇峭怪琢, 森蠢騈羅, 巖上寬平, 可客四五人. 余與叔厚坐, 流目而左, 白水靑山, 縹渺如畫. 下有小壑, 斳兩岸作門, 關以蒼波, 卽叔厚所龜也, 可架三四間."

92) 『성명규지(性命圭旨)』 「사정설(邪正說)」

백두산 白頭山

백두산은 일찍부터 민족의 성산이었지만 우리나라 사람으로서 고려시대 이전에 백두산을 등반한 기문記文은 찾아볼 수가 없다. 유하柳下 홍세태洪世泰, 1653~1725는 역관 김경문金慶門으로부터 백두산 정계비에 관해 듣고, 그 사실을 「백두산기白頭山記」에 기록하였다. 실제로 백두산에 오르지는 않았던 것이다. 이후 실제로 백두산을 다녀온 사람은 홍계희洪啓禧, 1703~1771라고 할 수 있는데, 그는 1739년(영조 15)에 왕명으로 갑산에서 무산으로 들어가 백두산 일대를 답사하고 노정기路程記를 썼다. 1764년(영조 40)에 박종朴琮은 신상권申尙權과 함께 백두산 주변의 여러 읍과 고적을 18일 동안 답사하고 「백두산유록白頭山遊錄」을 남겼다. 그 2년 뒤에는 서명응이 조엄趙曮, 1719~1777과 함께 8일 동안 백두산 일대를 유람하고 「유백두산기遊白頭山記」를 적었다. 1784년에는 진택震澤 신광하申光河, 1729~1796가 백두산 정상에 올라보고 여러 편의 시를 지어 「백두록白頭錄」에 수록하였다. 다산茶山 정약용丁若鏞, 1762~1836도 자신의 백두산 등정을 기념하여 글을 지었다. 근세에 들어와서 1926년에 최남선崔南

善이 「백두산근참기白頭山觀參記」를, 1930년에 안재홍安在鴻이 「백두산등척기白頭山登陟記」를 남겼다.

백두산은 함경남도와 함경북도, 중국 동북지방東北地方, 만주의 길림성吉林省이 접하는 국경에 위치한 우리나라 최고봉으로, 높이는 2,744미터이다. 17세기에 마지막 화산 활동을 한 휴화산이며 그 총면적은 약 8,000제곱미터에 달하여 전라북도의 면적과 거의 비슷하다. 산의 북쪽으로는 장백산맥長白山脈이 북동에서 남서방향으로 달리고 있다. 백두산을 정점으로 하여 동남쪽으로는 마천령산맥摩天嶺山脈의 연지봉臙脂峯(2,360미터), 간백산間白山(2,164미터), 소백산小白山(2,174미터), 북포태산北胞胎山(2,289미터), 남포태산南胞胎山(2,535미터), 백사봉白沙峯(2,099미터) 등 봉우리들이 연속적으로 종단하고 있다. 한편 동쪽과 서쪽으로는 완만한 용암지대가 펼쳐져 있어 백두산은 한반도와 멀리 북만주 지방까지 굽어보고 있다.

보만재 서명응(1716~1787)은 1766년(영조 42) 6월 10일에 백두산 유람을 떠나 가는 데 4일, 오는 데 4일 걸리는 유람을 끝내고 「유백두산기」를 남겼다.[93] 그는 1766년(영조 42) 5월 21일에 홍문관 부제학으로 홍문관록弘文館錄 수찬을 주관하라는 특명을 세 번이나 받았지만 사양하여, 나아가지 않은 죄로 갑산부甲山府로 유배를 가게 되었다. 보만재를 대신하여 조엄趙曮을 부제학으로 삼아 급히 불렀지만 그 역시 나아가지 않아 삼수부三水府로 쫓겨나는 신세가 되었다.

이날 두 사람은 서울을 떠나 13일 만에 유배지 갑산에 도착하였다. 두 사람은 이곳에서 삼사 일을 지내면서 6월 10일에 백두산을 유람하자고 약속을 하였다. 이때 동행한 사람은 갑산부사 민원閔源과 삼수부사 조한기趙漢紀, 보만재 편에서 최우흥崔遇興·홍이복洪履福, 조엄 편에서 이민수李民秀, 민원의 아들 정환廷桓이었다. 그리고 길을 잘 아는 갑산의 사인 조현규趙顯奎, 군교 원상태元尙泰가 선도를 맡았다.

> 가는 데 나흘, 돌아오는 데 나흘 걸렸는데 아름다운 산수, 탁 트인 조망, 국경이나 국경을
> 지키는 일의 형편을 한눈에 다 보았으니 일생에 다시없을 장한 일이었다. 유람하고 나오니
> 벌써 귀양을 푼다는 임금의 명령이 와 있었다.
> 아! 두 사람이 죄를 진 것은 하늘이 우리들의 숙원인 백두산을 유람시키기 위해서였던가?
> 두 사람의 행적 또한 기이한 일이다.[94]

사실 보만재는 이번 귀양지에 도착하여 여러 가지 면에서 자신을 돌아보았다. 이미 자식들의 혼인도 마쳤고, 해야 할 일도 웬만큼 했으니 앞으로 아직 하지 못한 세 가지 일을 하고 싶다고 주위에 밝혔다. 첫째는 주역을 읽는 일이고, 둘째는 백두산 구경을 하는 일이고, 셋째는 금강산을 유람하는 일이었다. 보만재의 이런 말에 조엄은 바로 호응하여 백두산 유람을 함께 하자고 신속하게 결정하였다.

보만재 일행의 노정기는 다음과 같다. 6월 10일에는 갑산부를 출발하여 운총진雲寵鎭에 도착하였다. 11일에 운총진에서 심포深浦, 12일에 심포에서 임어수참林魚水站, 13일에 임어수에서 연지봉臙脂峯 아래, 14일에 연지봉 아래에서 백두산 꼭대기, 15일에 천수泉水에서 자포滋浦, 16일에 자포에서 운총으로 왔다. 17일에 운총을 출발하여 유배지인 갑산부로 돌아왔다. 백두산을 갔다 온 기간은 모두 8일이다. 2년 전에 박종은 경성군鏡城郡 집에서 떠나, 부령富寧·무산茂山·임강대臨江臺·풍파豊坡·천평天坪·천동泉洞을 거쳐 정상에 오른 뒤 하산하여 6월 2일에 집으로 돌아왔는데, 모두 18일이 걸렸다.

다음은 보만재 일행이 심포에서 임어수참까지 가는 길이다.

평평한 곳에 막을 치고 점심을 지어 먹었다. 자포령을 넘자 고개가 끝나고 넓은 대륙이 사십 리를 뻗쳤으니 이곳이 판막板幕이었다.

삼나무들이 모두 불타 말라 죽었는데, 이곳 역시 지난번 행인들이 놓은 불에 그렇게 된 것이다. 그러나 하늘 높이 곧게 우뚝우뚝 솟은 나무 등걸에 바람이 불면 모든 구멍에서 퉁소나 아쟁소리처럼 아름다운 소리가 나 듣기에 좋다. 이런 것이 이른바 장자가 말한 지뢰地籟란 것이 아닐까?[95]

백두산은 끝없이 넓은 평야에 우뚝 솟은 천혜의 산이다. 깊은 골짝에는 삼나무가 뒤덮여 헤치고 나가기가 쉽지 않는 데다가 아무리 쫓아도 달라붙는 모기떼를 원망하며 가야 하는 어려운 산행이었다. 그러다가 보만재 일행은 넓은 대륙이 40리나 펼쳐진 판막에 도착하였다. 이곳에는 행인들의 방화로 불타 죽은 아름드리 삼나무들이 사방에 널려 있었다. 그러나 보만재는 나무 등걸에 바람이 불 때 모든 구멍에서 퉁소나 아쟁소리처럼 아름다운 소리가 난다고 즐거워하였다. 그는 이것이 백두산의 소리이며, 천지자연의 소리라고 받아들이고 있었다. 저 소리는 세속에서처럼 나와 산이 별개가 아니라 나와 산이 하나이며 둘이고, 나와 천지자연이 하나이며 둘인 줄 알게 하려고 내는 것이리라.

물론 보만재가 자연과 이런 교감만을 중시한 것은 아니었다. 운총에 도착하자 이곳에 대해 '과학적인' 작업도 병행하였는데, 목수와 목재를 구하여 상한의象限儀[96]를 만든 것이었다. 그것을 이용해서 북극성의 위치를 측정하여 지상에서 42도가 조금 못됨을 밝히고, 중국 심양과 위치가 나란함을 알았다. 보만재가 좀 더 밝혀낸 사실은 다음과 같다.

동짓날은 해가 진시 초 2각 2분에 떴다가 신시 정각 13분에 지며, 낮 시간은 35각 11분이며, 밤은 60각 4분이고 새벽과 저녁은 6각 14분이다. 하짓날은 해가 인시 정각 13분에 뜨며 술시 초 2각 2분에 지는데, 낮의 길이는 60각 4분, 밤은 35각 11분이며 낮과 밤은 9각 3분이다. 그 외의 22절기는 이로 미루어 계산하면 알 수가 있을 것이다.[97]

보만재가 밝힌 천문 지식의 옳고 그름은 판단하기는 어렵지만 보만재 스스로는 산수 구경만 하는 것을 천박하다고 여겨, 이곳 요새의 형편을 살피고 위도를 측정하는 일도 필요하다고 여겼다.

보만재 일행의 여정을 살펴보았을 때, 이번 유람의 하이라이트는 14일 연지봉 아래에서 백두산 정상까지 오른 일일 것이다. 백두산에는 많은 봉우리들이 있다. 그 가운데 가장 널리 알려져 있는 것이 연지봉이다. 진택震澤은 「연지봉」 시에서 이를 잘 노래하고 있다.

玆山豈不尊　이 산이 어찌 높지 않으랴만

所歷皆平野　지나온 곳이 너무 평야라 몰랐네

高寒草木絶　높고 추워 초목은 끊어지고

光爛沙土赭　반짝반짝 사토가 붉구나

이날 보만재 일행은 일찍 일어나서 더러 가마나 말을 타고, 혹은 걸어서 산을 올랐다. 이미 정상에 가까워졌기에 산은 흰빛이 나면서 나무는 흔적조차 없었다. 가끔씩 녹색이 덮여 있는 곳에 무명초가 꽃을 피워 붉기도 하고 누르기도 하였다. 오를수록 험해지는 길을 따라 오르다가 백두산 정상에 도착하였다. 백두산 유람의 최고 관심사는 정상에 올라 천지天池를 바라보는 것이리라. 실상 천지를 둘러싸고 있는 높이 2,500미터 이상의 산봉우리는 16개나 된다고 한다. 보만재는 그렇게 바랐던 백두산 정상에 도착하자 호흡을 잠시 멈추고서야 천천히 천지와 둘러싼 봉우리를 바라보았다.

봉우리를 굽어보면 어떤 것은 높고 어떤 것은 낮으며 어떤 것은 뾰족하고 어떤 것은 둥글다. 마치 파도가 솟구치고 구름 안개가 입김을 불어내어 만들어, 푸르게 만 리 멀리에서부터 서로 이끌고 와서 손을 모으고 선 듯하다. 몸을 돌려 두 봉우리의 틈에 서면, 봉우리 아래로 땅과의 거리가 오륙백 장이나 되는 곳이 텅 비고 평평하다. 대택大澤, 천지이 바로 그 가운데 있다. 주위가 사십 리로, 물은 짙은 푸른빛이어서, 하늘빛과 위아래로 같은 색이다. 대택의 동남쪽 기슭에는 정황석산이 있다. 세 봉우리의 높이를 하나라고 친다면 그 바깥 봉우리는 삼이어서, 사람의 혀가 입안에 있는 것과 같다. 그러나 뒤는 사방이 열두 봉우리로 둘러싸여 마치 못에 성을 두른 듯하다. 또 신선이 쟁반을 이고 있는 듯하고, 봉새가 부리를 치켜든 듯하며, 기둥으로 받쳐 든 듯하며, 우뚝하게 뽑혀나 있는 듯하다. 속은 모두 깎아지른 듯하다. 절벽이 단황丹黃과 분벽粉碧의 물감 속에 꽂혀 있어서, 수놓은 비단을 펼쳐 놓고 무늬 없는 붉은 비단으로 에워싼 듯 찬란하다. 그 바깥은 기괴하면서 희다 못해 푸른 것들이 혼연히 커다란 하나의 덩어리로 되어 있으니, 수포석이 응결된 것이다. 서너 봉우리를 걸어서 지나자, 대택은 둥글기도 하고 모가 나기도 하여 각각 그 경관이 달라졌다. 아주 네모지고 조금 평평한 봉우리에 자리를 잡았는데, 봉우리에는 오석이 많았다. 아래로 대택을 굽어보니 삼면이 산에 박혀 있고 그 북쪽이 터져 있다. 그 가운데 물이 돌 틈에서 넘쳐 나와 혼동강이 되어 곧바로 영고탑지에 이르러 바다로 들어간다. 어떤 사람은 압록강과 토문강이 대택에서 발원한다고 하는데, 그것은 잘못이다. 사슴들이 무리를 이루어 물을 마시기도 하고 지나기도 하며 누워 있기도 하고 무리를 지어 달리기도 한다. 검은 곰 두세 마리가 벽을 타고 오르내린다. 과상한 새 한 쌍은 몸을 뒤집어 날다가 물을 찍는다. 마치 그림 속 광경 같다.[98]

누구라도 백두산 정상에서 천지를 바라보노라면 등골이 시리면서 만감이 교차할 수밖에 없을 것이다. '이렇게 내가 왔다. 너 천지는 바로 나다. 아니다, 우리다. 나와 천지가 하나이기도 하고 둘이기도 하다.' 이러한 감정은 보만재나 우리나 별반 다르지 않을 것이다.

천지는 주위가 사십 리로, 물은 짙은 푸른빛이다. 아마도 이 푸른빛은 금속성이라야 제격일 것이다. 바라보는 사람마다 제 가슴살을 베는 알싸하면서 차가운 금속의 섬뜩함을 느낄 수 있도록.

신광하는 「대택大澤」 시에서 천지의 변화무쌍한 광경을 묘사하였다.

深碧萬丈湫 짙푸른 만 장 깊이의 못
蕩碎五色壁 일렁이며 부서지는 오색의 벽
大器貴含蓄 대기大器는 함축을 귀하게 여기는 법
殊響殷空谷 기이한 음향이 빈 골짝에 우렁차다

或言側瓮耳 어떤 사람 그 모양이 장독 귀를 기울인 것 같아

發爲三江脈 발원하여 삼강의 맥이 되었다 하더라만

目擊殊不然 실제로 보니 그렇지 않아

回合狀城郭 빙 두른 안은 성곽의 형상이라

보만재는 천지에서 눈을 돌려 주위를 바라보았다. 저 멀리 동남쪽 기슭에는 정황석산이 있었다. 산의 절벽은 단황과 분벽의 물감 속인 듯, 수놓은 비단을 펼쳐 놓고 무늬 없는 붉은 비단으로 에워싼 듯 찬란하였다. 다시 천지를 굽어보니 삼면은 산에 막혀 있고 그 북쪽이 터져 있다. 그 가운데 물이 흘러가서 혼동강이 되고 곧바로 영고탑지에 이르러 바다로 들어가고 있다. 이에 보만재는 어떤 사람이 압록강과 토문강이 천지에서 발원한다고 말하지만, 그것은 백두산을 와보지 않은 사람들의 억측일 뿐임을 왜 모르는가라고 반문하고 싶었다.

박종朴琮은 보만재보다 2년 앞서 백두산 정상에 올랐던 사람이다. 그는 천지를 보고 난 감흥을 「백두산유록」에 기록하고 있다.

명나라 지리지地理誌의 백두산에 대한 기록에는 '높이는 삼백 리, 산 밑의 둘레는 천여 리, 못의 둘레는 팔십 리'라고 하였다. 지금 내가 본 바로는 수백 리 밖에서부터 점차로 높아졌기 때문에 갑자기 급경사로 된 데가 없으면서, 마침내 하늘을 만질 듯이 솟아 있어, 헤아릴 수 없이 장엄하고 광대하다. 그리하여 우리나라 전역에 뿌리박고 앉았으니, 비유컨대 성인이 가르치는 길이란 가파르지도 않고 괴이하지도 않아 누구나 다 낮은 데로부터 높은 데로, 일상생활로부터 도덕의 극치에로 올라갈 수 있음과 같다. 명나라 지리지에서 높이 삼백 리라

한 것은 물론 옳지 않으나, 자리 잡은 둘레도 천 리에 그치는 것이 아니다. 못의 둘레는 팔십 리까지는 못 되는 듯하다. 산에 온통 표석泡石이 널려 있고 온 산이 하나의 거창한 표식 덩이를 이루었다. 우주가 생성되던 태초에 원기元氣의 거센 운동으로 거품이 일어나 그것이 점차 바탕이 되어 이렇게 형성되지 않았을까?[99]

사실 백두산 정상에 올라 천지를 볼 수 있다는 것은 조상 삼대의 적덕積德이라고 한다. 믿거나 말거나 한 이야기이지만 그만큼 백두산을 오르는 일이나 천지를 보는 일이 쉽지 않다는 이야기일 것이다.

---

93) 서명응은 본관이 대구, 자는 군수(君受), 보만재란 호를 정조로부터 받았다. 1754년(영조 30) 증광 문과에 병과로 급제하여 부제학·이조판서를 거친 뒤, 청나라 연경(燕京, 북경)에 사행(使行)하여 다녀왔다. 그 뒤 대제학을 거쳐 상신(相臣)에 오르고 봉조하(奉朝賀)에 이르렀다. 그는 박학강기(博學强記)로 이름났으며 역학(易學)에 조예가 깊었다. 저서는 『보만재총서(保晩齋叢書)』, 『보만재잉간(保晩齋剩刊)』 등이 있다.

94) 서명응(徐命膺), 『보만재총서(保晩齋叢書)』, "往以四日, 歸以四日, 山澤之魁奇, 眺望之爽遠, 疆域關防之形便, 一擧目盡之, 儘平生快事也. 及出山而恩宥已下. 噫! 二人者之獲罪至此, 無乃天以是償其宿債於白頭山歟? 卽二人者之行止, 於是乎又添一奇矣."

95) 서명응(徐命膺), 『보만재총서(保晩齋叢書)』, "幕于平蕪, 午炊後. 踰滋浦嶺, 嶺盡大陸廣衍沮洳, 延袤四十里者, 名板幕. 杉木一望燒枯, 或因往, 歲虫蝕, 或行者失火而如此. 然脩幹千尺, 亭亭簇立, 有風颯然, 則衆竅皆鳴, 如嘯如箏, 調刁可聽. 是莊生所謂地籟也歟?"

96) 90도의 눈금이 있는 부채꼴의 천체 고도 측정기이다.

97) 서명응(徐命膺), 『봔재총서(保晩齋叢書)』, "冬至日出辰初二刻二分, 入申正一刻十三分, 晝三十五刻十一分, 夜六十刻四分, 晨昏分六刻十四分. 夏至日出寅正一刻十三分, 入戌初二刻二分, 晝六十刻四分, 夜三十五刻十一分, 晨昏分九刻三分. 其餘二十二節氣, 可以類推也."

98) 서명응(徐命膺), 『보만재총서(保晩齋叢書)』, "俯視峯巒, 或高或低, 或尖或圓. 如波濤盪而雲霧嘘, 蒼然萬里, 相率來拱. 轉身立于兩峯之缺處, 則峯下距地五六百丈, 虛曠平夷, 大澤中焉. 周四十里, 水深靑, 與天光上下一色. 澤之東南岸, 有正黃石山三峰. 高可一, 其外峯之三, 如人之舌在口中. 然後四面環以十二峯, 若城于澤. 有仙人戴盤者, 有大鵬擧嘴者, 有桂而擎者, 有聳而拔者, 裏皆剷削, 壁揷丹黃, 粉碧爛然. 如纈文之布而緹縵之圍, 其外則偃蹇蒼白, 渾然一大塊水泡石之凝結也. 移步數峯, 大澤或圓或方, 各異其觀席于已方稍平之峯. 峯多烏石, 下瞰大澤, 三面阻山, 坼其子中水. 溢出石罅, 爲混同江, 直達寧古塔地, 入于海, 或以爲鴨綠土門自大澤發源者, 妄也. 麋鹿成群, 有飮者有行者, 有臥者有走而祁祁者, 玄熊二三, 緣壁上下. 怪鳥一雙, 翩飛點水, 若畵圖中見也."

99) 심경호, 『한시기행』, 이가서, 2005에서 재인용.

부록

은자의 거처

전통시대에는 은자隱者라고 불리는 사람들이 있었다. 세상에 뜻이 없는 그들은 산이나 숲, 물가에 거처를 마련하고 그곳에 그들의 뜻을 담고 살았다. 세상을 피해 산이나 숲에서 살았기에 그들은 삶의 자취나 이름을 거의 남기지 않았다.[100]

그들은 왜 숨어 살았을까. 그리고 어떤 삶을 살았을까. 일찍부터 은자의 일상이 부분적으로나마 소개된 책은 『장자莊子』라고 할 수 있다. 「각의刻意」 편에 나오는 내용에 따르면 그들은 수양의 방법으로 찬 기운을 들이쉬고 탁한 공기를 내쉬며, 신선한 공기를 마시고 더운 공기를 토하고, 곰이 나무에 매달리거나 새가 두 다리를 편 듯한 운동을 하며 살아간다고 하였다.

은자들은 수양의 방편으로 이러한 도인導引[101]을 행한다. 심수현沈壽鉉, 1663~1736의 『수양서修養書』에서는 이 점을 분명하게 언명하고 있다.[102] 수양의 큰 벼리는 먼저 몸의 긴장을 풀고 도인導引을 행하는 것으로 시작한다. 먼저 숨을 고르게 한 다음에 고치^{叩齒}103를 하고 나서, 얼굴의 마찰, 연액과 토납, 존상^{存想}, 명천고^{鳴天鼓}, 도인, 토납 그리고 주천화후^{周天火候}의 법을 행한다.

매일 한밤중인 자시 그리고 한낮의 오시에 편하게 누워 사지를 편다. 그런 다음 몸을 일으켜 도인을 행하는데 숨을 고르게 쉬며 먼저 앞 이를 두드려 작은 소리가 나게 한 뒤 어금니를 두드려 큰 소리가 나게 한다. 두 손으로 얼굴과 눈을 문지른다. 몸이 따뜻해지고 기분이 좋아지면 책상다리를 하고 단정히 앉는다. 혀로 입안을 휘저어 침이 생기면 삼킨다. 묵묵히 그 수를 센다. 삼백을 세고 한 번을 마신다. 침 삼킬 때에는 숨을 내쉬며 삼키는 것이 끝나면 숨을 들이쉰다. 이렇게 하면 흡기와 함께 침이 순하게 단전으로 내려간다. 자시 후에나 오전 전이라도 먹은 것이 소화되고 마음이 비었을 때에는 자주 침을 삼킨다. 숫자에 구애되지 않고 마음먹은 대로 하고 그친다. 대개 5일을 한 단위로 하여 조용한 방에 향을 사르고 머리에서 발에 이르기까지 존상하고, 기가 또 발에서 단전에 이르고 위로는 척추를 지나 뇌 속으로 들어가는데 그 기가 마치 구름처럼 뇌 속을 관통한다고 생각한다. 생각이 끝나면 다시 침을 삼킨다. 다음에는 두 손으로 귀를 가리고 북소리를 내듯이 3~7번 두드린다. 두 발을 가지런히 뻗고 앉아 목을 바로 세우고 힘껏 손을 당긴다. 두 손을 각기 악고^{握固}하여 양 옆구리 아래로 내려 과골 옆에 붙인다. 또 좌우의 양 견갑골 위로 솟구친다. 잠시 숨을 멈추고 숨을 참아 얼굴이 붉어지면 멈춘다. 7번을 이렇게 한다. 기가 척추 위를 따라 니환^{泥丸}에 들어간다. 이것은 수양의 큰 벼리이다.¹⁰⁴

왜 은자들은 보통의 삶을 살아가는 사람들과 다른 길을 걷는 것일까. 『포박자^{抱朴子}』 「지리^{地利}」 편에는 무릇 사람은 기^氣 속에 있고 기는 사람 속에 있다고 한다. 천지로부터 만물에 이르기까지 기에 의하여 생기지 않는 것이 없다. 그러므로 기를 돌리는 방법을 잘 아는 자는 안으로는 몸을 건강하게 하고, 밖으로는 사악함을 물리친다. 그러나 사람들은 날마다 기를 사용하고 있으면서도 그것을 알아차리지 못한다. 이러한 내용으로 추정컨대, 은자들이 숨어 사는 것은 속세의 잡다한 욕망을 버리고 자연에 동화되면서 하늘로부터 받은 건강한 삶을 누리고자 한 것으로 보인다. 흔히 말하는 '불로장생'을 추구한 것으로 보인다.[105]

아울러 이들은 영혼의 정화와 해탈解脫 이후의 세계—이 땅 위의 이상경理想境을 꿈꾸었던 것인지 모르겠다. 당나라의 승려 시인인 한산자寒山子의 시를 보면 이 점이 더욱 분명해진다.

重巖我卜居 층층 바위틈이 내가 사는 곳

鳥道絶人跡 다만 새 드나들고 인적은 끊어졌다

庭際何所有 좁은 바위뜰 가에 무엇이 있나

白雲抱幽石 그윽이 돌을 안은 흰 구름만 감돌 뿐

住玆凡幾年 내 여기 깃든 지 무릇 몇 해인고

屢見春冬易 봄과 여름 바뀜을 여러 차례 보았네

寄語鐘鼎家 그대 부자들에게 내 한 말 부치나니

虛名定無益 헛된 이름이란 진정 헛것뿐이니라[106]

은자들은 이러한 장소가, 오염된 세속에서 벗어나 초월하며 살아가는 곳으로, 자신의 삶을 반성하며 하늘로부터 품부 받은 천성天性을 유지하기에 최고로 적합하다고 믿었던 듯싶다. 태고 그대로의 소박한 원시 자연은 세속의 탁한 마음과 번뇌를 벗어나 명징한 깨달음의 경지 그 자체의 표상이며 표현인 것이다.

그러나 현대의 산은 속세의 대척점으로 형성된 청정한 지역이나 극락정토가 아니라는 점에서 그 장점과 단점을 동시에 드러내고 있다. 오늘날 사람은 산이란 도시[농촌] 생활의 연장이기에 말 그대로의 일상의 스트레스를 잠재워주는 공간이며 약해진 심신心身을 보완하여 강하게 해주는 곳으로 이해한다. 병행하여 사람들은 산에서 자신의 입맛대로 더욱 많은 것을 바라고 추구하여, 산이 자신의 모습을 잃어 갈수록 더욱 좋아하고 찬양해 마지않게 되었다. 결국에 우리는 산의 이상성과 고결성을 잃은 대신에 산의 현실성와 잡박함을 획득하는 전과戰果를 얻었지만, 한편으로는 산의 현실성과 잡박함마저 더욱 부정하고 파괴하는 경지로 나아가게 되어 많은 사람이 산을 아끼고 지켜야만 그나마도 보존할 수가 있게 되었다.[107]

100) 우리나라의 경우로 보면 홍만종(洪萬宗)의 『해동이적(海東異蹟)』・『순오지(旬五志)』, 유재건(劉在建)의 『이
향견문록(異鄕見聞錄)』, 이규경(李圭景)의 『오주연문장전산고(五洲衍文長箋散稿)』 등에 이와 관련된 이야
기가 전한다.

101) 고대 신선가(神仙家)가 쓰고 있는 불로장생을 위한 일종의 보건체조인데, 의가(醫家)에서도 병을 치료하는
방법으로 안마와 함께 사용하였다. 도인은 짐승의 동작에서 힌트를 얻어 창안한 것으로, 신체를 구부렸다
폈다하거나 문지르거나 하여, 혈액순환을 좋게 하는 건강법으로 조식(調息)과 함께 사용하였다. 탁한 기를
몸 밖으로 내보내고 원기를 몸 안에 저장하는 양생법이다.

102) 이진수, 수양서에 보이는 양생사상, 『도교문화연구』・24, 한국도교문화학회 편, 2006. 이진수, 수양서에 보
이는 도인, 『도교문화연구』・26, 한국도교문화학회 편, 2007.

103) 악귀들은 사람이 윗니와 아랫니를 부딪쳐 내는 소리를 아주 두려워한다고 한다. 이를 자주 부딪쳐서 소리
를 내면 이러한 악귀들이 전혀 침범할 수 없기 때문에 자연히 오래 살게 된다는 것이다. 그러므로 밤에 어두
운 곳을 지나갈 때에는 반드시 이를 마주쳐 소리를 내면서 가는 것이 좋다고 한다. 이를 마주치는 경우에
왼쪽을 마주치는 것을 타천종(打天鐘)이라 하고, 오른쪽을 마주치는 것을 퇴천경(槌天磬)이라 하며, 중앙
을 마주치는 것을 명천고(鳴天鼓)라고 한다. 만약 흉악한 일이나 재수없는 사건을 만났을 때에는 타천종
36회를 하고, 사기(邪氣)를 물리치고 또는 신에 대하여 큰 주문을 외우며 무엇을 기원할 때에는 퇴천경 36회
를 하며, 정신을 통일하여 천신이나 그 밖의 신을 모실 때에는 명천고를 한다. 그때에는 중앙에 있는 4개의
이가 바로 합해지도록 하는 동시에 입을 닫고 뺨의 긴장을 풀고 마주치는 소리가 깊이까지 울리도록 주의
하여야만 한다.

104) 심수연(沈壽鉉), 『수양서(修養書)』.

105) 이러한 은자는 『한서(漢書)』 예문지(藝文志) 방기략(方技略)에서 말하는 신선(神仙)과 별반 차이가 없다.
"신선이란 참된 생명을 유지하고 세상 밖에서 노니는 자로 뜻을 깨끗이 하고 마음을 가라앉히는 것에 의지
해 죽음과 삶의 영역을 한 가지로 하여 가슴 속에 슬픔과 두려움이 없는 사람이다(神僊者, 所以保性命之眞,
而遊求其外者也. 聊以盪意平心, 同死生之域, 而無怵惕於胸中.)."

106) 한산, 『한산시』, 김달진 전집・6, 김달진 옮김, 문학동네, 2001.

107) 현재 몇몇 단체나 개인이 하나둘씩 그들의 손을 내밀고 잡으면서 커다란 흐름을 이루어 가고 있다. 비록 우
리가 현재의 여건상 산에 살지 않을지라도 가슴에 산을 담고 살아간다면 무엇을 이루지 못하겠는가.

은자의 생활

은자의 모습과 생활은 좀처럼 알기 어렵다. 그래도 그들에 관한 이야기를 알려고 노력하면 또한 전혀 알 수 없는 것도 아닌 듯하다. 유재건劉在建의 『이향견문록異鄕見聞錄』에 수록된 짧은 예가 그런 경우이다.

이생李生은 그 이름이 알려져 있지 않다.

어려서부터 체질이 약하고 병이 많았는데 어느 친구에게서 몸을 다스리는 방법을 얻어 자못 효과를 보았고, 또 『성명규지性命圭旨』를 얻어 침을 삼키고 기氣를 돌리는 법을 많이 시험하였다.

일찍이 내게 말하였다.

"양생養生을 하려거든 먼저 기를 돌려 임맥任脈과 독맥督脈이 통하게 하는 것이 필요하다. 그렇게 하면 온갖 병이 전혀 생기지 않는다."

『내외금단결內外金丹訣』 삼백육십 구를 지어 내게 보여 주었다. 그 어구는 『성명규지』에서

나온 것이 많고 수련공부를 설명해 놓은 것이 체계가 있고, 매우 정밀하여 볼 만하였다.[108]

옛날의 은자들은 대체로 저자에 은거하는 이가 많았다. 설공薛公은 아교를 팔며 한단邯鄲 저자에서 은거하였고, 한백휴韓伯休는 약을 팔면서 장안長安 저자에서 은거하였으며, 엄군평嚴君平은 점을 팔면서 성도成都 저자에서 은거하였다. 저들의 뜻이 세상과 완전히 떠나 있고자 하였다면, 산꼭대기나 물가가 그들의 숨을 곳인데, 스스로 비속한 일을 감수하며 장사판 속에 숨은 것은 무슨 까닭인가? 그런데 시은市隱 한순계韓舜繼 선생의 은거함을 살펴보면 그 마음이 자신의 은거를 스스로 드러내는 데 구구하지 않으려 했음을 알게 되는 바, 또한 어찌 저자와 저자 아닌 곳을 가렸겠는가? 아! 이것을 보니 그 은거함의 고상함을 알겠도다.[109]

앞의 글은 이생이란 은자가 내단內丹에 힘쓰는 모습을 보여주고 있는데, 그는 평소에 양생을 위해 임맥任脈과 독맥督脈에 기를 통하게 하는 수련공부를 하고 있다. 특히 이런 수련공부를 『내외금단결』 삼백육십 구를 지어 체계화할 정도였다. 뒤의 글은 시은市隱 한순계韓舜繼가 산이나 물가에 은거하는 것이 아니라 저자에 은거하는 데도 그 고상함을 유지하고 있음을 말하고 있다.

사실 이처럼 산야山野나 물가, 또는 저자에 은거하는 사람은 주로 도가, 도교 계열의 인물이라 할 수가 있다. 이들은 심성수양에 치중하는 것으로 알려졌는데, 이원국李遠國에 의하면 그 실상은 다음과 같다.

"도교인들은 일정한 수련을 거쳐서 수명을 연장하고 심지어 장생의 경지에 도달하기를 희망한다. 이것을 위해 도교인들은 점복占卜・부록符籙・기양祈禳・금주禁呪・정공靜功・동공動功・기공氣功・외단外丹・내단內丹[110]・방중房中[111]・벽곡辟穀[112]・복이服餌 등과 같은 방법들을 행한다. 이런 방법들을 통칭하여 도술道術이라고 하는데, 방술方術・방기

方技·방기方伎도 같은 의미이다. 또 도교인들 가운데는 이것을 '선술仙術'이라고 말하는 이들도 있다."[113]

정공은 성性을 기르고 덕德을 쌓는 각종 수련법이다. 동공은 신체를 건강하게 하는 각종 수련법이다. 기공은 호흡 단련의 각종 수련법이다. 방중은 성생활의 위생술이다. 외단은 단약을 복용함으로써 장생을 추구하는 방법이다. 내단은 도교 양생 수련 공부의 종합적인 방법이다.

여기서 이 같은 도교의 수련이 무엇을 지향하는지를 살펴보자. 도교의 내단수련은 '역시성逆時性'이라고 명명되는 독특한 회귀적 속성을 갖고 있음을 주목해야 한다. 역시성은 도교 생사관의 필연적 산물일 것이다.

삶과 죽음은 자연계에 객관적으로 존재하는 현상이다. 태어나면 죽고, 시작하면 언젠가 끝난다. 지구상의 어떠한 생명체도 거부하거나 저항할 수 없는 자연의 법칙이다. 사회생활을 영위하는 인간은 역시 이 법칙의 제약에서 벗어날 수 없다.

일찍이 중국 선진 시대에 삶과 죽음의 문제에 물음을 던진 사람으로는 도가道家와 신선가神仙家 계열의 사람들을 들 수 있다. 도가와 신선가들은 삶과 죽음의 과정에서 서로 엉켜 있는 고통에서 벗어나기 위해 그들 나름의 방법을 이용했다. 신선가는 불사약을 만들 수 있는 신비로운 약초를 찾아 죽음을 극복하고자 했고, 도가는 사변적인 방법으로 삶과 죽음의 심오한 신비를 탐색하려 하였다.

도가는 삶과 죽음의 현상을 우주의 기원과 변화 과정에 연계시키려고 노력하였다. 그리고 이런 노력과 방법은 도교에 그대로 계승되었다. 선진 시대의 노자·장자·열자 등과 마찬가지로 도교는 명상에 잠겨 사물을 관찰하는 방법을 통해 철학의 본체론이란 입장에서 삶과 죽음의 현상을 이해하고 해석하려고 하였다. 즉 그들은 지금의 우주 이전에 혼돈의 상태가 있다고 인식하고, 이것을 '도'라고 명명하였다. 도는 그 자체에 내재한 음양의 상호 작용으로 천天·지地·인人과 만물의 화생化生을 이끌어냈다. 선천적으로 주어진 도의 본체로부터 변화해나간 우주 사이의 일체 사물은 또한 끊임없이 변화, 운동하는 과정에 놓이게 된다. 마치 하나의 무극권無極圈 속에서 회전하면서 작은 것에서 큰 것으로, 약한 것에서 강한 것으로 변화하는 것과 같다. 이런 변화 과정은 기의 모임과 흩어짐으로 나타날 수 있다.

이런 논리에 의하면, 우주·천지·만물과 인간은 어느 시점에서 모두 무無의 경지, 곧 기가 완전히 소모되고 흩어지는 쇠망의 길로 나아가게 된다. "천지자연도 그렇게 오래 지속할 수가 없는데, 하물며 사람이 하는 일임에랴!"[114] 이 관념은 오늘날의 사상과 그리 차이가 나지 않는다. 그러나 도가와 도교는 여기에서 한 걸음 더 나아가 '순역順逆'의 시공간 개념을 통해 만물의 생멸 변화를 해석하고 죽음의 문제를 어떻게 대처하는지를 말하고 있다. 이에 대해 노자는 "큰 것은 가게 되고, 가면 멀어지며, 멀어지면 되돌아온다."[115]고 하였다. 도교는 노자의 돌아온다는 복귀復歸 사상을 더욱 발전시켜 만물의 이치에 순응하면 인간이 되고, 거슬러 역행하면 신선이 된다는 사상을 확립하였다.

도교의 관점에서 볼 때, 근원적인 도에서 천·지·인으로의 변화는 만물의 이치에 그대로 순응하는 과정이며, 이 순행의 과정을 그대로 따라가면 마지막 종착역인 죽음을 피할 길이 없는 것이다. 그러나 방향을 바꾸어 되돌아갈 수만 있다면 죽음은 피할 수 있는 것이며, 마침내는 신선의 경지에 이룰 수 있는 것이다.

시공간을 역행한다는 전제에서 보면, 도교에서 묘사한 선인仙人[116]과 일반 사람은 아주 다른 존재이다. 최고의 경지에 오른 선인은 선천적인 도의 신령한 기운을 깨우쳐 획득한 존재이다. 그리고 도는 영원불멸한 것이다. 따라서 이런 선인에게 삶과 죽음의 문제는 존재하지 않는다. 이들은 선천적으로 시공을 역행하는 기술을 획득한 선인과 후천적으로 도를 획득한 선인으로 구별된다. 후자는 선천적으로 도를 득도한 사람보다 신통력이 떨어진다고 하지만, 혼백을 통제하는 수렴과 갓난아이의 상태로 신체를 변화시키는 수행 과정을 모두 거친 존재이다.[117]

일반적인 도교의 내단수련은 다음과 같다. 이 공부는 도가의 인간관에 따라 크게 두 부류로 대별할 수가 있다. 즉 보통사람[凡夫]의 수련을 가리키는 후천공부後天工夫와 보통사람의 경지를 넘어선 사람의 수련을 가리키는 선천공부先天工夫이다.

후천공부는 한마디로 점진적 단계의 공부라 할 수 있다. 수심收心, 심기尋氣, 응신凝神, 전규展窺, 개관開關, 양기養己, 득약得藥, 결단結丹, 연기煉己의 단계로 이어진다. 연기 단계에 이르면 이른바 소단이 맺힌다고 한다. 소단이 맺히면 저절로 마음에 흔들림이 없어지고, 칠정·육욕의 모든 인간적 감정과 어리석음이 끊어지며, 모든 질병의 뿌리가 없어져서 인정人情의 세계에서 본성本性의 세계로 인간세계에서 성性·선仙·불佛의 세계로 들어서게 된다. 세상에 태어나기 이전의 상태로 되돌아간 것이다. 그러나 완전한 단계가 아니라서 보통사람들이 질병에 걸리는 것과 같은 이치로 언제든지 그 상태가 깨질 위험이 있다. 끊임없이 스스로 마음을 청정하게 제어하고 선행을 하면서 덕을 쌓는 도덕적인 단련을 거듭해야 비로소 소단의 효력을 확실하게 얻을 수 있다. 내단공부의 참다운 기초가 쌓여지는 것이다. 이에 이르러서야 후천공부를 모두 마치고 선천공부로 들어간다.

선천공부는 마음을 단련하는 공부라 할 수 있다. 양기養氣, 합기合氣, 추기追氣, 득기得氣, 누기累氣, 명성明性, 성신成神, 화신化神, 연허煉虛 등의 단계로 이어진다.[118]

단丹은 인체 내의 정精·기氣·신神을 조절하고 양생하는 방술로, 명칭은 상징적인 의의를 갖는다. 원래 '단丹'은 천연 광석을 녹여 만든 약인데, 한 번 녹여 만든 것을 '단두丹頭'라고 하고 계속 다시 재련하여 복용할 수 있게 만든 것을 '금단金丹'이라 한다. 도교는 선진시대 방사가 발명한 이러한 금단술을 계승하고, 이를 기의 운행을 인도하는 고대 내공內功 형식과 결합하였던 것이다.

이는 도교에서 천일일체天人一體라는 관념을 바탕으로 인체 그 자체가 하나의 소우주로서 대우주와 서로 대응하여 같다고 안식한 결과에서 발생한 것이다. 대우주가 소유한 것은 소우주에도 갖추어져 있다. 따라서 내공 단련도 연단煉丹[119]의 한 과정으로 간주한다. 천연광물을 녹여 만든 단을 '외단外丹'[120]이라 한다면, 인체 내의 정·기·신을 모아 형성한 단은 바로 '내단內丹'이라 할 수 있다.

하지만 초기 도교에서는 내단과 외단이 명확하게 구분되지 않았다. 만고단경萬古丹經의 최고라는 『주역참동계周易參同契』까지도 내외단의 개념조차 사용하고 있지 않음이 그 실례일 것이다. 그러나 『주역참동계』 상편에서는 역학의 범주에서 연기煉氣와 연단의 원리를 표현하고 있다. 『주역참동계』 중편에서는 단을 연성하고 연기하는 모두가 일월성신의 운행을 본받아야 한다고 인식하였다.

그리고 도교 활동이 왕성해짐에 따라 내외단 학설도 점차 그 이론적 틀을 갖추게 되었다. 『통유설通幽說』에서는 명확하게 내단과 외단을 구분하고 있을 뿐 아니라, 그 작용의 차이에 대해서도 지적하고 있다. 그러나 도교가 내단과 외단을 상호 배척의 관계로 간주하지 않음도 사실이다.

사실상 도교의 '천인합일'이라는 사유체계는 기본원칙으로서 줄곧 관철되어 왔으며, 내외단도 마찬가지이다. 따라서 내용상으로 서로 비추는 거울 역할을 한다는 점이나, 개념적 술어로서 동일성을 지니고 있다는 점도 내단과 외단의 발전 단계에 있어서 기본적인 특징의 하나가 되었다.

　도교 내단 수련은 다음과 같다. 인체를 하나의 '화로와 솥[爐鼎]'에 비유한다. 머리는 솥이고 복부는 화로인데, 하늘이 위에 있고 땅이 아래에 있는 것과 같다. 인체 내부의 정·기·신으로 내단을 합성하는 것은 원시물질이 반드시 갖추어야 할 조건이며, 호흡의 리듬과 힘의 강약을 조절하는 것은 연단의 '화후火候[121]를 장악하는 방법으로 간주된다. 외단을 제련할 때는 온도를 높여야만 원시광물질과 모종의 일부 약물이 분해되어 새롭게 합성될 수 있다. 내단의 제련에도 '화력'의 작용은 필요하다. 정신력이 곧 불이고, 외기外氣를 호흡하는 것은 곧 바람[風]이다. 연단은 바람을 빌려 불을 일으키고 그 불로써 약물을 정련한다. 바람과 불을 같이 사용해서 신기神氣가 서로 조화를 이루어 둘로 분리되지 않게 기혈氣穴, 단전을 응신凝神하면, 내장의 정기와 외래의 기가 단전에서 서로 결합하게 된다.

---

108) 유재건(劉在建), 『이향견문록(異郷見聞錄)』, 실시학사 고전문학연구회 역주, 민음사, 1997.

109) 유재건(劉在建), 『이향견문록(異郷見聞錄)』, 실시학사 고전문학연구회 역주, 민음사, 1997.

110) 도교 수련술의 하나. 외단(外 丹)과 상대된다. 인체의 한 부위를 수련의 화로[爐鼎]로 삼고 이로써 체내의 정(精)·기(氣)를 약물로 삼으며 신(神)을 사용하여 소진케 하는데, 이들 정·기·신을 모아 굳게 하여 성태(聖胎, 내단)를 만드는 것을 말한다. 내단 수련과정은 일반적으로 축기(築基), 연정화기(煉精化氣), 연기화신(煉氣化神), 연신환허(煉神還虛)의 4단계로 나누어진다. 축기는 기초수련으로서, 흠을 메우고 빈 곳을 보충하여 정·기·신을 온전하게 하는 데 그 중점이 있다. 기초가 이미 튼튼해져 있으면 연정화기를 행할 수 있다. 연정화기는 축기를 바탕으로 정·기·신을 수련하고 기르는 것이다. 이것은 신을 사용해 정과 기를 단련하며, 그리하여 정과 기가 하나로 결합된 기의 상태로 변화시키는 것이다. 여기에서 더 나아가 연기화신하고 연허환허하며, 최후에는 유(有)로부터 무(無)로 들어가 선천의 텅 빈 상태로 돌아간다. 도교도들은 이처럼 내단이 완성되면 자신의 형체를 변화시켜 몸을 여러 개로 나눌 수 있고, 장수할 수 있으며, 신선이 될 수 있고, 여러 가지 초인적인 특수한 능력을 갖추게 된다고 믿었다. 이것에 대해 수많은 단경(丹經)에서는 매우 다양하게 설명하고 있다.

111) 방중술(房中術). 신선도나 도교에서 행한 양생술의 하나. 사람의 생명은 정기(精氣)를 온존함에 의해 유지되
지만, 남녀의 성생활은 자칫하면 이것을 누실하는 원인이 된다. 그런데 익정(益精)을 목적으로 행하는 독특
한 교접법이 방중술이다.

112) 불로장생을 구하기 위해, 오곡 혹은 오미백곡(五味百穀)을 먹는 것을 피하든지, 끊든지 하는 양생법의 하
나. 인간은 곡물을 먹고 생명을 유지하고 있지만, 식물에 의해 몸 안에 더러워짐이 생기기도 하고 병이 되기
도 한다. 따라서 곡물보다 더욱 좋은 것을 먹으면 장생에 효과가 있다고 생각하기도 하고, 오미(五味)는 인
간의 본성을 손상하는 것이기 때문에 피하는 것이 좋다고 생각하였다. 이와 같은 입장이 하나가 되어 광식
물(鑛植物)에서 만들어진 약을 먹든지, 자연계 가운데서도 수명이 긴 동식물을 먹든지, 혹은 그저 천지의 원
기(元氣)를 마시든지 하는 것이 벽곡과 표리를 이루어 말해진다.

113) 이원국, 『내단-심신수련의 역사』, 김낙필 외 역, 성대출판부, 2006.

114) 『老子』 23장, "天地尙不能久, 而況於人乎!"

115) 『老子』 25장, "大曰逝, 逝曰遠, 遠曰反."

116) 선인(仙人)은 신선(神仙)으로 세상을 떠나 산속에 살며 불로장생의 세계에 사는 사람을 말한다. 유희(劉熙)
의 『석명(釋名)』 「석장유(釋長幼)」에 "늙어도 죽지 않음을 선(仙)이라 한다. 선은 옮김[遷]이니 산(山)으로 들
어감[遷]이다. 그러므로 그 글자는 사람 인(人) 옆에 뫼 산(山)자를 쓴다" 라고 하였다. 선이란 상상 속의
일종의 신인(神人)이 혼합된 성격으로 서양종교에서의 천사와 비견할 수 있다. 여기서 필자는 조선시대 선비
의 입산, 산행이 은자·은사·선인·신선 등의 입산, 산행의 이상처럼 표면적으로 드러나지 않지만 그 저변에
깔려 있음을 연역적인 방법을 통해 강조하고자 한다.

117) 잔스추앙, 『도교와 여성』, 안동준·김영수 뒤침, 창해, 2005.

118) 이황 편저, 『활인심방(活人心方)』, 이윤희 역해, 예문서원, 2006.

119) 연단(鍊丹). 신선이 되기 위해 필요한 신약(神藥), 즉 단(丹)을 만드는 것을 뜻한다.

120) 도교 수련술의 하나. 화로를 가지고 약물을 달여, 장생불사의 선단(仙丹)을 제조하는 것을 가리키는데, 정·
기·신을 수련하여 기르는 내단과 상대된다. 『자치통감』에 의하면, 외단의 소련은 한나라 원광(元光) 2년
(133)에 시작되어 당나라에서 극성하였고, 송·원 이후로는 점차 쇠퇴하였다.

121) 도교 연단에 관한 용어. 외단가에서 연단하는 과정 중에 화력(火力)의 운전과 조절을 가리킴. 또 음양일진
(陰陽日辰)의 설과 결합하는데, 화(火)는 태양의 진기로서, 날[日]에는 12시(時)가 있고, 60시마다 1갑자(甲子)
가 끝나기 때문에 5일을 1후(候)로 삼는다. 약간의 후(候)를 1전(轉)이라 하고, 9전이 되어 단(丹)이 이루어진
다고 한다. 내단가에서는 화(火)의 공협으로 생각하는데, 그것이 흩어지면 기(氣)가 되고, 그것이 모이면 화
가 되며, 그것이 변화하면 수(水)가 되니, 그 작용은 "이 하나의 기가 진원(眞元)을 흩어지지 않게 함" 에 있
다고 한다. 연단할 때의 동정(動靜)을 비유하여 "동정을 서로 잊고서, 정(靜)하지 않는 가운데에 정(靜)하고,
동(動)하지 않는 가운데에 동(動)하여, 이른바 음양이 있는 가운데에 진토(眞土)가 모여 합할 수 있으면 신
선의 도가 다 마쳐진다" 고 한다.

은둔의 미학

은자는 누구인가. 은자라는 말이 최초로 언급된 『장자莊子』「선성繕性」편에 의하면 세상의 형세가 크게 잘못되어 몸을 숨기어 드러내지 않거나, 입을 닫고 말하지 않거나, 지식을 숨기고 드러내지 않는 자를 말한다. 즉 도덕이 무너져 버려 자신이 세상에 도움을 주지 못하게 되자, 덕을 감추고 세상에 자신을 드러내지 않는 사람들을 뜻한다.

이렇게 은자는 세상에 몸과 마음을 숨기지만, 이외에도 조정에 숨는 경우, 저자 거리에 숨는 경우, 또는 학계에 숨는 경우도 있다. 물론 진정한 은자는 몸과 마음을 모두 숨기기 때문에 조정 등에 숨는 것은 특수한 예일 것이다. 실제로 후대의 많은 사람들은 은자의 다른 호칭인 처사處士·일민逸民·유인幽人·일사逸士·은군자隱君子·고사高士 등에서도 알 수 있듯이 세상을 떠나 명예와 이익을 구하지 않고, 세속을 초탈하여 속세 밖을 자유로이 떠도는 모습으로 은자를 받아들였다. 은자들이 모두 고상하게 자신의 일을 했는지, 그리고 은자들이 실제로 잘못된 사회의 문제점이나 탐욕스러움을 깨치는 작용을 했든지 간에, 적어도 사람들의 인식 속에서 은자의 형상은 비교적 선망의 대상이고, 사람들은 은자에게 이상적인 인격성을 부여했던 것이다. 하지만 율곡처럼 "은자는 은둔에 편향하게 되니, 중도를 가는 것이 아니다"라고 비판하는 부류도 무시할 수는 없다.

은자는 생활 자체가 숨김[隱]이기 때문에 더욱 신비롭다. 그들 중에는 혼자서 숨는 독은獨隱도 있고, 형제간이나 부부, 부자나 모자 등 둘이서 숨는 대은對隱도 있으며, 셋이나 다섯이서 시사詩社. 시모임나 문사文社. 글모임를 이루어 함께 숨는 경우도 있었다. 그들은 대부분 동굴에 숨어 살거나, 시골집에 깃들거나, 산에서 들짐승과 함께 평화롭게 살거나, 혹은 시체 구더기와 한방에서 산 사람도 있었다. 이들은 일생 동안 목숨을 겨우 부지할 정도의 음식과 차를 마시는 등의 궁핍한 생활을 하지만 정신만은 부유하여, 혹 산수시화에 마음을 두고 스스로 즐기거나 물외物外의 경지를 뛰어넘어 한가롭고 깨끗하게 지냈다.

은둔이란 무얼 말하는가. 『주역周易』 둔괘屯卦에서는 '여유 있게 은둔하니 이롭지 않음이 없다(上九, 肥遯, 無不利)'라고 하고, 이를 「정전程傳」에서 '비肥라는 것은 가득 차고 크고 넓고 여유 있다는 뜻이다. 둔遯이라는 것은 정처 없이 떠돌아 멀리 가는 것이니 얽매여 머무르지 않은 것을 말한다'라고 하였다. 은둔 생활이란 나 스스로 천명을 알아 즐거워하며 인위적으로 무엇인가를 하려고 애쓰지 않고 여유롭게 지내면서 정신적으로 굳게 지키며 변함없이 자신의 자리에 거처함이다. 현실에 대한 반감으로 그치는 것이 아니라 한 걸음 더 나아가서는 하나의 이상향을 꿈꾸는 것, 즉 노자의 '소민과국小民寡國' 사회를 지향하거나 도연명陶淵明의 시에서처럼 도화원桃花園 같은 신선의 경지를 꿈꾸는 것이리라. 때문에 은둔이란 방외인方外人의 정신적 자유

를 방내인方內人이 지칭하는 것이다.[122]

그렇다면 은둔처는 과연 어디인가. 은자는 자신의 거처를 아주 고상하고 운치 있게 만들었다. 어떤 은자들은 산이나 물이 없는 곳에 살면서도 자기 집에 산수山水의 뜻을 담은 이름을 붙이기도 하였다. 예컨대 명나라 은자는 평원지대에 살면서도 자기 집을 서벽棲碧이라고 하였다. 주거환경은 은자의 신분에 부합하여, 깊고 울창한 숲은 은자의 심오함을 상징하고, 곧게 뻗은 대나무는 꼿꼿함과 솔직함을 상징한다. 또한 우뚝 솟은 소나무와 잣나무는 절개를 상징하며, 눈 속에 홀로 피어난 매화는 속세를 초월함을 상징한다. 이는 자연의 풀 한 포기, 나무 한 그루가 모두 은자에게 부여된 인격의 의미라는 것이다. 그들의 장식품도 예외는 아니다. 거문고나 장기, 글씨나 그림은 고상함이며, 책은 박식함과 깊이이고, 질박한 책상이나 깨끗한 창은 정결함이다. 심지어 문짝 하나 없는 가난도 은자의 안빈낙도安貧樂道를 표현해 주기도 한다. 물론 이렇게 자연에서 한가히 노니는 은자들과 달리 극도로 궁핍한 은자들의 주거환경도 상당히 많았다.

이제 이러한 은둔처를 염두에 두고 은둔의 미를 생각해보자. 은자의 태도와 가치관을 보면, 그들은 자신의 본성대로 행동하는 참됨[眞]을 가장 중요한 가치로 여겼고, 또한 선함[善]은 천명을 지킬 수 있는 도덕 기준으로 삼았다. 대부분의 은자는 맹자孟子가 성선설性善說에서 제시한 대로 인간 본성의 선함과 능동성을 지지하였다.

아름다움[美]이란 무엇인가. 인간이 객관 대상에 대해 미의식을 갖게 되자, 세상의 모든 것은 아름다움과 연관되었다. 인간 자체가 심미의 대상이고, 인간의 창조물에서도 아름다운 이상이 있다. 그래서 자연의 풀 한 포기, 나무 한 그루, 산과 강 등이 인간의 눈에 살아 움직이면서 즐거움을 제공하고 감상의 대상이 됨으로써, 인간의 정과 뜻을 기탁하는 미적 의의를 지니게 되었다.

은자와 자연의 관계는 상대적으로 매우 밀접하여, 자연은 은자에게 매우 중요하다. 은자는 방외인을 자처하는 자이므로 산수 자연에 대한 감정이 남다르다. 그러므로 그들은 산수에서 은둔하고 노닐며, 자연에서 아름다움을 찾고 자신의 감정을 의탁하였다. 어떤 경우에 자신들이 직접 안개와 이슬 등의 자연경치를 접하지 못하더라도 마음속에는 언덕과 골짜기가 자리 잡고 있다. 그래서 일반 사람과 은자의 산수는 다르다고 진술하는 사람도 있다. 일반 사람이 산수를 좋아함은 시끄러운 도화를 떠나 잠시 깨끗하고 조용한 곳에 머무르는 데에만 그 목적이 있고, 그들에게 산수 자연이란 세상에 존재하는 실리적인 것일 뿐임에 반해, 은자는 산수를 동일시하여 자연 일체를 이룬다. 그들에게 자연의 미는 더 이상 감상거리만 제공하는 죽은 물체가 아니라, 자신의 마음속에서 살아 움직이며, 그들의 정서 및 성격과 하나가 되어 즐기는 것이다. 그래서 은자는 산수의 아름다움을 즐기는 가운데, 순간의 즐거움이 아닌 인생의 참뜻을 발견하였던 것이다.

---

122) 방외인과 방내인의 경계는 '방(方)'의 규정에 있다. 방은 구획(區劃)의 뜻으로, 토지·구역·한정된 범위를 말한다. 방내는 세속적인 도덕·습관이 지배하는 세계이다. 방외는 세속이 지배하는 세계를 초월해 있음을 말한다. 『장자(莊子)』「대종사(大宗師)」에 "저들은 이 세상 밖에서 노는 사람들이다. 내(공자)는 이 세상의 안에서 노는 사람이다(彼遊方之外者也, 而丘遊方之內者也.)"라고 하였다. 이에 대해 성현영(成玄英)의 소(疏)에 "방(方)은 구역이다. 저 두 사람은 죽음과 삶을 한결같이 보아서 교적(敎迹)에 의해 얽매이지 않으므로, 공자와 자공은 세상에 이름을 떨치는 대유(大儒)로서 잘못됨을 헤아리는 의를 행하고, 절문(節文)의 예를 실행하며, 애락(哀樂)의 가운데에서 뜻을 날카롭게 하고, 구역 안에서 마음을 노니니, 그 때문에 다르다"라고 하였다. 『문선(文選)』「동방삭찬(東方朔贊)」 사마표(司馬彪)의 주(注)에 "방(方)은 상(常)이니, 저들이 상교(常敎)의 밖에서 마음을 노님을 말하는 것이다"라고 하였다. 이후에는 이 말을 빌려서 승려와 도사를 가리켰다.

참고문헌

『記言』

『老子』

『論語』

『南冥集』

『頭陀草』

『孟子』

『忘軒遺稿』

『勉菴集』

『樊巖集』

『保晚齋叢書』

『史記』

『三淵集』

『山海經』

『性命圭旨』

『修堂遺集』

『鵝溪遺稿』

『唔堂先生文集』

『燕巖集』

『旅軒集』

『伍柳仙宗』

『王維集』

『月沙集』

『玉吾齋集』

『栗谷全書』

『把翠軒遺稿』

『莊子』

『芝山集』

『遲庵集』

『退溪集』

『太乙金華宗旨』

『抱朴子』

『寒岡集』

『漢京識略』

『韓國文集叢刊』

『寒山子集』

『海左集』

『국역신증동국여지승람』, 민족문화추진회, 1988.

김창협 외, 『명산답사기』, 민족문화추진회, 1997.

『道敎思想辭典』

『道敎事典』

『道敎文化硏究』

『道藏提要』

『민족문화대백과사전』

劉在建, 『異鄕見聞錄』, 실시학사 고전문학연구회 역주, 민음사, 1997.

李鈺, 『역주 이옥전집』, 실시학사 고전문학연구회 역, 소명, 2001.

『中國方術大辭典』

고연희, 『조선후기 산수기행예술연구』, 일지사, 2001.

김낙필, 『조선시대의 내단사상』, 대원출판, 2005.

김채식, 『어당 이상수의 산수론과 동행산수기 분석』, 성대 석사논문, 2001.

노경희, 「옛사람과 함께 노닌 도봉산 유람」, 『문헌과해석』·20, 문헌과해석사, 2002.

서경호, 『산해경 연구』, 서울대출판부, 1996.

심경호, 『한문산문의 미학』, 고대출판부, 1998.

심경호, 『산문기행』, 이가서, 2007.

심경호, 『한시기행』, 이가서, 2005

앙리 마스페로, 『불사의 추구』, 표정훈 옮김, 동방미디어, 2000.

이나미 리츠코, 『중국의 은자들』, 김석희 옮김, 한길사, 2002.

李養正, 『道教槪說』, 中華書局, 1989.

이원국, 『내단-심신수련의 역사』, 김낙필 외 역, 성대출판부, 2006.

이은윤, 『육조 혜능평전』, 동아시아, 2004.

이진수, 『한국 양생사상 연구』, 한양대출판부, 1999.

이황 편저, 『활인심방』, 이윤희 역해, 예문서원, 2006.

임계유 주편, 『중국의 유가와 도가』, 권덕주 역, 동아출판사, 1993.

잔스추앙, 『도교와 여성』, 안동준·김영수 뒤침, 창해, 2005.

정재서 역주, 『산해경』, 민음사, 1997.

정재서 외, 『신화적 상상력과 문화』, 이대출판부, 2008.

周冠群, 『游記美學』, 重慶出版社, 1994.

酒井忠夫외, 『도교란 무엇인가』, 최준식 옮김, 민족사, 1990.

陳必祥, 『漢文文體槪論』, 古漢語知識叢書, 河南人民出版社, 1986.

최완수, 『겸재를 따라가는 금강산 기행』, 대원사, 1999.

何平立, 『崇山理念與中國文化』, 齊魯書社, 2001.

한영우 외, 『우리 옛지도와 그 아름다움』, 효형, 1999.

홍성욱, 「유행록을 통해 본 권섭의 산수유람과 심미의식」, 『18세기 예술·사회사와 옥소 권섭』,
　　　이창희 등 저, 다운샘, 2007.

선비를 따라 산을 오르다

초 판 발 행 | 2010년 9월 30일
중   쇄 | 2012년 12월 1일

지 은 이 | 나종면
펴 낸 이 | 채종준
기   획 | 이주은
편   집 | 김미미
마 케 팅 | 김봉환
아트디렉터 | 양은정
표지디자인 | 이효정

펴 낸 곳 | 한국학술정보(주)
주   소 | 경기도 파주시 교하읍 문발리 파주출판문화정보산업단지 513-5
전   화 | 031)908-3181(대표)
팩   스 | 031)908-3189
홈 페 이 지 | http://ebook.kstudy.com
E-mail | 출판사업부 publish@kstudy.com
등   록 | 제일산-115호(2000.6.19)

ISBN   978-89-268-1538-0 03810(Paper Book)
           978-89-268-1539-7 08810(e-Book)